Anastasius Grün

Anastasius Grün's gesammelte Werke

Vierter Band:

Anastasius Grün

Anastasius Grün's gesammelte Werke
Vierter Band:

ISBN/EAN: 9783743362130

Hergestellt in Europa, USA, Kanada, Australien, Japan

Cover: Foto ©Andreas Hilbeck / pixelio.de

Manufactured and distributed by brebook publishing software (www.brebook.com)

Anastasius Grün

Anastasius Grün's gesammelte Werke

Anastasius Grün's

gesammelte Werke.

Vierter Band.

Anastasius Grün's gesammelte Werke.

Herausgegeben

von

Ludwig August Frankl.

Vierter Band.

Berlin,
G. Grote'sche Verlagsbuchhandlung.
1877.

Druck von B. G. Teubner in Leipzig.

Nibelungen im Frack.

1842.

„Deus aeterne, nisi vigilares, qua
male esset mundus, quem regimus no
ego miser venator et ebriosus ille
sceleratus Julius!"

Ex dictis Imp. Maximiliani I.

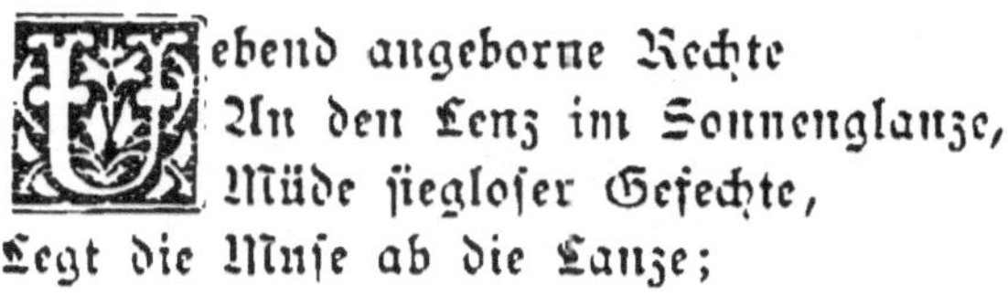
ebend angeborne Rechte
An den Lenz im Sonnenglanze,
Müde siegloser Gefechte,
Legt die Muse ab die Lanze;

Will nicht unter Machtgeboten
Kämpfen in gedrillten Schaaren
Nicht von Söldnern der Despoten,
Nicht von Freiheitsjanitscharen.

Mögt dem Einzlen nicht versagen,
Was das Ganze soll erlangen!
Wollt ihr frei das hohe Jagen,
Gebt auch frei das Grillenfangen.

Nichts verliert an Macht und Glanze
Albion, das stolze, große,
Weil es frei die krause Pflanze
Bunter Narrheit pflegt im Schooße.

Blumen trägt auf allen Wegen
Rings die Welt, die blüthenvolle;
Wer nur will, sei nicht verlegen,
Wo er Kränze winden solle.

Ausgestreut an allen Pfaden
Ist der Wahrheit Saatensegen;
Wer nur sucht von Gottes Gnaden,
Findet sie an seinen Wegen.

Wo im frei'n der Blumenarten
Ungepflückt so viel noch bleiben,
Ist's ein danklos Mühn, im Garten
Neu die alten Pflanzen treiben.

Und der „großen That in Worten“
Könnten wir beinah entrathen;
Was uns noth thut aller Orten,
Ist ein großes Wort in Thaten!

Doch was soll ich Dir es sagen,
Deutscher Mann, auf dessen Munde
Schweigen ruht an rechten Tagen,
Rede blüht zur rechten Stunde;

Sprechend, wie der Ton der Flöte
Oder wie Posaunenschrecken,
Wenn er eine Morgenröthe
Grüßen durfte oder wecken;

Schweigend unter heil'gen Siegeln
Sonst ein Alpensee, voll Tiefen,
Drin der Erde Höhn sich spiegeln,
Drin des Himmels Sterne schliefen.

Doch wie kam Dein ernster Namen
Und Dein Bildniß, streng und bieder,
In den krausgeschnitzten Rahmen
Dieser heitern, losen Lieder?

So in Römervillen ragen
Marmorbüsten alter Weisen;
Bunte Blüthenranken wagen
Gaukelnd doch sie zu umkreisen.

Ein Stück Exposition, Invocation, nebst etlichen Episoden.

Ich singe jenen Helden, — ja, welchen? — wo der Held,
Deß Thaten Zauberbanne, zu fesseln süß die Welt,
Der Held, der im Liebestaumel hin seines Dichters Geist,
Wie Windeswirbel in Lüften mit sich den Frühlingsfalter reißt?

Sei er ein Held der Vorzeit? Ach, wenn sein Banner wallt,
Das nicht das unsre, umschauert uns Grabeszugwind kalt!
Sei er aus unsern Tagen ein Held, noch strebend frei?
Dem werden die Herzen wohl schlagen? O daß es nur von
       Liebe sei!

„Aufstieg ein Gestirn im Norden, es strahlte warm und hell,
Schlaftrunkne riefen: Wehe, wie wird es Tag so schnell!
Schlaflose riefen: Wehe, wie säumig, o Sonnenschein!
Wer dankt, daß Licht geworden, was Wetterwolke könnte sein?

Er herrscht ein Fürst im Norden, groß in der Kunst zu geben,
Fein abgelernt der Sonne hat er's, mit Gunst zu geben;
Stehn denn umsonst dort Blumen und Wiesen, Tannen, Linden,
Und für die Kunst zu empfangen will ihnen sich kein Jünger finden?

Nicht nimmt er seinen Lorber von Leichenschläfen fort.
Fest hielt der alte König verschlossen den reichen Hort,
Der Sohn erschleußt den Segen, so daß es dünkt dem Volke,
Als ob die Hand ihn schütte des todten Königs aus der Wolke.

Gerecht und mild seid denen, die vor im Kampf uns gingen!
Vor kranzgeschmückten Richtern ist doppelt schön das Ringen;
Im Wald an alten Tannen des Schößlings Wuchs sich messe,
Im kahlen Steppenlande dünkt selbst der Schlehdorn sich Cypresse.

Abtragen ist des Handwerks, der Kunst nur ist das Bau'n,
Wohlfeiler Witz ist Zweifel, doch heil'ge That Vertrau'n;
Der Bauspruch ist gesprochen, der Grundstein ist gelegt.
Sei drum der Bau zerbrochen, weil eine Kron' am First er trägt?

Die gestern Bettler, praßten am Königsmahl als Herrn!
Am Goldplafond ob ihnen säh' ich als Lüstre gern
Den Bettelsack von gestern, sie fein zu mahnen dessen,
Wie Jenen zu Syracusä der Töpferthon bei Goldgefäßen.

Der ungewohnte Gluthtrank verwirrt Trinkspruch und Rede,
Mit der Parketten Glätte kommt Gleichgewicht in Fehde;
So konnten sie nicht rühmen den Comfort deiner Feste,
Und dich, fürstlicher Gastfreund, nicht sehr erbauen deine Gäste.

Wir werden an dir nicht irre! Du bist wie Lenz gekommen,
Erhofft, ersehnt! Lenzsonne mag noch nicht Allen frommen;
Daß sie kein Keimlein senge, daß sie kein Blühn beirre,
Verhüllt sie sich bisweilen. Wir werden, Herr, an dir nicht irre!

O werd' an uns nicht irre! Ein Sonnenaufgang weckt
Gevögel viel, das niſtend in Buſch und Klüften heckt!
Du hörſt die Morgenlerche aus all der Stimmen Gewirre:
Lenzmündig ſind die Lande! O werd' auch du an uns nicht irre!"

* * *

So ſang ich bei deinem Aufgang! Wie wird dein Abend ſein?
Die Antwort liegt verſchloſſen in deines Buſens Schrein!
Ich weiß nur, unſere Liebe ſchuf dir gar ſchwere Pflicht.
Sei ſtark und treu dir ſelber! Dein Leuchten braucht kein fremdes
Licht.

In deinem Land nicht ſäng' ich's! Den reinſten Strahl ja ſchwärzt
Verdacht in Knechtgemüthern, ſich dünkend frei und beherzt;
Ich habe nichts zu fürchten und nichts von dir zu hoffen,
Drum ließ ich den Strom der Liebe zu dir hinfluten frei und offen!

Doch möcht' ich in dem Strome, beglänzt von heitrer Sonne,
Nach Lootſenart befeſt'gen manch' ſchwarze Warnungstonne:
Herr, ein Geſchenk, gegeben, darf keinen König reuen!
Wer vorwärts ſchritt, ſoll rückwärts den Schritt, wie Nieder=
lage, ſcheuen!

Nicht heb', o Fürſt, zu Thronen, was an die Stufen ſich ſchicke,
Und nie zu Märtyrerkronen die eignen Palmen zerpflücke!
Blutwaffen ſind, und ſchärfre als Schwerter, die Dornenreiſer,
Der Kronentraum des Martyrs gebiert dem Tollhaus einen Kaiſer.

So sang ich in meinen Bergen, noch hoffend, als dein Land
Schon glaubens-, hoffensärmer dein Sternbild bleichend fand;
Festhalten gern die Berge den letzten Tagesstrahl,
Wenn längst hereingebrochen die alte Nacht ins dunkle Thal.

Wenn ich in Liebe irrte, mich wird es nicht entehren;
Der Liebe heil'gen Purpur, kein Fürst kann ihn entbehren!
Weh', läßt der Reichgeschmückte die edlen Kleinode wandern,
Bis ihm vom Leib gefallen ein schöner Lappen nach dem andern!

— —

Das deutsche Herz hat lieben, vertrau'n beinah gelernt,
Das deutsche Lied nur wandte sich ab und grollt entfernt;
Den Faltenwurf des Purpurs, des Goldmunds Zauberrede,
Das Schweigen selbst der Lippe bemäkelt's in so kleiner Fehde!

Wo ist der Mann, der ragen noch über'm Trosse darf,
Den's heut nicht hob zu Sternen, mit Koth nicht morgen warf?
Es wirbt dem jungen Dichter ein Schmählied um den Kranz,
Sei auch der Schlamm zu Perlen im Dichtermund verwandelt ganz.

Politisch Lied, du Donner, der Felsenherzen spaltet,
Du heil'ge Oriflamme, zum Siegeszug entfaltet,
Du Feuersäule, dem Volke aus Knechtschaftwüsten hellend,
Du Jerichoposaune, der Zwingherrn Bollwerk all zerschellend!

Sieghafter Sparterfeldherr, der Freiheit Thürmer du,
Du Todeslawine Murtens, Bastillenstürmer du,
Zornwolke, deren Blitze der Corse zucken sah,
Du Sterberöcheln der armen, gemordeten Polonia!

Du heil'ger Graal, Goldschaale mit des Erlösers Blut,
Wenn sie zur rechten Stunde in rechten Händen ruht;
Schiffbrücke du den Deutschen zur Rache über den Rhein,
Du griechisch Feuer der Klephten, du heller Juliussonnenschein!

Du schwebst, wie Fahnen und Adler, den Heeren rauschend vor!
Veit Weber und Tyrtäos, Rouget und Arndt im Chor!
Das „ca ira!" — Die Klänge aus Berangers Verließ! —
„Noch nicht ist Polen verloren!" -- „Der Gott, der Eisen
                                    wachsen ließ!"

Du sprachst befeuernd, warnend, Cassandra unsern Tagen;
Ans Ohr hat uns dein Wehruf, doch nicht umsonst geschlagen!
Ein Buhlweib hat vors Antlitz schlau deine Maske genommen,
Doch durch die Larve funkeln nicht deine Augen, die klugen, frommen!

Sollst du das sein? Dieß Winseln bezahlter Leichenweiber
Um den erlognen Leichnam, gespielt vom Possentreiber!
Der Todte nimmt sein Laken und tanzt zu Schmaus und Scherz;
Weh', rühren solche Hände die Gottesharfe: Menschenherz!

Sollst du das sein? Dieß schleichend Gespenst von Löschpapier,
Dein Harnisch Landtagsakten, ein Zeitblatt dein Panier,
Den National, zum Dreispitz geformt, als Claque am Arme,
Gefüllt mit Zeitungswinden den Dudelsack, daß Gott erbarme!

Papier dein rauschender Mantel, dein Herzblut Druckerschwärze!
So wird das Lied gewinselt vom großen Zeitenschmerze,
In Reime die Allgemeine gebracht und nun sub rosa
Noch komponirt dreistimmig, — wir lesen lieber sie in Prosa.

Traun, auch in Prosa läßt sich Erträgliches noch sagen,
Ein keck Scharmützeln wagen, ein herzhaft Treffen schlagen;
In Versen schrieb Washington den Brief der Freiheit nicht,
Der Herr selbst sprach in Prosa das große Wort: Es werde Licht!

Es kreucht Gewürm: Notizen und spinnt die Blätter entlang,
Spinnt weiche Seide die Raupe? Nein, blanken Namen den Strang!
Nun schwingt sie als Lied die Flügel! Will's dir zu Ohr nicht schallen,
Und du gehst seitab schweigend, — hui, bist eidbrüchig, abgefallen!

Wem ihren Strahl die Freiheit einmal durchs Herz gegossen,
Abfällt der nie und nimmer trotz sondrer Kampfgenossen!
Wir tragen der Freiheit Banner, nicht ihre Livereyn;
Der Knecht will Unterknechte, der Freiheit selbst kein Sklav' ich sein!

Ihr wollt, der Freiheit Sänger, die eigne Mutter knechten,
Die Poesie, im Feldrock der Politik zu fechten!
Im Mondlichttraum des Waldes o laßt die Jägerin schweifen,
Ist's Zeit, wird die Amazone nach Schwert und Chlamys
                                        zürnend greifen!

Ist's Zeit, wird Speere säen der Sämann goldner Saaten,
Unmünd'ge Kinder nur spielen in Friedenszeit Soldaten;
Ein Tellgeschoß trifft besser, das, muß es sein, trifft Herzen,
Als Perserpfeile tausend, — Heuschrecken, die den Tag nur schwärzen!

Das Wort, das deutsche, freie, wir nimmer missen können!
Doch lernt, auch Fürstenlippen ihr freies Wort zu gönnen.
Die Zeit will euch mißfallen. Gefallt wohl ihr der Zeit,
Die, was sie baut, zertrümmern, und die entweihn, was sie
geweiht?

Was nennt ihr heilig? Schützen vor eurem Hohn die Narben,
Der Kranz den greisen Fechter, das Leichentuch, die starben?
Ihr grollt mit Gott! Der Herrgott wird wohl abmagern vor Weh!
Entsetzt es dich, Hyäne, dein Spiegelbild zu schaun im See?

Erlösen wollt ihr die schöne, verzauberte Prinzeß,
Ihr wißt das rechte Wort nicht, und Unke bleibt sie indeß;
Ihr schleppt Gebirge Reisigs zum Feuer, — frommt es auch?
Es strahlt als Licht in Nächten, bei hellem Tage gibt's nur Rauch.

Der grüne Baum der Freude, ist er denn umgerissen,
Daß nur von der Trauerweide Feldzeichen wir pflücken müssen?
Weh uns, erkrankten Adlern, daß unsre matten Augen
Nur durch geschwärzte Gläser ins Sonnenaug' zu schauen taugen!

Du aber, Neubekränzter, wenn deines Lieds Galeere
Die höchste Wogenspitze krönt in dem stürm'schen Meere
Der Volksgunst, — meinst du, sie wolle dich nur in die Sterne heben?
Von deiner Schwindelhöhe sieh dort das Riff und lerne beben!

Und hat des Riffs Gekose dein Schiffsgebälk zerschlagen,
Nur Muth! Ein Brett wird landwärts dich und den Lorber tragen;
Ein neues Floß dir zimmre, kühn kreuze durch die Meere,
Doch steure besser, wahre getreuer deiner Flaggen Ehre!

Der Dichtung keusches Feuer noch nähren edle Reiser,
Sprach auch, sie fast verschüchternd, der Siebenzahl ein Weiser:
„Das Wiesenthal Poesis ist Blumentragens schwach,
Düngt, Blumen, dort den Acker, der ungepflügt noch liegt und brach!"

Groß g'nug bist, Menschenseele, groß g'nug du, Gotteswelt,
Daß frei ein Herz ausklinge, bevor's zur Grube fällt!
Nie wird der Edelhirsch ackern, Waldröchlein gehn mit Säcken,
Strauchröslein Stuben heizen, euch Nachtigall als Haushahn
                                                    wecken!

Und ragten zu den Sternen groß unsre Liedesahnen,
Wie Palmen feingefiedert, schönblättrig wie Platanen;
Dem Erdpuls sind wir näher, der Neuzeit Orchideen,
Bizarr der Wuchs, die Blüthen wie blumengewordene Märchen
                                                    der Feen. —

Blitz! im Diskurse hätt' ich bald meinen Helden vergessen,
Wie Amme das Kindlein, herzend den Grenadier indessen,
Wie Kindlein seine Puppe der Apfelschnitten halber,
Wie Grenadier die Amme wohl einer schönern Dritten halber!

Mein Held ist, traun, kein Riese, das könnt' uns schnell entzwein,
Dir möcht' ein Wicht mein Riese, dein Ries' ein Zwerg mir sein;
Er ist nicht so groß, daß Mißgunst ihn noch verkleinern wollte,
Er ist nicht so klein, daß Liebe aufblasen ihn und strecken sollte.

Er schwingt in seinen Händen kein Schwert, so hart und scharf
Wie Durandart, das sterbend Roland in den Brunnen warf;
Statt Etzels Gottesgeißel ein Stab, roßhaarbezogen!
Escalibor des Artus, in seiner Hand ein Fiedelbogen!

Das Rößlein, das er reitet, hat fast noch stärkern Rücken
Als Bayart, dessen Croupe vier Haimonssöhne drücken,
Und wie des Serben Marko Roß Scharatz ist's verständig
Und lebhaft wie Rosinante und wie Bucephalus unbändig!

Sein Rößlein heißt Marotte, im Baß geht's statt im Paß,
Von seinem Schenkeldrucke stöhnt, schnaubt der Geigenbaß!
Marotte, sei besungen wie deine Brüder im Stalle,
Du springst viel höher, weiter, du bist gewaltiger als sie Alle!

Du hast, mein frommer Klepper, mich oft feldein getragen,
Stolzierst vor der Staatskarosse und keuchst vor'm Erntewagen,
Schleppst dem die Dosensammlung, trägst den auf die Käferjagd;
Greif' aus und trag' uns, so lange die laue Lebenssonne tagt!

Du bist ein gelehrig Thierlein und zählst berühmte Reiter,
Hier überklimmend zierlich im Büchersaal die Leiter,
Dort watend mit dem Feldherrn im Blut erschlagner Heere,
Schwingst dich mit Diesem zu Sternen und springst mit Jenem
über die Meere!

Minister trainirt dich zum Wettlauf, — am Ziel statt des
Preises erblickt er
Fait accompli die Dame! Verdutzt doch grüßt und nickt er;
Beredsam wie das Graupferd der Bibel wardst du da
Und sprichst zum Weltregierer: Quam parva sapientia!

Dort hat ein Springer ersprungen der Lebensrennbahn Preis,
Bekränzt und volkumjubelt piaffirt der Hengst im Kreis;
Du bist's, mein Pferdchen, mag dich dein Reiter auch verstecken
In prunkende Schabracken, sinnspruchgeblähte Purpurdecken!

Es kommt ein Held zum Sterben, sein treues Roß ersticht er,
Daß sich's kein Andrer eigne, und dann sein Schwert zerbricht er;
Treu harrst du aus, Marotte, an deines Reiters Ende,
Ihm macht's das Sterben bittrer, zu lassen dich in fremde Hände.

Ich singe, Rößlein, deinen berühmtesten Besteiger,
Den Herzog Moritz Wilhelm, Mersburgs fürstlichen Geiger, [1]
Der auf dir ausgezogen, Frau Harmonia zu frein,
Den Fürsten, dessen Hände von Blut= und Dintengräuel rein.

Ob auch die Welt unhöfisch ihn einen Narren nenne,
Daß nur des Himmelsfeuers ein Theil durchs Herz ihm brenne!
Ein Nam' ist nur ein Odem, und Narr gern, wer's erräth,
Daß Narren sich Weise nennen, wenn sie in der Majorität.

Der liebe Gott läßt fließen reich seinen Sonnenschein,
Wie Kaiser bei Krönungsfesten aus Brunnen goldnen Wein;
Der Marschalk fängt im Goldkelch, das Volk in Gläsern rein,
In Thon ihn auf der Bettler; doch blieb's derselbe edle Wein!

Viel Freudenfünkchen geben ein großes Freudenfeuer,
Mondseligkeit, du spiegelst im Meer dich, wie im Weiher!
Mein Held stieß sich ins Herze, ob Winkelried er wäre,
Soviel er konnt' umfassen der Lebenssonne Strahlenspeere!

Dich, Sonnenschein, du klarer, ruf' ich nach Recht der Dichter,
Erhellend, wärmend, schlage durchs Lied mir deine Lichter!
Den Splitter Glas am Boden schmückst du mit Regenbogen,
Den Demant unter Kieseln hast du zur Kron' emporgezogen.

Ihr aber, Hauskobolde, muthwilliger Geisterchor,
Seid meine Maschinisten, doch nicht zuviel Rumor!
Ihr wißt ja, in das Epos gehört ein wenig Mirakel,
Blas't Geigenharz, Blitzpulver durchs Licht zu Feuerwerks Spektakel!

O Nibelungenstrophe, gewohnt in stählern Mieder,
Ins Panzerhemd zu schnüren die markig strammen Glieder,
Bei wallender Oriflamme im leuchtenden Harnisch zu schreiten,
Mit hochgeschwungner Keule und langgestrecktem Speer zu streiten;

Leih'st du dich auch den Spielen von schwächern Enkelsöhnen,
Dein Haupt mit Puderwolken statt Schlachtenstaubs zu krönen,
In Schnallenschuh' zu strecken den Fuß, statt in den Bügel,
Dein Ebenmaß zu opfern des Seidenfracks betreßtem Flügel?

Du Vers der Nibelungen, du bist ein Meer, ein weites,
Hier ruht's, so glänzend, schweigend, dort brandend am Felsen
                                        aufschreit es!
Du bist der Strom der Ebne, der breit sich dehnt und reckt,
Und bist auch das Bächlein der Berge, das schäfernd mit Schaum-
                                        diamanten uns neckt.

Du wandelst wie in Feier ein Zug zu Domeshallen,
Im Taktschritt Truppen wallen und Narrenschellen schallen,
Herolde werfen Gold aus, das Volk sich balgt an der Treppe,
Der König schreitet schweigend, ein Page trägt die lange Schleppe.

Du bist die Kriegsgallione, von Erzgeschossen schwer,
Trugst einst als Sängerbarke mich gondelflink durchs Meer
Dorthin, wo vom Balkone winkt Poesie, die Fei; —
O trag' auch jetzt mich wieder, zu fern nicht ihrem Herzen vorbei!

Von einer Feder, einem Schwerte und einer Axt;
nebenbei etwas von der Menschenhand.

Das Prinzlein Moritz Wilhelm, des Herzogs Christian Sprosse,
Sitzt bei dem frommen Pred'ger im Merseburger Schlosse,
Vor ihnen aufgeschlagen ein Buch zum Unterrichte,
Leicht lesbar, schwer verständlich: das Fürstenbuch der Welt=
                                                    geschichte.

Sie lesen, wie Gutes, Schlimmes der Menschenhände Ziel,
Wie Roms Mordbrenner Nero als Kind harmlos im Spiel
Mit Purpurnetzen fischte, — wohl ahnte die Najade
Im rothen Netz den Blutstrom des Lehrers einst im Todesbade!

Wenn Gärtner zu Salona ward der entthronte Kaiser,
Mordwaffe blieb sein Grabscheit, zum Spott heißt er ein Weiser;
Es ist nur alte Uebung des Köpfens fortgesetzt,
Nur daß Kohlköpfe müssen statt Christenhäuptern springen jetzt!

Der Vogelherd übt Heinrichs, des Finklers, Hand im Norden
Für spätre Wandervögel, die schlimmen Hunnenhorden;
Den blut'gen Fang am Keuschberg hält noch das Wandbild fest. [2]
Es ist die Hand des Menschen wie Henkerschwert, Brandfackel, Pest!

Glückselig, wie Da Vincis, die Hand, die gottbegeistert
Das Dichterroß gebändigt, des Pinsels Zauber meistert,
Die Silbergeige tönen läßt, wie ihr Stoff, so rein;
Da scheint der Gottheit Dreiklang gefahren in armes Menschen-
gebein!

O süße Harfe Davids! O Carls schwertmüde Hand,
Die, frommbekehrt, uns Reben gepflanzt an Rheines Strand!
Da zuckt die Hand dem Schüler, Herr Sittig aber spricht: [3]
„Es sei die Hand des Menschen wie Vogelsang und Sonnenlicht!"

Drauf legt' die Händ' er segnend aufs Haupt dem Knaben hold,
Als ob er gleich sie üben in frommem Werke wollt',
Des Knaben Hände faßt er dann liebevoll in seine:
„Daß deine Hand nur gleiche dem Vogelsang, dem Sonnenscheine!"

Dieß Wort, es sank dem Schüler zu Herzen tief und leise,
Wie in den See ein Steinlein, lang beben nach die Kreise;
Und fromm und scheu anblickt er, wie fremd, die eigne Hand,
Als sei's ein andres Wesen, ein Pflegekind, ein heilig Pfand.

Der Knabe, wie entschlossen, auffährt von seinem Sitze:
„Sei meiner Hand Gewaffen du, friedliche Federspitze!"
Das Haupt der Lehrer schüttelt, steht auf, antwortet nichts
Und führt hinab zum Schloßhof ihn schweigend, ernsten An-
gesichts.

An Simsen, Portalen, Wänden sind unterwegs zu schau'n
Viel Rabenbilder, in Farben, in Stein und Metall gehau'n,
Im Käfig von goldnem Drahte zuletzt, auf seinem Stabe
Sich wiegend mit Behagen, kohlschwarz und feist ein lebendiger
Rabe.

„Im Zuge unsrer Aebte Abt Thilo ist die Ceder,
Doch dieser Rab' ein schnöder Schreibfehler seiner Feder,
Ein Dintenkleks, ein schwarzer, der lebt und krächzt im Lichte;
Mit seiner Rabenfeder ins Herz dir zeichne die Geschichte!

Ihm ward ein Ring gestohlen. Er ahnt und spürt Verrath,
Er greift nach seiner Feder und schreibt, o schlimme That!
Dem Kämmerling das Urtheil. Als schon der Arme hing,
Fand sich — dir sang's die Amme — in eines Raben Mund der
Ring!

Die Blutschuld ging zu Herzen tief dem gerechten Manne;
Daß er vors Aug' in Reue ihr Angedenken banne,
Ließ er den Raben bilden in Farb', in Erz, in Stein
Und schloß in goldnem Bauer den schwarzen Uebelthäter ein.

Oft bracht' er selbst zum Käfig Fleischbröcklein, Körnersaat,
Mit eigner Hand ihn speisend, o noch viel schlimmre That!
So wird dem Bösewichte noch Lohn für seine Sünde,
So wird dem alten Diebe fürs Leben eine fette Pfründe!

Und sterbend griff zur Feder der Abt, o schlimmste That!
Sein Testament, den Raben empfiehlt's dem Domsenat,
Stellt Brodbrief, Hulddiplome ihm aus mit Ehrenrechten!
Der Dieb mit seinen Kindern verzehrt die Brote der Gerechten.

Ihm, Erben, Erbeserben bis an der Zeiten Ende
Zwölf Scheffel Korns alljährlich, zwölf Thaler Golds zur Spende!
Wird solch ein Pfründner begraben, ja kein Intercalare!
Daß treu dem Enkelraben der Wärter seinen Freiplatz wahre.

Ins Haus dem Wärter fliegen die schwarzen Candidaten,
Am Kirchenthor der Bettler beneidet den Prälaten;
So wuchert fort die Sippe von Sündern, Gesetzverächtern,
So blüht der Ahnen Unthat in Gold und Ehren den Enkelge=
                                                    schlechtern!

So hat des Weisen Feder, nun er fein nachgesonnen,
Wie Uebereiltes er sühne, noch Schlimmres angesponnen.
Das ist der Rabe Thilo's, der unsrer Aebte Ceder.
Du aber, wenn's dich lustet, erküre deiner Hand die Feder!"

Herr Sittig sprach's. Der Knabe empor aus Träumen fährt:
„So schmücke meine Hände in Ehren einst ein Schwert!"
Das Haupt der Lehrer schüttelt, kehrt um, antwortet nichts
Und führt zum hohen Münster ihn schweigend, ernsten Angesichts.

Es ragt der Dom vor ihnen mit vier gewalt'gen Thürmen,
Wie eine heil'ge Veste, die vier Basteien schirmen,
Kanonen ihre Glocken, ihr Kreuz Panier der Schlacht,
Das Kaiserbild des Stifters hält an der Pforte strenge Wacht.

Sie schreiten durch die Hallen des Doms zur Sakristei,
An Gegenkaiser Rudolfs metallnem Mal vorbei;
Dort aus geschnitztem Schranke nimmt er ein Schwert von Gewichte,
Ein Leuchten wirft das blanke, als ob's frohlocke wieder im Lichte.

Herr Sittig spricht: „O Knabe, das gute Schwert hier sieh,
Ein Riese nur mag's schwingen, ein beßres gab es nie!
Als sei's der Todesengel hat einst geflammt im Felde;
Dieß Schwert, es war zu eigen Rudolf, dem tapfern Schwaben=
helde."⁵

Dann ein vergüldet Kästlein hebt er vom Schrank der Wand,
Drin, rumpfgetrennt, vertrocknet, liegt eine Menschenhand,
Es ruht die Kaiserkrone am Deckel goldgetrieben,
In Rundschrift: „Petra, Petro, Petrus Rudolpho!" drauf ge=
schrieben.

„Die jenes Schwert einst führte, sieh, Knabe, hier die Hand,
Die Mumie des Siegers, die Eidespflicht noch band!
Daß nie gen seinen Kaiser er sie erhoben hätte,
Vom Papst, dem Kronhausirer, erstanden nie Goldreif und —
Kette!

Ob selbst sich in Canossa der Kaiser thronentsetzte,
Den Purpur, daß er büßend drauf kniee, selbst zerfetzte;
Es glänzt ein Stern, ein Lichtmal an jeder Fürstenstirne,
Ein Gottesmal! Verwischen darf nicht die Staubhand Licht=
gestirne.

Es war der Tag bei Mölsen ein doppelt Blutgericht,
Herr Rudolf glänzt im Siege, des Kaisers Heer zerbricht;
Nur Einer sprengt an den Sieger, der wehrlos starrt, wie gebannt,
Als sei im Gottessolde Scharfrichter der, so vor ihm stand.

Der haut ihm die Hand, die sünd'ge, vom Rumpf mit einem
Streiche!
O statt des Kaiserzugs nun Armensünderleiche!
Der Gottesheld war's Bouillon, dieß seine erste Sendung,
Die einst in Zions Mauern gediehn zur herrlichen Vollendung!

Da flohn, die einst so freudig gefolgt dem hellen Stern,
Von Merseburg der Bischof, Wernher mit Fürsten und Herrn;[6]
Die Sehnsucht nach dem Himmel rief aufwärts, aufwärts den
                                        frommen,
Da hätt' er bei einem Härlein das luft'ge Galgenbrett erklommen!

Auf Rudolphs Todtenmale kannst du's in Erz noch lesen,
Daß er der heil'gen Kirche ein frommer Streiter gewesen!
In seiner Gruft zecht dankbar die Kirche den Leichenwein,
Zum Keller macht sie der Pfaffe und schmeißt hinaus das Kaiser=
                                        gebein.[7]

Längst modert's auf dem Anger, und von der Fürstenleiche
Ist nur die Hand geblieben, ein Ast der Königseiche;
Sieh, warnend streckt entgegen sie dir den drohenden Finger!
Sieh hin auf deinen Wegen und werde nun dem Schwert ein
                                        Jünger."

Da füllt dem Fürstenknaben das Herz der Menschheit Heil:
„So rag' in meinen Händen hoch der Gesittung Beil,
Das Wald und Wüsten lichte!" Herr Sittig antwortet nichts
Und führt hinaus ins Freie ihn schweigend, ernsten Angesichts.

Vor ihnen auf der Höhe blinkt Sankt Romans Kapelle,
Vom Thurm das Glöcklein wimmert hin durch die Abendhelle.
Herr Sittig spricht: „Sieh ragen den Bau von weißen Steinen!
Und dünkt dir nicht sein Läuten ein tiefes, langverhaltnes Weinen?

Dort grünte Swatibor einst, der Hain von heiligen Eichen,
Wie Gott sie urgeschaffen, noch keusch von Beilesstreichen,
Es schien, verwandelt, das alte Geschlecht gewalt'ger Recken
Im grünen Jägermantel, im Rindenharnisch sich zu strecken.

Herr Wigbert, der die Heiden bekehrt mit frommem Munde,“
Wollt' einst ein Kirchlein bauen, doch fehlt es ihm an Grunde;
Der will den Acker nimmer, und der nicht geben die Wiesen.
Da trat der fromme Bischof zuletzt vor jenes Haines Riesen.

Hier stör' ich keine Rechte! O hätt' er wahr gesprochen!
Hier drück' ich keinen Armen! Noch Schlimm'res ward verbrochen.
Beim ersten Schlag des Beiles, o hätt' er da gelauscht,
Wie durch den Wald ein Klagen verhallt, und ängstlich Trippeln rauscht!

Es war der Wald voll Leben, ein dichtbevölkert Reich;
Elfkönig herrschte milde vom Thron der Moose weich,
Gesattelt stand sein Schröter zum Alexanderszuge;
Elfkönigin dreht beim Reigen mit ihren Damen sich im Fluge.

Das ist ein lustig Treiben, das ist ein bunt Geschäfte!
Der preßt, ein Kräuterkund'ger, aus Blumen süße Säfte,
Gefüllt in zwei Goldeimer muß Bienlein fort sie tragen,
Wie Müllerthier die Säcke; hallo! nun heißt's die Luft durchjagen!

Ein Architekt ist Jener, er lehrt dort an der Welle
Den Biber bau'n und brauchen den Schwanz als Maurerkelle;
Ein Musikus ist Dieser, der Sprosser unterrichtet
Auf einem Rosenblatte, wie sich's vom Blatt weg singt und dichtet.

Der ist ein feiner Maler, malt einem Schmetterlinge
Mit Regenbogenfarben die ausgespannte Schwinge;
Dort aus Libellenflügeln näht fein ein Schneiderlein
Ein Tanzgewand von Gaze zum nächsten Ball im Mondenschein.

Ein Waffenschmied ist Jener, Goldkäfers Flügeldecken
Weiß er zu Schild und Harnisch zu hämmern und zu strecken;
Dort sitzt auf einem Aste einsam ein Philosoph,
Studirt im Lindenblatte Urweltgeheimniß, Wesenstoff.

Hier ist ein kunstreich Weibchen, das lehrt die Spinne stricken,
Und dort die Küchenmeist'rin topfgucken kluge Mücken;
Da bleicht ein rührig Mägdlein ihr Linnenzeug am Teiche,
Schneeglöckchen, Lilienblätter, o musterhafte weiße Bleiche!

Bei Nacht im Hinterhalte viel reisiges Geschwader,
Beritten auf Leuchtwürmlein! Ei, hier auch Kriegeshader?
Im Sturm soll Rosenknospe, die Veste, geöffnet sein,
Um, den sie hält verschlossen, Duft, den Gefangnen, zu befrein!

Das Alles bebt zusammen des Beiles erstem Schlage!
Im ganzen Elfenreiche ist Trauern, Bangen, Klage.
Horch, nun vom Thurm frohlocken Herrn Wigberts fromme Glocken,
Da, purzelnd durcheinander, zerstäubt das ganze Reich erschrocken!

Nicht ahnt beim frommen Werke Herr Wigbert, daß er quäle
In kleinen Elfenseelchen die große Gottesseele,
Daß die Natur auch weine, daß Wunden sei'n, die nicht bluten,
Und durch den Weltenäther viel ungeahnte Klagen fluten.

Nur feinre Sinne belauschen den Odem der Natur,
Sie hören aus jenen Glocken ein tiefes Weinen nur!
Geh hin, und bist du sicher, es blinke nur dem Heil,
In deinen Händen schwinge empor hoch der Gesittung Beil!"

Des Lehrers Wort dem Knaben ins Herz sinkt tief und leise,
Wie in den See ein Steinlein, lang beben nach die Kreise;
Und fromm und scheu anblickt er, wie fremd, die eigne Hand,
Als sei's ein andres Wesen, ein Pflegekind, ein heilig Pfand.

Wenn er zum Spiel Raketen, Vesuvlein losgebrannt,
Der Lehrer mahnt: Nie werde Brandfackel Menschenhand!
Wenn dem erhaschten Falter er tändelnd die Schwinge bricht,
Der Lehrer zürnt: Nie werde die Menschenhand zum Hochgericht!

Die rothe Kindergeige zur Hand der Knabe nimmt,
Er streicht sie, daß unter'm Bogen sie ächzt und kreischt verstimmt;
Herr Sittig duldet's schweigend, er sagt nicht ja, nicht nein,
Ihm dünkt's das erste Zwitschern von einem Vogelsang zu sein.

Intermezzo als Arabeske.

Es ist der Knabe Moritz ein Mann im Fürstenorden,
Rothgeiglein Violine in seiner Hand geworden,
Und Cello dann, das Herzen wie Menschenstimm' erweicht,
Baßgeige zuletzt, die tapfer der Herzog bis an sein Ende streicht.

Doch Spiel nun und Concerte verlaß, o Fürst, ein Weilchen,
Dir duften doppelt würzig Narzissen, Glöcklein, Veilchen,
Nun sie getraut dir haben ein schön, ein fürstlich Gemahl;
Dir zaubre Honigmonde Schloß Dobriluk im Blüthenthal!

Des Turteltaubers Girren ist ja doch auch Musik,
Und Kuß ein süßes Schallen, und Harmonie ein Blick
Und in Damastgardinen, in Busch und Laubenwand,
In düstren Baumverließen wohnt Wohlklang, den du nie geahnt.

Hoch fliegt ihr, Sonnenlerchen, — sein Herz nochmal so hoch!
Ihr flüstert süß, Boskette, — er flüstert süßer noch!
Du lächelst froh, o Vollmond, — sein Blick noch froher, voller!
Das Flügelroß der Zeiten geht durch indeß, gleichwie im Koller.

Allein, allein, Herr Moritz, Eins fehlt doch, will mir ahnen,
Dich zupft am Rock bisweilen ein Rückerinnern, Mahnen.
Füllt denn die Lebensschale nicht Liebe zu Genügen?
In Einsamkeit was sinnst du, was bei der Feste rauschenden Zügen?

Sie wandeln durch den Garten. Baumwipfel überwallend,
Wogt dort im Doppelschafte der Springquell, steigend, fallend;
Ihm dünkts ein Geigenbogen, gespenstisch, ungemessen,
Er schwankt, als droht' er fragend: Und hast du mein denn ganz
                                        vergessen?

Zwei weiße Schwäne steuern stumm im Bassin vor ihnen,
Ihm sind's, gebaut von Silber, zwei schimmernde Violinen;
Dort ums Parterre die Wände gestutzter Baumalleen,
Ihm sind's nur Notenpulte, die des Orchesters harrend stehen.

Im Cirkus die straffen Seile, drauf springende Gaukler fliegen,
Ihm sind's gespannte Saiten, drauf tanzend die Töne sich wiegen;
Im Hoftheater der Mime, den Dolche niederzwingen,
O tragisch Ende, im Solo ist's einer Saite kläglich Springen!

Ein Feuerwerk gibt's Abends; Leuchtkugeln, Raketenflug!
Hell im Brillantfeuer des Paares Namenszug!
Das zischt und sprüht und prasselt! — O sieh gen Himmel fahren
In flammen die Kreise, die Haken geschwänzter, gestrichner
                                        Notenschaaren!

Ei sieh, ei sieh, Herr Moritz, das ist das schlimmste Zeichen:
Mit ihren Locken spielend, welch keck gewagt Vergleichen!
Ach, diese blonden Ringlein, so kraus zur Schulter fallend,
Ein schlängelndes Saitengeringel, des Cello's Nacken blond um=
                                        wallend!

Ausfüllt die Lebensschale nicht Liebe zur Genüge!
Ist Liebe fern, zu ihr führen all' Steg' und Straßenzüge;
Ist Liebe nah, manch Pfadlein wird doch hinweg sich finden,
Doch bangt nur nicht, bald wieder wird sich's zurück holdselig winden.

Wie der Merseburger Hofpoet gesungen haben würde.

Baß ist der Regens Chori, der Donner in Geigenwettern,
Der Eichstamm', den die andern Tonblumen schmiegsam
umklettern,
Der Riesenleib, den die Rüstung memnon'schen Metalls umklingt,
Neptunus, der der Tonflut Rebellen mit dem Quos ego! zwingt.

Und herrscht der Baß als Kaiser, der streng zu Recht erkennt,
Darf stolz Baßgeige heißen ein fürstlich Instrument;
Drum strich sie Herzog Moritz, strich sie in Freud', in Sorgen,
Strich sie im Schloß und Garten, strich sie am Abend und am Morgen,

Daheim zu eigner Freude, im Dom zu Gottes Ehre,
Strich sie bei langer Predigt, als ob's ein Schnarchen wäre,
Strich sie so stark und freudig, daß schwellend sich vom Schloß
Wie Landessegen über ganz Merseburg der Klang ergoß!

Und Segen ist im Lande, der Fürst so fromm vergnüglich,
Fürtrefflich sein Minister: geigt überaus vorzüglich!
Im Takt ist's gut arbeiten! ruft Gerber froh und Bräuer,
Statt Silbers bringt der Bauer ein Klümpchen Geigenharz als Steuer.

Sonst wintert's in deutschen Landen, Zugvögel westwärts fluten,
Ihr Schwaben, scheu entsprungen dem Käfig und den Ruthen,
Salzburger, Wandervögel, aus Alpenschlüften ziehend,
Ein leuchtend Kreuz im Gefieder, den Landesvater Raben fliehend!

Chursachsen, deren Schwingen zum Meeresflug zu schwach,
Die nebst Hufeisen, Thalern der starke August brach,
Fleugt her in unser Ländchen, pickt keck und frei die Brocken!
Und hört ihr nicht die Klänge, des Finklers Weisen, lieblich locken?

Statt Kämmerlings beim Herzog ein Fiedelstrich dich künde,
Ein Stradivari verfechte Bittschriften statt der Gründe;
Uns Dichtern welch ein Leben! Censur ist todtverblichen:
Im Merseburgeramte wird gar nichts, als der Baß, gestrichen.

Des Herzogs Favorite, dem Seckel nicht zu theuer,
Nur Colophonium naschend, ein reizend Ungeheuer!
Hochbusig, schwanenhalsig, gewölbt der Hüften Masse,
Französin nach der Stimme, denn redend nur im rauhen Basse.

So vieler Reize Umfang hat Raum nicht in der Karosse.
Sie fährt im Erntewagen, davor vier stolze Rosse.
Seht, wie sich Favorite und Gattin gut verstunden,
Die Herzogin hat selber mit Blumen ihr das Haupt umwunden.

Denn Liebe soll, wie Gottheit, bar aller Selbstsucht sein;
Nicht sei gebannt die Andacht an Gottes Dom allein!
Wohlauf zu Bergen und Thalen! Ihr müßt doch seiner denken.
Frisch in den Wald! Es könnte die Nachtigallen sonst noch kränken.

Ein Priesterthum, ein mildes, übt auch die Liebe so,
Die Lippe, die sie küßte, werd' auch des Liedes froh,
Der Arm, der sie umschlungen, darf auch den Pokal kredenzen;
Sie wird, was du liebst, lieben und Harfe dir und Becher kränzen.

Und als ein rosig Kindlein die Herzogin geboren,[9]
Der Herzog prüft nicht lange die Aeuglein, Nase, Ohren;
Daß ganz es seinem Vater als echtes Kind sich zeige,
Als Anrecht aus dem Jenseits mitbracht' es eine kleine Geige.

Und ist des Kindes Antlitz, drin sich der Vater erkennt,
Ein makelrein und lesbar geschrieb'nes Dokument,
So ist das Kindergeiglein, vom Mütterchen geschenkt,
Des Fürstenwappens Kapsel, die an dem Pergamente hängt.

Der Herzog bestellt sein Zeughaus und wirbt sein Heer.

Und kam die erste Schwalbe, bald kommen nach die andern,
So eine Geigenwallfahrt sah man zum Schlosse wandern,
Da zogen hin sanglustig die Cremoneserinnen,
Bassette, Bratsche, Gambe mit Violon und Violinen.

Viola auch d'amore, ach, ein entthronter Namen!
Dann ihr Gefolg einst holder, jetzt längstvergess'ner Damen,
In Blousen und pappnen Panzern, geschleppt, geschleift, getragen,
Die Ein' im Schiebekarren, die Andre in Ministers Wagen.

Anflogen da die gelben Sangvögel aus Tyrol;
Schalk Stainer hat verschlossen in ihres Busens Hohl
Zugleich die Häherzunge, die Nachtigallenkehle,
Daß jene den Lehrling quäle, der Meister diese neu beseele.

Wie einst um sich versammelt der Welserin Gemahl
Der Ahnen Rüstung, Waffen zu Ambras in dem Saal;
— Man hält noch werth Festbecher, drin edler Wein einst kochte:
O daß zur Fürstenzwiesprach ein Herz noch in den Panzern pochte! —

3*

So eint hier köstlich Rüstzeug der Fürst zum Arsenale,
Manch Werk Zeugschmieds Amati, Kürass' aus Fichtenschale,
Vom Patagonen Basso, vom Lapplandszwerg Sopran;
Doch Sprache, Leben allen gibt eines Zauberstäbchens Bann!

Die langen vollen Reihen besieht der Herzog heiter:
„Ein Marstall edler Hengste, doch fehlen noch die Reiter!"
Horch, durch die Gassen hallend Gesänge, Tritte wogen!
Mit Kränzen kommt und Bändern vom Land Rekrutenvolk gezogen.

„Weit hinter'm Berg ja wohnen die Türken und Corsaren!
Hält Prinz Eugenius Wache, was ist uns zu befahren?
Kommt Hagelschlag und Dürre, ihr könnt's vom Land nicht
                                                wenden!"
Der Herzog spricht's am Fenster und nickt und winkt mit beiden
                                                Händen.

Da kamen schlanke Bursche, die Freier der Muskete,
Der Fürst schnell Geig' und Bogen in ihre Hände drehte:
„Da schultre mir, mein Junge, das Flintlein ring und rund!
Das trägt in weite Ferne und drückt dir nicht die Achsel wund!"

Mit Geigenharz die Kiste gibt er den Grenadieren
Und reicht die stattlichen Bratschen den stämmigen Kanonieren:
„Nicht werden diese Granaten die Hand euch, platzend, sengen,
Das Brummen dieser Karthaunen wird nicht das Ohrenfell euch
                                                sprengen."

Vorführt er dann das Cello dem Reitervolk mit Sporen:
„Das wär' ein feines Rößlein, ein Vollblut auserkoren!
Das braucht nicht Streu und Hafer; nur aufgesessen munter!
Es beißt nicht, und es schlägt nicht und wirft den Reiter nicht
                                                herunter."

Nun ist das Heer gesammelt! Commandoworte schallen!
Die Rößlein scharren und wiehern, im Takt Fußvölker wallen,
Kanonen rasseln und brummen; doch durch das Kampfgewimmel
Ragt hoch der Baß des Herzogs, im Pulverdampf des Feldherrn
Schimmel!

Es klirren von den Salven die Merseburger Scheiben,
Wie fernes Donnerrollen durchs Land die Klänge treiben.
Doch nun die Schlacht geschlagen, der Held belobt die Seinen
Und freut sich still des Sieges, denn siehe — keine Mütter weinen.

Es ist kein Glück vollkommen; wer hat, der hätte noch gerne,
Der Herzog, fast beklommen, erfleht von seinem Sterne:
„O könnt' ich mein noch nennen den Zwerg, den also kleinen,
Daß er die Violine als Contrabaß strich' zwischen den Beinen!

Und hätt' ich einen Riesen, den Anblick, Götter zu laben,
Der Contrabaß als kleine Armgeige kann handhaben!
So würde Laune, Mißklang, die in die Form der Wesen
Natur im Unmut legte, versöhnt durch Wesen auserlesen.

Das Zwerglein mit dem Basse ein Größeres mir deute!
Klein Roland ist's, nachschleppend das Riesenschwert als Bente;
Die Hirtin, die begeistert den Stab des Marschalls schwingt.
Groß wird der Kleine, Schwache, der kühn des Starken That
vollbringt.

Der Riese mit dem Geiglein ein andres Bild mir zeigt:
Aufs Knie der große Bearner als Kinderpferd sich neigt;
Des Bauers Pflug ein Kaiser mit weißen Händen lenkt.
Die Größe wird nicht schrecken, die sich zum Werk des Kleinen senkt.

Die Beiden sind zwei Wellen, die senkend sich, die hebend,
Doch Beide zurück zum Einklang der Spiegelfläche strebend.
O hätt' ich Beide diese, daß mir kein Wunsch mehr bleibe,
Und mir mein Glücksstern wiese die ganze, helle Vollmondscheibe!"

Der Herzog meint die Harmonie zu finden.

Ein Tag ist's voll Verhängniß, Sonnaufgang rothentbrannt,
Der Weichselzopf in Polen, die Pest im Türkenland,
In allerlei Gestalten zerweht die Wolkenränder,
Kometen, nicht am Himmel, berechnet doch im Hofkalender.

Der Herzog mit dem Kanzler durch Wies' und Feld lustwallte,
Horch, aus dem hohen Grase ein Schrei, ein Wimmern schallte:
„O weh, in Urwaldsdickicht hab' ich mich ganz verloren!
Ach, Stamm an Stamm ohn' Ende! Weh mir, zum Bärenfraß erkoren!

Daß ich sie nie gesehen, daß nie geliebt ich hätte!
O daß ich nie verlassen der Jugend sichre Stätte!“
Aufhorcht gespannt der Herzog, der Kanzler spricht: „Ich mein',
Es wird nach Tagesmode ein malkontenter Laubfrosch sein!“

Der Herzog sucht im Grase; da sitzt auf einem Stein
Ein Männlein bärtig, runzlig, doch wie ein Kind so klein,
Nach Zollen nur zu messen, das weint gar bitterlich;
Aufhebt den Zwerg der Herzog: „Wer bist du und von wannen?
         sprich!“

„„„Ich war an Peters Hofe, des Zaren, wohlgelitten,[10]
Es stand mein festes Schlößlein auf seiner Tafel mitten;
Sie nannten es Pastete. Wie jubelten sie Alle,
Als ich, Goldfahnen schwingend, in ganzer Rüstung sprang vom Walle!

Einst mir genüber glommen die Augen einer Dame,
Nicht Augen! Lichtgestirne, Gluthsonnen sei ihr Name!
Verzückt stand ich, gezogen zu ihr von jeder Fiber,
Doch, ach, ein See lag zwischen, See Suppenteller! Wie hinüber?

Das sehend sprach Zar Peter: Bist du so liebesschmächtig,
Will dir ein Bräutlein geben, ein Fest dir halten prächtig!
Da wies ein klein Zwergdirnlein er mir, dem schönsten Manne!
Die niedre Krüppelbirke anstatt der höchsten, schlankften Tanne!

Nur Zwerge die Hochzeitgäste, großköpfige, höckrige Kerle
Und Zwerge die Musikanten, breitmäulige, dürre Schmerle!
Truchseß und Festmarschälle Zwergkrabben ungestalte!
Nur häßlich Zwerggesindel, damit der Schönste Hochzeit halte!

Nun liebt, tanzt, musiziret nach dem Commandostabe!
Doch ich, die freie Seele, ich lief davon im Trabe;
Ihni, dem Kosakenpferde flink an den Schweif mich häng' ich,
Wie der Komet durch die Räume, durch Feld und Steppen sausend
                                                    sprengt' ich!

So wandr' ich fort, ein Opfer der Lieb' und Tyrannei,
So kam ich her todtmüde und steh zu Dienst euch frei."""
Der Kanzler steckt mitleidig den Kleinen in den Sack,
Der Herzog Moritz Wilhelm vor Freudenunmaß fast erschrak.

„O Seligkeit, nun hab' ich den Zwerg, den also kleinen,
Der leicht die Violine als Baß streicht zwischen den Beinen!"
Er spricht es, wie von einer Lichtglorie umfangen!
Es war von seinem Glücksmond das erste Viertel eingegangen.

Sie wandern fröhlich weiter. Der Herzog plötzlich spricht:
„Mich dünkt am Gotthartsteiche den Thurm dort sah ich noch nicht!"
„„Es thut mir, Sereniss'me, zu widersprechen leid,
Kein Thurm ist's, nur Windmühle! die Flügel rührt's ja beiderseit!""

„Sei's Windmühl oder Kirchthurm, Entsetzen ist's zu sehn!
Denn seht, es regt sich, schreitet, auf uns scheint's los zu gehn!"
Und immer näher wallt es, hat Arme, Beine, Kopf
Und steht vor ihnen endlich, ein Goliath mit steifem Zopf.

Nach Ellen ist's zu messen vom Scheitel bis zur Ferse,
Langbeinig, wie hier im Liede die Nibelungenverse;
Sein Athem dröhnt, als blähten der Orgel Bälge sich.
Der Herzog ruft fast zitternd: „Wer bist du und von wannen? sprich!"

„„O! Kennt ihr nicht den Jonas vom Regiment der Langen?
Ich komm' auf Meilenstiefeln von Potsdam hergegangen,
Vom König, der den Riesen in Lieb' und Huld geneigt,
Nur nicht dem einen jungen, dem Riesen, den er selbst gezeugt."

Wie Finkler im Gehege, wie auf der Beize Sperber,
So locken Diplomaten, so packen uns die Werber;
Wie Schlingen junge Füllen, so fangen uns Verträge,
Daß nur der Tritt von Riesen den Staub am Haveldamm errege!

Wozu dieß Trommeln, Blitzen, dieß Rasseln, Wallen, Dröhnen?
Will er August entsetzen und Stanislaus dann krönen?
Nein, er zerbrach das Zepter dem Weichling Staatsperrücke
Und hob zu Thron und Ehren den Helden Steifzopf im Genicke!

Schön war's zu sehn im Marsche die blauen Reihn der Riesen,
Als kämen die blauen Berge herabgewallt die Wiesen;
Schön war's, wie festgemauert die Fronte goldner Mützen,
Als ragte eine Zeile Leuchtthürme mit den Feuerspitzen.

Der Glanz hat seine Schatten. Seltsam hat sich's begeben,
Der König kam uns mustern, als ich im Schenkhaus eben;
Zufall, daß ich bisweilen kein musikalisch Ohr,
Und mich der Trommel Wecker umsonst vom Schlafe rief empor.

Heißt's Unstern nicht, daß grade des Königs Blick sich wählte
Zur Rast das einz'ge Knopfloch, an dem der Knopf mir fehlte?
Da hat es sich getroffen, — o schwärzester Schicksalsbock! —
Daß eben mich getroffen von Rohr der königliche Stock.

Der stand nicht im Kontrakte! Da macht' ich mich von dannen
Und steh euch hier zu Dienste, ein Opfer des Tyrannen."″
Den Stift schon nimmt der Kanzler, den Steckbrief aufzusetzen,
Der Herzog Moritz Wilhelm doch ruft in freudigem Entsetzen:

„Nun hab ich auch den Riesen, — o Anblick, Götter zu laben!
Der Contrabaß als kleine Armgeige kann handhaben!″
Ohnmächtig all' der Wonne, sinkt er mit bleichen Wangen,
Es war von seinem Glücksmond das letzte Viertel eingegangen.

Der Riese lädt auf den Rücken den Herzog huckepack,
Der Kanzler wallt daneben, das Zwerglein in dem Sack,
Wie Baß= und Violaträger zur Stadt heimwandeln sie,
Selbst tragend und getragen, ein schönes Bild der Harmonie.

Der berühmte Chevalier von Pöllnitz am Merseburger Hofe.[12]

Das Bienlein ist gar fleißig, noch fleißiger der Tourist,
Nebst Honig sammelnd Manches, was gar nicht Honig ist;
Das Immlein jede Blume durchforscht, die lenzig blüht,
Und Jener jed' Gehirne, das denkt, und jedes Herz, das glüht.

„Ich war an allen Höfen!" Mit Recht es rühmen darf
Der Chevalier von Pöllnitz, da man aus allen ihn warf;
Er hat auch die Geschichte vom Zwerg in schnellster Frist
Erhascht wie den seltnen Falter und an den Reisehut gespießt.

Gen Mersburg wallend denkt er: Ich will mich präsentiren
Als Peters Abgesandter, das Zwerglein reclamiren;
Mersburg wird mich tractiren, und Rußland decoriren,
Im Obdach unter'm Eichbaum darf ich der Eicheln Fall riskiren!

Der Herzog hat's vernommen, er weiß sich kaum zu fassen:
„Mein Zwerglein, kaum gewonnen, ich soll dich wieder lassen!"
Der Kleine spricht: „Verbergt mich in des Thronhimmels Falten,
Ein russisch Lied ihm singend, will ich statt Euch die Red' ihm halten."

Der Fremdling tritt zum Throne: „Ein Flüchtling fand hier Gelaß,
Heim sendet ihn, zu wenden von Euch des Zaren Haß!"
Doch von dem Thron hernieder zu ihm die Antwort klingt:
„Vernimm als unsern Ausspruch ein Lied, das deine Heimat singt:

Held Dieterich von Bern saß auf Ravenna's Throne,[13]
Da traten in den Saal Gesandte fremder Zone;

Sie nannten Esthen sich, ein braunes Fell ihr Kleid,
Am Hals ein beinern Bild des Ebers ihr Geschmeid;

Ihr Festschmuck Kenl' und Bart, fürwahr seltsame Tracht
Hier vor des feinen Hofs Juwel= und Seidenpracht!

Sie brachten als Geschenk von Bernstein volle Laden
Und Linnen manch ein Stück vom allerfeinsten Faden:

Sieh, was die Flur uns zollt, sieh, was die See uns landet
In unsrem Heimatland, daran das Ostmeer brandet.

Es ist so weit von hier, daß auf der langen Reise
Aus starken Männern wir fast wurden schwache Greise.

Doch Ruhm wallt weiter, als ein Menschenalter zog,
In unsre Wäldernacht dein Ruhm wie Nordlicht flog!

O woll' auch unser Land mit deinem Purpur decken,
Uns Fürst sein, Hort und Schirm, und unsrer Feinde Schrecken!"

Drauf Dieterich der Fürst: „Wenn auf der langen Reise
Aus starken Männern ihr geworden fast schon Greise;

So käm' ich, selbst ein Greis — seht meine weißen Haare, —
Als Fürst in euer Land wohl nur auf meiner Bahre.

Blieb eures Lands Tribut ich zu empfangen hier,
Verzehrt' als Reisegeld ihn euer Bote schier.

Bis daß er kommt zu euch, ist längst mein voller Segen
Ein loser Nebelhauch statt frischer, duft'ger Regen;

Bis euch die Ruthe trifft, die ich im Zorn erhoben,
Ist sie ein todtes Reis, verdorrt längst und zerstoben.

Der Liebe Leben ist umfassen und beglücken,
Des Hasses Wesen ist zu treffen und zu drücken!

Sonst ist der Liebe Gluth ein Hof am Mond, ein blasser,
Sonst ist des Hasses Schlag ein Wetterschlag ins Wasser!

Wählt Sonn' und Jovis Aar zu Fürsten immerhin,
Sind sie auch etwas weit, doch näher, als ich bin;

Als Segen trifft euch doch der Sonne Strahlenpfeil,
Als Fluch erreicht euch doch des Adlers Wetterkeil."

So sprach der Fürst zu den Gesandten fremder Zone,
Doch dir auch, o mein Volk, sprach er zu Nutz und Lohne:

„Und lächelt dir der Zar, nicht juble vor der Zeit!
Der Himmel ist gar hoch, der Zare wohnt gar weit.

Und zürnt der Zare dir, sei's dir kein großes Leid!
Der Himmel ist gar hoch, der Zare wohnt gar weit."

Pöllnitz, erstaunt, betroffen, starrt auf des Herzogs Mund,
Der, nicht die Lippen regend, doch spricht so schön, so rund!
— Ich will's Euch wohl vertrauen, doch ihm verrath' ich's nicht!
Es ist des Herzogs Zwerglein, das aus dem Baldachine spricht.

Dem Tagebuch er Abends bekennt: „Ich sah noch nie,
Wie hier zum Völkerglücke, bei Fürsten solch Genie;
Nicht nur kunstfert'ger Geiger, Bauchredner ist er auch,
Der eine lange Ballade mir deklamirte durch den Bauch!"

So pfeift jedweder Vogel im Lenz sein Urtheil los;
Zaunkönig an der Hecke sieht Alles erstaunlich groß,
Stoßfalke in den Wolken sieht Alles unendlich klein,
Die Lerche zwischen Beiden mag bester Kritikus noch sein.

Etwas von dem alten Riesen Einheer.

urück gebt mir den Jonas! Mord, Blitz und Donnerwetter!
Sonst Krieg um ihn! Eu'r Liebden stets wohlgeneigter
                                                Vetter."
Den Brief des Preußenkönigs der Herzog liest, erblaßt,
Doch kann er nimmer sich trennen von dem geliebten Riesengast.

Weh, schon ein Preußenlager diesseit der Landesgrenzen!
Wie's wimmelt dort am Hügel! Welch Rufen, Flimmern, Glänzen!
Hört ihr's in aller Frühe dort pelotonweis knallen?
Nicht Flinten! Kleiderklopfer sind's, die auf Uniformen fallen.

Seht rege wie Kranichzüge die Reihn, — doch nicht zu Gefechten!
Den Hauptmann hält am Zopfe, ihn regelrecht zu flechten,
Der Fähndrich; den der Waibel, den der Gemeine dann,
In ungemeß'ner Zeile, so fort und fort, der Mann den Mann!

Staub hüllt und Rauch das Lager, Entsetzen dem Bauernvolke!
Doch Pulver nicht, nur Kreide, Haarpuder ist die Wolke,
In die noch nicht gefahren, beseelend, zündend der Blitz,
Sie ballend zu Wetterschlägen, der Feuergeist des großen Fritz!

Sie spähn: kein Feind ist drüben! — Doch sieh, jetzt wird entrollt
Die Merseburger Fahne, das schwarze Kreuz in Gold!
Ein weißes Zelt daneben. Jetzt wirbelt Trommelschlag,
Jetzt klingt der Ton der Geige, als ging's zu Kirmes und Gelag!

Der Schütz' an der Kanone lädt scharf, visirt und ruft:
„Nun hab' ich auf dem Korne den musikal'schen Schuft!
Spottvogel mit der Fiedel, dir sei der erste Gruß!
Gilt's jetzt? Nach Takt und Noten die Kugel tanze, knalle der Schuß!"

Der Hauptmann nimmt das Fernrohr, erblaßt und spricht:
                                                    Halt ein!
Das ist der Riese Jonas, geheiligt sein Gebein.
Der König sprach: Den Jonas schont, wenn ihr klopft die Sachsen;
Bevor ihr fällt die Eiche, denkt, wie so lang sie mußte wachsen!"

Da rief ein junger Fähndrich: „Dort regt sich's im Gesträuche;
Gilt's, renn' ich Bajonnette den Feinden in die Bäuche!"
Der Hauptmann schaut durchs Fernrohr: „Ich seh' allein den Langen;
Es sprach mein Herr und König: Wer dem ein Härlein krümmt,
                                                    soll hangen!

Nun will ich selbst hinüber ins Feindeslager reiten,
Daß sie aus Kriegesfährden entfernen den Geweihten."
Er nimmt ein weißes Fähnlein und trabt zu Thal durchs Feld,
Bis wo der Riese Jonas gemächlich sitzt vor seinem Zelt.

„Ist hier die Vorpostwache? Zum Offizier mich führe,
Daß er mein Aug' verbinde, Tambour das Zeichen rühre."
„„Ich bin Vorposten, Trommler und Offizier zugleich!""
Er legt ums Aug' ihm die Binde und schlägt die Trommel mit
                                                    mächtigem Streich.

„So führe denn zum Feldherrn und führe mich zum Heere!"
„„Ich bin das Heer und habe Feldherr zu sein die Ehre!""
„Du bist wie Luft und Wolke, die Keiner hascht und greift,
Du bist wie die Sonnenscheibe, der nie ein Blei das Schwarze streift.

Dein Fürst hat, traun, den besten Heerführer, wie ich seh,
Dem auf den Wink gehorchen die Glieder der Armee;
Drum Meuterei der Truppen droht ihm nicht, wenn er spricht:
Das Heer soll sich ergeben!" — „„Fürwahr, das Heer ergibt sich
nicht!""

Der Hauptmann trabt von dannen, zähnknirschend, lachend, beides:
„Ein Heer soll ich zermalmen und darf ihm thun kein Leides!
Vernichtet' ich's, wär' ewig der Siegespreis verloren!
Und zög' ich heim als Sieger, wär' ich zum Galgen erst erkoren!"

Horch, Trommler-Pfeifersignale! Heimwärts ziehn Wanderflüge!
Heimwärts die Preußen wallen, geschloßne Kranichzüge!
Und als er sah ihr Wandern, zog auch Herr Jonas heim;
Ihn hält umarmt der Herzog, ihn preist der Hofpoet im Reim:

„Es war ein starker Riese einst in uralten Tagen,
Der fünf, sechs Feind' am Spieße, wie fünf, sechs Hasen getragen;
Weil wie ein Heer er mächtig, ward er Einheer genannt.
Du nenn'st den Namen prächtig und galtst allein ein Heer dem Land.

Dir schmiegt sich die gefeite Goldrüstung um die Lenden,
Die noch kein Hieb entweihte, kein Kugelwurf darf schänden.
Du unverletzliche Eiche im heiligen Hain der Sachsen!
Bevor sie falle dem Streiche, denkt, wie so lang sie mußte wachsen."

Der Herzog besiegt die Hydra der Rebellion.

Dem Schlosse gegenüber am Pult der Anwalt sitzt,
Ausbleiben die Gedanken, wie er den Kiel auch spitzt.
Traun, seltsam! Wie's im Hirne ihm sonst gebärend kocht!
Der Klempner unter ihm hämmert, der Küfer neben ihm klopft
und pocht!

„Der Geigensturm vom Schlosse macht taumeln mich und schwindeln,
Erwürgt die Geisteskinder mir schon in zarten Windeln;
Tyrannenlist, die freie Gedanken also jocht!"
Der Klempner heut nicht hämmert, der Küfer heut nicht klopft und
pocht.

Er steckt den Kopf durchs Fenster: „Ihr lieben Nachbarsleut',
Ruht heut das fromme Handwerk und feiert Sonntag heut,
Daß Hammer hält und Schlegel karthäuserschweigsam friede
Und nicht mit gewohntem Klange mir einwiegt die Gedanken-
schmiede?"

Der Küfer ruft: „Vom Schlosse klingt's so verstimmt, vertrakt;
Will ich den Schlegel schwingen, gleich bin ich aus dem Takt!"
Der Klempner schreit: „Dieß Fiedeln, mich bringt es noch von
Sinnen!
Wer mag sein stilles Handwerk mit inn'rer Sammlung da beginnen?"

Zinngießer seufzt: „O Zeiten! Zum Betteln wirds mich bringen!
Löthharz kaum zu bestreiten! Die Geigen es ganz verschlingen!"
Da stöhnt der Stolz des Weichbilds, der Merseburger Brauer:
„Dieß Geigendonnerwetter macht mir das Bier im Keller sauer!

Die Sage von der Riesin Schildkröt' ihr Alle kennt,
Die stumm zu Fall einst wühlte des Domes Fundament;
Jetzt hat der Fürst die Schale mit Saiten ihr bespannt,
Sie lebt und wühlt noch immer und untergräbt das ganze Land!"

Ein Mann aus wälschen Landen wallt just vorbei die Stätte,
Trägt auf dem Kopf Figuren von Gyps auf einem Brette;
Am Draht nickt jeder Schädel, ja! ja! nickt Kopf und Schopf.
Der Anwalt ruft: „Der Starke! Den ganzen Landtag auf dem Kopf!

Ja ganz der letzte Landtag! O neues Postulat:
Den Hofzwerg ausstaffire das Land mit Kleiderstaat!14
Ihr gypsernen Landesväter, wollt ihr euer Brüderlein,
Das Zwerglein, neu bekleiden? Ihr nickt! Sagt endlich doch:
                                        Nein! nein!

Da bringt Lauchstädt die Höslein, Schkeuditz die Schuhlein gut,
Das Röcklein steuert Lützen, Mersburg als Haupt den Hut;
Nun rechnet euren Antheil! O unerhörter Druck!
O wär's für Mausoleen, wär's für der Krieger Waffenschmuck!

Wär's für die Cosel, die seufzen tief unsre Nachbarn lehrt!
So schöne Augensterne sind ja des Seufzens werth.
Doch Länder auszupressen für solchen winz'gen Gecken!
Merkt auf, es wird den Enkeln der Zwerg sich noch zum Riesen
                                        strecken!"

Und: „Nieder mit dem Zwerge!" und: „Nieder mit dem Basse!"
Rief's durch die Schaar; wilddrohend drängt sich zum Schloß die
Masse;
Die Trepp' empor mit ihnen zum Saal der Anwalt steigt,
Wo in der Treuen Mitte zu Thron der Herzog sitzt und geigt.

Rings viel der tapfern Fiedler! Am untern End' der Kleine,
Der fest die Violine als Baß zwängt zwischen die Beine;
Als Flügelmann der Riese am andern Ende droben,
Der seinen Baß als kleine Armgeige spielend hält erhoben.

„In jenes Harfners Saiten lag solch blutdürst'ger Klang,
Daß selbst der fromme Erich in Wuth nach Waffen sprang;
So hat, o Fürst, das Dröhnen der Geig' in deiner Hand
Dein Volk gehetzt zum Wahnsinn, daß zorngewaffnet es aufstand!"

Der Anwalt glüht im Eifer, der Herzog aber schweigt,
Im Chore murrt die Menge, der Herzog aber geigt.

Er geigt ein Flageoletto, wie Wasser über Kieseln,
Ihr hört das Bächlein wallen, durch Wiesen murmelnd rieseln;
Kaltschauernd ziehn die Geiger die Beine auf die Stühle,
Der Redner bangt der Nässe, daß ihn das Fußbad überkühle.

„Dich schäme so schön zu spielen! Philipp zum Sohn es sprach,
Und Alexanders Laute Antigonns zerbrach:
Dir ziemt ein Arm zum Herrschen, doch nicht zum Spiel der Zither!
Auch du, Fürst, dich ermanne und wirf den Geigentand in Splitter!"

Der Anwalt sprüht's im Eifer, der Herzog aber schweigt,
Im Chore murrt die Menge, der Herzog aber geigt.

Es plätschert sein Ligato, ein Gießbach, dessen Gischt
Sich jetzt zerstäubt an Felsen, jetzt durch den Mühlgang zischt;
Die kalten Fluthen steigen der Schaar bis zu den Bäuchen,
Sie fühlt sich schwindelnd, taumelnd, ergriffen von des Mühlrads
         Speichen.

Doch kreischt noch eine Stimme: „Der Schmach ist's allzuviel!
Statt Zepters einen Bogen, statt Trommeln Saitenspiel!
Die Hunde macht es bellen, doch schlägt es nicht die Türken;
Laß einmal Fiedelbogen das Wunderamt des Schwertes wirken!"

Der Anwalt spricht sich heiser, der Herzog aber schweigt,
Die Menge murmelt leiser, der Herzog aber geigt.

Und arpeggiando fallen die Geigen Aller ein!
Da bricht's durch Fenster, Thüren, wie Fluthenschwall herein,
Die Wellen sich überstürzen und bäumen sich, tosen und toben,
Und Tisch' und Stühle scheinen vom Wasser schaukelnd aufgehoben.

Das ist ein Schreien und Flüchten! Zur Pforte welch Gedränge!
Hinaus zur Thüre rudert, Ertrinkenden gleich, die Menge.
Die Stufen hinab welch Springen! Der Katarakt doch sanft,
Nachstürzend, hinab die Treppe, bis mählich er am Markt verbraust.

Und Friede war's! Wie genesen vom Otternbiß das Rasen
Des Kranken, dem die Flöte ward über die Wunde geblasen,
So heilte des Herzogs Geige der Meutrer Fieberhitzen!
Die Neuzeit hat erfunden dafür Pariser=Feuerspritzen.

Der Herzog bereist seine Staaten.

„Soll's, während wir hier geigen, im Land so übel stehn?
O laßt, wie ich regierte, mich eig'nen Auges sehn!
Den Schatz indeß bewahre Ries' Einheer, Zwerg Laurin.“
Der Fürst rollt mit dem Kanzler incognito durchs Land dahin.

Incognito das heiße: Auf, Thüren und Thore weit!
Die Böller los und Glocken! Doch bergt, verhängt das Leid
Mit Blumen- und Mädchenguirlanden, betäubt's mit Sang und
                                                    Klang,
Macht doppelt tief den Bückling und eure Reden doppelt lang!

Der Fürst sah über Lützen verspätete Geier steigen:
Nicht immer regieren weise die Fürsten, die nicht geigen:
Er sah es, wie in Lauchstädt bei hallischer Musen Sang
Natur, der Aerzte bester, den Kelch voll schäumenden Heilborns
                                                    schwang;

Er sah in der „goldnen Aue“ das Meer von Saaten wogen,
Ein Bild bescheidnen Reichthums: Fruchtbäume, von Last gebogen,
Die Rebe, Südens Flüchtling, an Fenster um Einlaß klopfen,
Stolz mißt von lust'ger Stange sie, der hier König ist, der Hopfen;

Um Schkenditz die schönen Forste voll Tannen hoch und schlank,
Dank! sang vom Thurm die Glocke, das Glöcklein der Trift
                             klang Dank!
In Lüften pfiff die Lerche, im Korn das Bäuerlein;
Der Fürst rief: „Du regierst fürtrefflich, goldner Sonnenschein!"

Volksjubel aller Orten, sich sonnend in Fürstenhuld!
O Eloquenz der Schulzen, o fürstliche Geduld!
Der Bürgermeister die Schlüssel darbringt auf Kissen und Teller,
Und hat die Stadt nicht Thore, vergoldete Schlüssel sind's vom
                             Keller.

Umrankt von Arabesken ein heit'res Dichterlied
Scheint's, wenn durch Ehrenpforten der Herzog lächelnd zieht,
Ganz weiß, ihm Blumen streuend, viel Kindlein drängen herein,
Der Herzog denkt zufrieden: Ich muß doch kein Herodes sein!

Bei Dölitsch stehn auf der Höhe drei Linden alt und breit,
Im frei'n hier hielten Landtag die Männer alter Zeit;
Da will der Herzog rasten, er sinnt und schaut zu Thale:
Saatfelder, Auen, Triften reiht an ihr Band, wie Perlen, die
                             Saale!

„Wie kommt's, daß diese Bäume den Menschen überdauern
Und seine flieh'nden Geschlechter und seine fallenden Mauern?
Hat, Demut uns zu pred'gen, der Herr sie aufgestellt?
Wie, oder einst zu Zeugen, gedächtnißstark, wenn Gericht er hält?

Wie dort des Stromes Wellen, so ihnen vorüber rauschen
Jahrhunderte voll Thaten! Sie aber stehn und lauschen;
Die Knospenaugen sehen, im Stamme wohnen Seelen,
Was ihnen vorbeigeschritten, sie werden's wieder einst erzählen!

Ein schön Berathen, ihr Alten, war's hier im Lindenzelte,
Frei vor dem Himmel, der helfe, frei vor dem Land, dem's gelte!
Wortfreiheit schützt der Panzer, ans Schwert greift flink der Zorn;
Die Sonne lächelt schweigend: es wächst die Tanne, es reift das
Korn.

Floh'n wir, ihr Licht nur scheuend, zum Rath in dunkle Kammer?
Heilt schneller der geschriebne, als der gesprochne Jammer?
Die Motte frißt die Lettern, ob Liebe sie schrieb, ob Zorn;
Die Sonne lächelt schweigend: es wächst die Tanne, es reift das
Korn.

Heil dir, weckt wie ihr Leuchten, Wohlwollen deine Saaten!
Weh dir, wenn deine Mißgunst verhagelt Keime der Thaten!
Den Weltgang wird's nicht irren, ist Hemmniß nicht, noch Sporn;
Die Sonne lächelt schweigend: es wächst die Tanne, es reift das
Korn.

Soll ich den Berg durchbohren, der mir den Weg umrändert,
Die Bahn des Stromes kürzen, der frei im Thale schlendert?
Das hieß' in Gottes Werke die Fehler bessern wollen;
Daß ich sie nicht verschlimmre, mag stehn der Berg, der Strom
mag rollen!

Mir ist's, als wehte vom Himmel ein Blatt mir in den Schooß
Ganz weiß, daß drauf ich schreibe ein Wort, doch wichtig, groß!
Schreib' ich das Wörtlein: Liebe? Haß will doch auch sein Recht!
Lieb' allem Edlen, Schönen! Haß Allem, was gemein und schlecht!

Mensch? Schreib' ich's mit Lettern von Staube, wär's nicht
ein dreist Anmaßen?
Gott? Schreib' ich mit Lichtbuchstaben ihn, den ich nicht kann
fassen?
Das Blatt blieb unbeschrieben, den Winden gäb' ich's preis!
So wahrt' ich's frei von Makel, heimflög' es fleckenrein und weiß.

Doch Heil dem gewalt'gen Arme, der in das Weltrad greift,
Es hemmend oder treibend, bis ihn's zermalmt und schleift!
Der Schöpfergeist ist's selber, der sich in ihm verjüngt
Und, Gutes bessernd — schaffend, zerstörend — nur nach Voll-
     endung ringt.

Den neuen Bau zu thürmen fühl' ich den Arm zu schwach;
Möcht' er den alten schirmen getreu vor Fall und Schmach!
Getrost laß' ich des Zepters Gewicht Statthaltern zwei'n:
Dir, freie Menschenseele, dir, ew'ger, warmer Sonnenschein!"

Der Herzog wallt zu Thale. Dort aus der Kirche schreitet
Ein Brautpaar; arme Leute, nicht von Musik begleitet.
„Wie? stumm, verwaist von Klängen, ein hochzeitlicher Zug?
Zu bessern deinen Fehler, Herr, ist mein Arm jetzt stark genug!"

Der Herzog nimmt die Geige, er streicht sie frei und stark,
In Aller Blick fährt Freude und Freude durchbebt ihr Mark!
Der Zweig im Haar des Bräutchens hat neuen Duft und Glanz,
Im Reigen sich schwingen die Gäste, ein lebend gewordner
     Blumenkranz!

Es wiegen sich die Klänge im klaren Vollmondschein,
Sie stiegen empor die Hänge bis zu den Linden drei'n,
Die lauschen und die rauschen, als ob sie hätten Seelen;
Was heute sie erlauschen, sie werden's weiter noch erzählen.

Hier wird Spielzeug verfertiget.

O fürst, dein Dichter könnte, da eben du auf Reisen,
Mit seinem Stab die Pforten zu unterird'schen Gleisen
Dir öffnen und dich führen in deines Geschickes Schmiede;
Doch will kein Glück er stören, oft mit dem Wissen flieht der Friede.

In der kristall'nen Grotte tief im Verließ der Berge
Da wohnen gute Geister, die Kobolde, die Zwerge,
Die einst mit Menschen lebten, dem Knecht die Lasten trugen,
Dem Ritter die Rüstung schleppten, den Streithengst ihm mit
                              Gold beschlugen,

Die seinen Töchtern spannen das feinste Haar vom Rocken,
Die Kinder Spiele lehrten und kämmten die gelben Locken;
Ach, daß wir sie erzürnten mit Spott, unedlem Necken!
Ach, daß wir sie verscheuchten mit Kreuzeschlagen und Weih=
                              brunnbecken!

Wie Liebe, unerwidert, noch heißer glüht im Brand,
So lieben sie Menschenkinder noch treu, wenn auch verbannt,
Für die nur schafft und rasselt die Werkstatt in dem Berge,
Und hämmern, brau'n und raspeln, poliren und feilen Kobold'
                              und Zwerge.

Der schneidet Talismane, der schmilzt im Tiegel Metalle,
Der schnitzelt köstlich Spielzeug aus Gold und Bergkristalle;
Kunstproben aufgespeichert in Kasten rings und Laden,
Ein unterirdisch Nürnberg, ein geisterhaftes Berchtesgaden!

Und sengen Dem und Jenem den Bart die Grubenlichter,
Verzerren sie die häßlich = gutmüthigen Gesichter,
Doch immer sprüht die Esse, und immer donnert die Schmiede,
Doch immer rasseln die Räder, und rührig rauscht das Werk zum
                          Liede:

„Weh, daß wir, Geisteraugen, durchschauend Tiefe und Höhe,
Nur dunkeln sehn die Ferne, nur modern sehn die Nähe!
Weh, daß so schlecht die Blumen der Erde Verwesung decken,
Weh, daß so schlecht die Sterne des Himmels Trostlosigkeit ver=
                          stecken!

Weh, Mensch, daß du geboren! Vor unsres Auges Strahlen
Liegt bar dein armes Leben, Elend, erkauft durch Qualen!
Daß von des Sein's Entsetzen er ab sein Auge wende,
O Schacht, mit deinen Schätzen, mit deinem Flitter mild ihn blende!"

So singen sie und schaffen; es tosen Speichen und Scheiben.
Die Splitter und die Späne, die von der Drehbank stäuben,
Demantenschutt und Goldstaub, fängt auf im Schurz die Najade,
Genug, zu kaufen alle die Königreiche der Gestade.

Und hat vollendet Einer sein Spielzeug, sein Geschmeide,
Fort trägt er's, selbst unsichtbar, zu köstlicher Augenweide,
Dorthin, wo drauf recht helle die Sonnenstrahlen zielen,
Zur großen Blumenwiese, auf der die Menschenkinder spielen.

Recht wie den Balg ein Jüdlein, weiß er's zu drehn, zu wenden,
Daß Kinderaugen sein Kleinod bald locken muß und blenden,
Bis sich's ein Kind erhaschte. Doch das gibt's nimmer frei:
Indeß das Aug' ihm's fesselt, zieht ungesehn sein Leid vorbei.

Dem schlichten Kindertrosse gemeine Rößlein von Stecken,
Doch manche von Bändern flatternd und andre bunte Schecken;
Doch Alle rennen und springen, — der Reiter sieht im Fliegen
Den Jammer nicht am Wege, bis Roß und Mann im Graben liegen.

Doch schönen klugen Kindern gibt's schöne feine Sachen!
Dort läßt ein Kobold fliegen Kometen aus Rauschgolddrachen,
Ein Kind erfaßt den Faden, schaut immer ihm nach in die Sterne:
Dem Bild grau'nvoller Nähe entfloh sein Blick in gleißende Ferne.

Von Gold den Apfel schleudert ein Andrer unter die Kleinen,
Des Apfels Stiel ein Kreuzbild, die Wangen von Edelsteinen;
Drum balgen sich die Knaben, — ihn faßt ein Königskind:
Der Glanz quillt um sein Auge, für Erdenjammer nun selig=blind!

Der hascht die Silberflöte; ihr Klang ihn süß bezwingt,
Daß ungehört des Schmerzes Wehklagen ihm verklingt;
Der dort sich in des Prismas Gluthfarbenspiel verschaut,
Sieht nicht des Lebens Töne ringsum erstorben und ergraut.

Ein Kobold wirft in die Lüfte ein goldnes Vögelein,
Rubine sind die Flügel, Demanten die Aengelein;
Es zwitschert und singt so lieblich das Vöglein Poesie,
Da lauscht und lauscht ein Knabe, — dem eignen Elend horcht
er nie

Auf einem blanken Stahlschild im Traum liegt einer der Knaben,
Triumphe, Kriegerzüge sind kunstvoll drauf gegraben;
Sein Aug' sieht nur im Glanze des Ruhm's Gestalten schreiten,
Geschlossen den Trauerzügen, die bleich an ihm vorüber gleiten.

Mit Kichern und mit Lachen heim zu der Brüder Schaaren
Kam von der Blumenwiese ein Kobold einst vor Jahren:
„Goldgeiglein, das ich formte dem Fiedlersohn zur Spende,
Fiel heut im wirren Gedränge in eines Fürstenkindes Hände!

Doch ihm auch soll's gefallen und nützen bis zur Bahre,
Sein Ohr und Aug' bezaubern, daß ihm's zu sehn erspare
Des eignen Stamms Erlöschen, der dunklen Mächte Wallen,
Des deutschen Sternes Sinken, des großen Vaterlands Zerfallen!"

Eine Vision. Die Saiten klingen aus.

Der Sturzbach einst im Fallen wird festgebannt zu Eis,
Dem grünen Baum entwallen treulos die Blätter leis,
Des Meisters Hände, müde, herab die Harfe gleiten,
Nachdröhnen still und stiller, bis sie verstummen ganz, die Saiten.

Es lehnt im Sorgenstuhle der Herzog schwach und krank,
Sein Haupt am Halse nieder der Favorite sank;
Der Zauber ihrer Stimme verfluthet in den Räumen
Und singt ihn leis in Schlummer und wiegt ihn in ein süßes Träumen.

Die Klänge scheinen Wellen, verspülend an die Küste,
Das Saitengedröhn Orkane, durchjagend des Meeres Wüste;
Der Geige Hohl durchschauert ein heimlich Knistern, Beben,
Wie eine Riesenpuppe spürt sie Entfaltungsdrang und Leben.

Zum Schiffe wird die Geige, ihr Boden wird zum Kiele,
Ein Ruck, da schwankt's vom Stapel auf glattgeseifter Diele!
Vom Land jauchzt Jubel! Freudig Okeanos aufspringt,
Schlägt Felsenbecken als Cymbeln; Posaunenstoß, Meerorgel klingt!

Das Schiff schwimmt stolz im Meere mit Flanken und Bastionen,
Der Hals streckt sich zum Mastbaum, die Schrauben sind Kanonen,
Vorüber legt als Bugspriet sich keck der Fiedelbogen,
Die Saiten werden Taue, Griffbrett das Steuer in den Wogen.

Die Anker auf! Ein tücht'ger Schnellsegler ist die Fregatte,
Daß bald des Festlands Anblick der Ozean bestatte!
Nun rings nur Fluth und Himmel! Die Sterne sinken und steigen,
Die Wellen fliehn und kommen; ringsum ein tiefes, ew'ges Schweigen.

O sieh, Fata Morgana, schwingst du hier Zauberruthen?
Es taucht ein grünes Eiland urplötzlich aus den Fluthen!
Doch aus den Büschen klingen auch Stimmen und Gesänge
Von nie geschauten Vögeln, doch lauter wohlbekannte Klänge!

Sieh, mächt'ge Ahornhaine mit breiten Blättern sprießen
Und Fichten, deren Nadeln die Wolkenkissen spießen,
Auch Pernambuko's Sträucher mit krummgebeugtem Schafte,
Seltsamer Form dazwischen der Ebenbaum, der fabelhafte.

Und Elephantenrudel scheu durch die Büsche rasen,
Milchweiße schöne Rosse mit Lämmern auf Triften grasen.
Doch jetzt zerstob's! — Der Geige war's nur ein Widerschein,
In deren Bau gesteuert Lamm, Pferd, Olfant, Gehölz und Hain.

Forttost das Schiff im Meere, von Well' und Wind getragen,
Der Herzog lehnt am Maste, das All möcht' er befragen:
„Soll, die ich üb'rall suche, ich nirgend finden, nie?
Wohin bist du geflüchtet, du all mein Sehnen, Harmonie?"

Auftauchen, Muscheln blasend, im Binsenkranz Tritonen
Und singende Sirenen mit grünen Lockenkronen:
„Auch wir, auch wir sie suchen!" Der Fürst hört nur dieß Wort,
Dann hält er zu die Ohren: „Ei sucht nur noch ein Weilchen fort!"

Da rief der Geist des Sturmes: „Ich auch, ich suche sie!
Wenn Flotten ich zertrümmre, zum Abgrund Thürme zieh',
Wenn ich das Segel reiße, wie ein Libell, entzwei
Und Felsen rüttle, — zweifelt, daß Harmonie die Kraft nur sei!"

Da kamen mildre Geister: Windstille, Westhauch, Brise;
Sie gossen Oel aus Krügen, das Meer schien eine Wiese,
Sie sangen süß im Chore: „Wir auch, wir suchen sie!
Wir helfen, heilen, schmeicheln; ist denn nicht Liebe Harmonie?"

Der Geist des Wirbelwindes rief aus der Wasserhose:
„Was nütze jenes Toben, was helfe dieß Gekose?
Herab zieh' ich die Wolke, das Meer empor ich zieh',
Zusammen schraub' ich Beide: Vermittlung nur ist Harmonie!"

Da kam die Nacht und legte um jedes Aug die Binde:
„Willst du im Geiste schauen, dein irdisch Aug erblinde!
Sie kommt, wenn du nicht suchest; nicht suchend — such' ich sie.
Stark Ein Sinn, todt die andern! Bewußtlos find'st du Harmonie!"

Jetzt blendend hell wird's plötzlich! Anstürmen aus aller Ferne
Kometen mit brennender Schleppe, Laternenknaben Sterne,
In goldner Rüstung Sonne, pfeilschleudernde Amazone,
Nordlicht im wallenden Purpur, am Haupt die funkelnde Islands=
                                        krone;

Auch Mond, der bleiche Jüngling, schwärmend für Licht und Recht,
Manch irdisch Feuer: auf Erden gefall'nes Engelgeschlecht;
Die Fackeln sprühn und prasseln! „Wir auch, wir suchen sie!
Im Lichte ward sie geboren! Bewußtsein nur ist Harmonie!" —

Herr Moritz fühlt sich gehoben, entrückt der Erdensphäre,
Sein Schiff, es ist verwandelt zur leichten Mongolfiere;
Nicht mehr durch grüne Wogen, durch Wolken geht sein Schiffen,
Durchs blaue Meer des Himmels, vorbei der Sterne goldnen Riffen.

Tief unter ihm die Stimmen der Welt zusammenschlagen,
Was sie vereinzelt suchen, sie all' vereint es tragen!
Selbst Schweigen ward nur Pause, Mißklang zur Note hie;
Ein süßes Tongebrause: „Der Ganzheit All ist Harmonie!"

Empor gehts rasch im Fluge zu sonnigen Strahlenstätten;
Sieh da, schon Cherubime, die himmlischen Vedetten!
Leiblose Flügelköpfchen! — „Mein Weib, du sahst noch nie
So allerliebste Fächer!" — Sie aber singen: „Wir fanden sie!"

Herr Moritz denkt: das sollte mich wundern übermaßen,
Euch fehlen ja die Händchen, ein Saitenspiel zu fassen!
Doch immer steigt er höher, und immer fliegt er schneller,
Und immer tönt es süßer, und immer wird es heller, heller.

Sieh nun, aus Sanzio's Bilde die himmlische Musika:
Die lockigen Seraphime, den Bogen führend, da!
Zum goldgewölbten Basse das Haupt verklärt sie neigen:
Das ist die heilige Stelle, allda der Himmel hängt voll Geigen.

Begeistert lenkt am Pulte die Meisterschaar der frommen
Jubal, von dem die Geiger und Pfeifer all' herkommen;
Dabei manch einst Verkannter. Nicht dacht' er hier zu finden
Des Hirten Flöt' aus Schilfrohr, des Dorfes Fiedler auch, den Blinden!

Cäcilia in die Tasten der Orgel mächtig greift,
Sankt Peter selbst im Takte auf seinen Schlüsseln pfeift,
Posaunen führen Jene und Cymbeln, Harfen Die;
Ein Ozean der Töne: „Wir fanden sie, wir fanden sie!"

Der Sinn Herrn Moritz schwindet, denn lichter ward's und lichter;
Sein Aug' von Glanz erblindet, er fühlt's: nah ist sein Richter;
Geblendet und vernichtet sinkt er in sich und spürt,
Wie ihm ein feuriger Finger das Haupt, das Herz, die Hand berührt.

Berührt hat's seine Stirne: — ein himmlisches Kopfschütteln!
Er sieht der Strahlenlocken fast unzufriednes Rütteln;
Berührt hat's nun sein Herze: — sieh ein befriedigt Lächeln!
Er fühlt der Lichtfluth Wellen, Glanzfittige, heitrer ihn umfächeln.

Nun ihm's die Hand berührte, hört eine Stimm' er sagen:
— Der Ton schien's seines Lehrers aus fernen Kindertagen! —
„Die Hand blieb ohne Makel! Als Sternbild rage sie
Inmitten Harf' und Lyra, und beider Saiten schlage sie!" —

* * *

„Laßt uns den Leib begraben!" So sang ein Trauerzug
Im Merseburger Dome. Die schwarze Bahre trug
Den Herzogshut des Todten. Falsch klang die Melodei;
Ist's, weil erstickt von Thränen? Ist's, weil der Meister nicht
                         mehr dabei?

Längst ruht er bei den Seinen. — Die du aus Erz und Stein
Denkmale thürmst, o Nachwelt, ist dir mein Held zu klein?
Laß ihn im Standbild ragen, wie lebend, mit dem Basse:
Zum erstenmale wäre gehauen der Baß in Marmors Masse.

Heiß' einen Steinblock wälzen die Bergeswächter Zwerge,
Ein Prachtstück sei's, wie jener Koloß am Zobtenberge!
Dann grabe — du kannst es selten — die Worte in den Stein:
„Dem Fürsten, dessen Hände von Blut- und Dintengräuel rein!"

Nicht fehl' ein Kranz! Statt Lorbers Palmzweige nur, Jasmine!
Und meinst du, daß mit nichten sein Haupt den Kranz verdiene,
So wind' ihn als Sordine grün um die Saitenstränge,
Tondämpfend, wenn das Bildniß vielleicht, ein neuer Memnon,
                                        klänge. —

Euch, die dem Sänger folgten zu Ende des Gedichts,
Euch wünscht er die Lebensschale voll reinsten Sonnenlichts
Und eurem Rößlein — ihr reitet wohl eines? — Futter in Menge,
Und daß zu allen Zeiten voll Geigen euer Himmel hänge.

Anhang.

Du bist ein Freund — in Leben und Poesie · von Rosen.

Eduard von Bauernfeld.

— · · ein Rosenlied, in welchem es „von Rosen um und an roset," fast noch mehr als in den rosenäthervollen Gedichten meines theuren Freundes Anastasius Grün.

Gustav Schwab.

Man kann in der That Herrn Grün einen wahren Rosen-Döbler nennen — — ohne Rosen geht es bei Herrn Grün nicht ab — --

Konrad Schwenck.

Zur Verständigung.

— —

An Eduard von Bauernfeld.

(Mit Bezug auf dessen Gedicht: „Einem Dichter, meinem Freunde“ in
Fried. Witthauer's Wiener Zeitschrift v. J. 1843. Nr. 40.)

Im März 1843.

Ich fuhr aus Wiens Gemäuern, der Stadt, mir lieb vor allen,
Die meine Jugend pflegte, mein erstes Dichterlallen,
Die treu bewahrt dem Manne manch Freundesherz, erkoren,
Und die ich Mutter nenne, da sie mir Brüder doch geboren.

Nacht war es rings und Schweigen. Mein Träumen war
                       umklungen
Noch von dem Wort der Liebe, das du mir jüngst gesungen;
Stumm schliefen an meiner Seite im Wagen die Genossen,
Auswanderer zu fernem Grunde: ein Bündel junger Rosensprossen.

Zwei Liebende in der Laube, die haben sich viel zu sagen,
Doch sollten wir draußen lauschen, es wäre schwer zu ertragen;
Der Rose Freund — du weißt es — in Poesie und Leben,
Vergaß ich oft, ihr huld'gend, daß liebe Lauscher mich umgeben.

So ward ihr Duft unmerkbar in meinem Lied zur Fehle,
Doch bangt nicht, daß ihr Blühen Euch allzuoft noch quäle;
Sind erst erkannt die Fehler, bald sind gebessert sie,
Leicht ist entbehrt ein Röslein im unermess'nen Reich Poesie!

Doch halt, da hätt' ich die neu'ste Grenzmarkung bald vergessen,
Die Politik, das Steinland, allein ihr zugemessen;
Das wären schmale Grenzen! Vor Jahren scholl die Klage,
Daß Politik den Durchmarsch poet'schem Truppenvolk versage.

Ein Zug von kecken Reitern gewann dem großen Staat
Das kleine Nachbarländchen; o schöne Waffenthat!
Begeisterung führte das Häuflein, bin auch gewesen dabei,
Am Helm die Lieblingsblume, und eben nicht in letzter Reih'!

Nun soll das Reich nur die eine, erkämpfte Provinz umfassen,
Die schönen Stammeslande verödet stehn, verlassen!
Empor all' ihr getreuen Vasallen der Poesie,
Laßt nicht die Heimat schmälern und ruft im Zorne: Nein und nie!

Der Bayonnette Flimmern in einer Vollmondnacht,
Patrouillenruf ums Lager, Wachfeuer, Vorpostenwacht,
Das Flüstern der Parole, das Rasseln der Batterie,
Es ist ein Stück Poesis, doch nicht die ganze Poesie.

Die ist kein Bergschacht Erzes, für Euch zur Waffenstätte,
Doch auch nicht Blumenwiese, die andre zu Schlummer bette,
Und nicht der fette Acker, der Jene mit Brod versehe;
Sie ist die ganze Erde mit allem Jubel, allem Wehe.

Sie ist kein träger Weiher, der Spiegel der Libelle,
Kein Strom, der euren Münzen flößt die goldreiche Welle,
Kein Bächlein, Eschen tränkend zum Schaft für eure Lanze;
Sie ist das ganze Weltmeer mit allen Schrecken, allem Glanze.

Sie ist kein einzeln Sternlein, das liebekrank sich härmt,
Sie ist auch nicht die Sonne, die Weltbeherrschung schwärmt;
Auch kein Komete, Herold von Krieg, Pest und Gericht;
Sie ist der ganze Himmel mit aller Nacht und allem Licht.

Sie liegt nicht bloß im Worte, das durch die Welt sich schwang
Auf Blättern, Mimenlippen und zum Guitarrenklang;
Wie Pracht der Alpenblumen, die ungesehn geblieben,
So sind's vielleicht die größten der Dichter, die kein Wort geschrieben.

Denn viel Metalls klingt über die Erde ausgegossen;
Doch mehr noch halten die Berge in stummer Kluft verschlossen;
In Fülle bei Menschenfesten Demanten, Perlen glänzen,
Mehr birgt noch Schacht und Welle, sich selbst zu schmücken und
                                        zu kränzen.

Es ist all' irdisch Dichten ein nie beendet Lernen,
Ein Lesen der Meisterwerke aus Blumen, Wellen, Sternen,
Jetzt Mondennacht Idylle, jetzt Hochgewitters Ode;
Wer las das Buch zu Ende? der große Geist bleibt uns Rhapsode.

Doch er, ein milder Meister, will Alle unterrichten,
Nach aufgegebnen Reimen in seiner Art zu dichten;
Er läßt sie niederflattern auf weißen Blüthenblättern,
Schreibt auf die schwarze Tafel des Himmels sie mit goldnen Lettern.

Nun, Schüler, versucht die Lösung! Doch sei's kein klappend
Klingen,
Der Reim muß Herzen versöhnen und muß die Geister beschwingen!
Horch, Trennung braust das Weltmeer hin zwischen Land und Land,
Da knüpft das Schiff der Menschen des Reims und Wiederfindens
Band.

Sieh dort, wo erst noch Wüste, kein Blühen, Singen, Keimen,
Des Bauers Pflug und drüber die Lerche köstlich reimen!
Sieh, an des Ufers Hütten die Brandung schleudert der Sturm,
Der Mensch erlernt vom Felsen den Reim und baut sich Wall
und Thurm.

Nun Anmut naht und Schönheit — wer da verschont noch bliebe
Vom Dichterruf! — doch findet sich darauf ein Reim nur: Liebe!
Der Mensch, der schwer zu reimen vermag sein irdisch Leid,
Ersann am Grab der Liebe den kühnen Reim: Unsterblichkeit.

Der Regenbogen in Farben, nach Wettern aufgezogen,
Ist mir ein etwas größ'rer Mailänder-Friedensbogen;
Dünkt eine Riesencocarde er Euch, möcht' ich nicht schelten,
Der Meister läßt uns Alle, o lassen wir auch All' uns gelten!

Auf Frühlingssonne ist Rose der Reim — mir wuchs er zum
Hain: —
Was glomm sie auch so helle! Seht, wieder verlockt ihr Schein!
Ich will in Edelzweigen ihr pflanzen im Gartenriede
Die alten Rosenreime — doch neue suchen meinem Liede.

Anmerkungen.

Anmerkungen.

1. Herzog Moritz Wilhelm, Sohn Herzog Christian II., aus dem Hause Sachsen-Merseburg, postulirter Administrator des Hochstiftes Merseburg, geb. 5. Febr. 1688, gest. 21. April 1731 auf dem Schlosse Dobrilug, beigesetzt in der herzoglichen Gruft im Dom zu Merseburg. Ueber seine Leidenschaft für die Baßgeige berichten Büsching (Beiträge zur Lebensgeschichte denkwürdiger Personen I, 286), Flögel (Geschichte der komischen Literatur I, 185), der Baron Pöllnitz (Mémoires I, 147) u. A.

2. König Heinrich I., der Vogler oder Finkler (Auceps) hielt, nachdem er die Hunnen i. J. 934 am Keuschberge bei Merseburg in blutiger Schlacht geschlagen, ein prächtiges Turnier zu Merseburg und ließ das Bild der Schlacht auf einem Wandgemälde im dortigen Schlosse verewigen. S. Vulpius Megalurgia Martisburgica und K. H. Weise's Halle und Merseburg.

3. Dr. Valent. Sittig, geb. 1630 in Schleusingen, seit 1668 Hofprediger und seit 1671 zugleich Superintendent zu Merseburg, gest. 1705. — Siehe J. G. Otto, die Schloß- und Domkirche zu Merseburg.

4. Thilo von Trotta, 1466 zum Bischof von Merseburg erwählt, gest. 1514, einer der ausgezeichnetsten Prälaten seiner Zeit, besonders verdient um die Verschönerung des Doms und der Stadt Merseburg. Davon zeugt noch immer sein an vielen Gebäuden befindliches Wappen, ein Rabe mit dem Ringe im Schnabel. Diesen seinen Wappenvogel scheint er sehr geliebt zu haben; noch jetzt wird zu seinem immerwährenden Andenken ein lebendiger Rabe im äußeren Schloßhofe zu Merseburg in einem stattlichen Käfig bei ansehnlicher Pension erhalten. S. Otto a. a. O. — So knüpft sich im Munde des Volkes leicht an Thilo's Person die oft vorkommende Sage vom Diebstahl des Raben und der Enthauptung des unschuldigen Kämmerlings. Die Geschichte, die für die äußere Wahrheit bürge, unterstützt hier nicht die Erzählung der Sage, die ihrerseits nur die innere Wahrheit zu vertreten hat.

5, 6 und 7. Rudolph von Schwaben, eigentlich von Rheinfelden, während Heinrich IV. zu Canossa Buße that, von den Reichsständen zum Gegenkaiser erwählt, vom Papste unterstützt und mit einer goldnen Krone beschenkt, welche die Inschrift trug: Petra dedit Petro, Petrus diadema Rudolpho. In mehreren Gefechten siegreich, verlor er in der Schlacht bei Hohen-Möllen an der Elster, October 1080, die rechte Hand durch Gottfried von Bouillon oder nach Andern durch Friedrich von Stauffen, wurde nach Merseburg gebracht und starb daselbst an seinen Wunden. Sein Grabmal im dortigen Dome, eine eherne gegossene Platte mit seinem Bilde in ganzer Figur, enthält die Umschrift:

Rex hoc Rudolphus, patrum pro lege peremtus
Plorandus merito, conditur in tumulo.
Rex illi similis, si regnet tempore pacis,
Consilio, gladio non fuit a Carolo.
Qua vicere sui, ruit sacra victima belli,
Mors sibi vita fuit, ecclesiae cecidit.

Der Merseburger Bischof Wernher, ein frommer aber kriegerischer Mann, war unter Rudolphs Anhängern und in der Schlacht an seiner Seite, als jener die tödtliche Wunde erhielt. Wernher, von den Kaiserlichen gefangen, sollte gehängt werden, doch rettete ihn Heinrich selbst. S. Vulpius und Otto a. a. O.

Der letzte Merseburger Bischof unmittebar vor dem Uebergang der Stifts= regierung an das Churhaus Sachsen, der berüchtigte Michael Helbung (Helbing), auch Sidonius (von einer angeblichen Heidenbekehrungsreise nach Sidon so ge= nannt), gest. 1561 zu Wien, von dem die chronique scandaleuse seiner Zeit viel zu erzählen weiß, störte auch die Gebeine Rudolphs in ihrer Ruhe, um in der kaiserlichen Gruft seinen Weinkeller anzulegen. Ebendas.

8. Wigbert, vormals Kaplan des frommen Kaisers Heinrich II., der dritte Bischof von Merseburg (1007—1012), ein eifriger Heidenbekehrer, ließ den heiligen Hain Zutiburi (nach slavischer Etymologie richtiger: Svetibor, Swatibor), den noch nie eine Art berührt hatte, niederhauen, um daselbst dem h. Romanus eine Kirche zu bauen. Otto a. a. O.

9. Die Gemalin des Herzogs Moritz Wilhelm war Henriette Charlotte, ge= borne Prinzessin von Nassau=Idstein, nach Büsching eine Dame von fürstlicher Miene, schweigend, ernst. Pöllnitz sagt von ihr: On ne pourrait être plus aimable. C'est un air de douceur, de bonté et de sagesse, repandu dans toute sa physionomie. Son esprit est de la même nature que sa beauté; aimable sans parade et sans ostentation. Als sie ein Mädchen geboren, mußte sich dieses dem wunderlichen Vater durch eine mitgebrachte Baßgeige legitimiren. Die Her= zogin starb 1731 wenige Wochen nach ihrem Gemahl und wurde ebenfalls in der herzoglichen Gruft zu Merseburg beigesetzt.

10 und 11. Peter der Große und König Friedrich Wilhelm I. waren Zeit= genossen des Herzogs Moritz Wilhelm. Die von Ersterem 1710 zu Petersburg ver= anstaltete Zwergenhochzeit nicht minder bekannt, als des Letzteren Vorliebe für seine Potsdamer Riesengarde.

12. Daß die Rolle, die das Gedicht dem Chevalier von Pöllnitz zuwies, dessen historischem Charakter nicht widerspreche, wird Jeder zugeben, der sein Leben aus dem ihm von Friedrich II. ausgefertigten Abschiedsdiplome kennt.

13. Theodorich der Große, in Lied und Sage der Vorzeit auch Dietrich von Bern genannt. Das vorliegende Factum berichtet Cassiodor. (Var. V. ep. 2)

14. „Nach dem Landtage (1727) wurden die Stiftsstände, wie gewöhnlich, bei Hofe gespeist. Bei der letzten Mahlzeit wurde noch eine Collecte für den Hof= zwerg angelegt. Jede Stadt gab 16 Groschen." S. Landtagsverfassung im Hoch= stifte Merseburg von J. G. Gbl., Leipz. 1796.

Pfaff vom Kahlenberg.

—

Pfaff vom Kahlenberg.

An

Nikolaus Lenau.

November 1849.

Dein Banner war tiefschwarze Seide,
Ich schwang ein rosenfarb Panier;
Sie standen nicht genüber! — Ihr,
Die Beide wob, senkten sich Beide.

Wir folgten Ihren leisen Spuren
Bis in der Vorzeit dunklen Schacht,
Du durch die blut'ge Glaubensschlacht,
Ich durch beglückt're Alpenfluren.

Du sahst Sie über Schwerterbrücken
Und durch der Trauer Pforten nah'n;
Mir wies der Frühling Ihre Bahn
Im Feld, im Wald, auf Bergesrücken.

Da stand Sie selbst, ein leuchtend Bild,
In unsrer Mitte, rein und prächtig,
Wie ein Gewittersturm so mächtig
Und wie ein Lenzstrahl hoffnungsmild!

O selig Schauen, süß Erkennen!
Ein Leid nur durch das Herz mir schnitt:
Du sahst Sie nicht! — Dein Aug' umglitt
Der Schleier, den sie Krankheit nennen.

Da war kein Haupt so nah der Wolke,
Das, schuldbewußt, nicht reuig bebte;
Da war, das hoffnungsreich nicht strebte,
Kein reines Herz so tief im Volke!

In Wogen ging die Saat des Guten,
Ein läuternd Feu'r umquoll die Welt;
O kurzer Tag, der unentstellt, —
Ein Tag wohl kaum, ach, kaum Minuten!

Ins Gotteswerk griff Gottes Affe,
Stahl Ihr Panier und Feldgeschrei,
Die Thorheit rief: Auch ich bin frei!
Die Unthat prunkt' in heil'ger Waffe.

Sie aber wandte Ihre Sohlen
Mit Grausen von des Gräuels Flur.
O glückt' es, die verwehte Spur
In Enkelzeiten einzuholen!

Du hast in deine Nacht gerettet
Ihr Bildniß, groß und rein und ganz;
Uns aber hat an Ihren Glanz
Des Zerrbilds Fratze sich gekettet.

In eig'ne Tiefen taucht die Seele
Hinunter vom Gewirr der Zeit,
Zu bergen, was noch unentweiht,
Daß es an Sie den Glauben stähle.

Dem armen augenkranken Kinde
Genesung bringt das Schau'n ins Grün;
So winkt des Dichterwaldes Blüh'n,
Daß nicht das Seelenaug' erblinde. —

Du mochtest gern dein Ohr mir neigen,
Du liebtest einst dieß Lied im Keim;
Sei einst vollbracht der Guß im Reim,
Gelobt ich's, Edler, dir zu eigen.

Die Sonne jenes heil'gen Märzen
Fand es schon flügg' und flugbereit, —
Zu klein schien mir's der großen Zeit,
So barg ich's scheu im stillen Herzen.

Jetzt tritt es wieder vor mein Auge,
Als ob ein Waffenstück es sei,
Doch dessen Kampfzeit längst vorbei,
Und das dem neuen Krieg nicht tauge;

Als ob dem Preis, den sich's erkoren,
Noch nicht geöffnet das Turnei,
Als ob er längst gewonnen sei,
Vielleicht auch wieder längst verloren.

Man legt doch Schwerter, Banner alle
Zuletzt ins Arsenal zur Ruh;
So trag' ich auch mein Lied dazu
Zur Rast in deutscher Waffenhalle.

Wenn draußen Feuerblitze fallen,
Aufleuchtet auch im Saal das Schwert;
Wenn um den Wall die Sturmbraut fährt,
Rührt drin die Fahnen leises Wallen.

Vorspiel.

Liegt auf dem Kahlenberg ein Schloß,
Von Oesterreich dem Herzog eigen,
Der Blick ins Land so weit, so groß,
Doch innen Stille, dumpfes Schweigen.
Im Söller Herzog Otto stand.
Licht, Glanz und Fülle rings im Land
Macht dunkler ihm der Seele Tiefen,
Und seine Gedanken scheu entliefen,
Vergang'nes suchend, der Gegenwart;
Doch bringt zurück er von der Fahrt
Nur Unlust, Schmerz und Ungeduld
Und, ach, das Mahnen eigner Schuld.
Geht wo der Herr im Trauerkleide,
Trägt das Gesind nicht Lustgeschmeide.

Liegt unter'm Schloß ein Dorf im Thal,
Inmitten ein Kirchlein, heiter, schmal,
Dabei ein kleines, heit'res Haus,
Da geht Herr Wigand ein und aus,
Der fröhliche Pfarrer, guter Dinge;
Sein Ausgang lichte Gleise zieht,
Gleichwie die Schwalb' ihr Nest nur flieht,
Daß hell sie zwitschre, froh sich schwinge.

Sein Herz, ein leuchtender Edelstein,
Wirft, selber hell, rings hellen Schein;
Ihm ist's kein sondres Wunder, vom Bösen
Die Seelen entknechten, Sünden lösen.
Und Schwalb' und Pfäfflein schwingt manchmal
Zu Berg sich in den Fürstensaal,
Ihn schmückend mit des Frohsinns Gold,
Ihm bringend frischen Schwalbengruß,
Und nimmt fürs Nest als Fürstensold
Manch Hälmlein sich vom Ueberfluß.
Wer ist hier Geber, wer der Beschenkte?
Wer hier der Reiche, wer der Bedrängte?

Da kam zum heitern Mann im Thal
Der finstre Mann vom Berg einmal:
„O löset meiner Seele Schwingen,
Lehrt wieder jubeln sie und singen!"
So sprach der Herzog, der vor'm Pfaffen
Im Beichtstuhl auf das Knie sich warf.
Herr Wigand sieht ins Aug' ihm scharf
Und müht sich, ihn empor zu raffen,
Streng hebt er sich vom Sitz zugleich:
„Hier beichte kein Fürst von Oesterreich."

Ins Freie führt er ihn hinaus
Zur Gartenhöh' vor seinem Haus.
Das Gärtlein gleicht schier seinem Herrn,
Scheint seiner Seele bildlicher Kern,
Wie Becherklang zu Glockentönen,
So steht hier Nützliches zum Schönen.
Die Beete rings in Tafeln gelegt,
Mit Kohl und Kräutern wohlgepflegt;
Den schlichten Küchenflor verschönt

Inmitten die blühende Rosenlaube,
Wie einst mit Glorienglanz der Glaube
Ein redlich Erdenwallen krönt.
Dort auf die Bank im Rosenstrauch
Läßt nieder Wigand sich und spricht:
„Vor des Geklagten Angesicht
Den Kläger stell'n, ist Richterbrauch.“
Dann läßt er rings die Blicke gleiten,
Man übersah hier Landesweiten,
Die grünen Au'n am schönen Strom,
Die Saatgefilde, Rebgelände,
Der Grenzgebirge blaue Wände,
Die blanke Stadt mit ihrem Dom,
Die Schiffer in den Silberwogen,
Die Wandrer, die des Weges zogen:
„Vor deinem Blick dein herrlich Reich,
Hier beichte, Fürst von Oesterreich!“

Der Fürst sinkt auf das Knie, er schlägt
Die Faust zum Herzen, reubewegt,
Und spricht: „Ich armer, sündiger Mann,
Vor Gott und euch klag' ich mich an.
Die Eine Brust mit mir genährt,
Die Brüder hielt ich hassenswerth,
Gen eigne Brüder focht mein Schwert.“
Der Priester schweigt, nur seine Hand
Bricht eine Rose von der Wand.

„Aus Czech's und Attila's Geschlecht
Die Feinde hetzt' ich ins Gefecht
Gen Oestreich. Weh, so Gott es rächt!“
Der Priester schweigt, nur bricht die Hand
Noch eine Rose von der Wand.

„Bald hielt ich Papst, bald Kaiser werth,
Schlecht deckt die Stirne, schmachbeschwert,
Geweihter Hut, vom Papst verehrt."
Der Priester schweigt, nur bricht die Hand
Noch eine Rose von der Wand.

„Den Kriegern brachte mein Gebot,
Ein schlechter Führer, Schmach und Noth.
Weh, über mich ihr Schmerz und Tod!"
Der Priester schweigt, nur bricht die Hand
Noch eine Rose von der Wand.

„O jener Flucht, die 's Herz mir brach,
Als selbst der liebste Bruder sprach:
Nie kam auf Habsburg solche Schmach!"
Der Priester schweigt, nur bricht die Hand
Noch eine Rose von der Wand.

„Und so in Eigensucht vermessen
Hab' ich des Volkes Heil vergessen!
Ich bin zu Ende all' des Bösen,
Wohl mir, könnt ihr davon mich lösen."
Noch schweigt der Priester, bis die Hand
Zum Kranze schön die Rosen band.

Er fügt das Kränzlein morgenlicht
In Otto's Locken dann und spricht:
„Bet' diesen Rosenkranz als Buße,
Bet' ihn mit Herz und Hand und Blick!
Du trägst zum Schwert kein groß Geschick,
Drum wirf's zum Grund dem tiefsten Flusse.
Durch Krieg den Volksschmerz heilen, heißt
Enthaupten den, den Zahnschmerz plagt,

Und hängen den, der Halsweh klagt;
Zwar hilft das Mittelchen zumeist.
Als König Artus kam zu Ende,
Schifft' er in einen Felsensee,
Schwarz, trostlos, kahl, wie Erdenweh;
Sein Schwert ihm trugen Pagenhände,
Eskalibor, das kühnste Eisen,
Das Helden neiden, Sänger preisen.
Der König aber, schmerzbeklommen,
Warf fort das Schwert zur tiefsten Fluth;
Da ward von ihm der Schmerz genommen,
Die Wellen wie ein Frühroth glommen,
Als löse sich vom Stahl das Blut,
Sein Nachen sich als Schwan bewegt,
Und Engelflügel sein Page trägt,
Der Fels schwingt einen Blüthenwald,
Dazwischen Nachtigallen flöten,
Und Artus ist hinübergewallt
Auf Liedern und auf Morgenröthen.
Was er im Tod, im Leben thu',
Halt' fest es, was er trug von hinnen,
Womit er schloß, anfange du,
Mit Morgenröthen zu beginnen! —
Die Welt ist Leidens, Jammers voll,
Und Schmerzen stacheln Klag' und Groll!
Sann Einer, wie er recht dich kränke,
Und schoß den Pfeil, dein Mund doch lacht,
Ist zum Gekränkten er gemacht!
So, Freund, dem Leid genüber denke.
Klopf' auf den Thon, in Staub wird er fallen,
Schlag' den Achat, und Funken wallen!
Laß nie ein finsteres Verhängen,
Den Trauermantel auf dir zwängen;
Wer ist der Größere dieser Zwei:

Der trägt des Zwingherrn Knechtlivrei,
Der lieber wandelt nackt, doch frei?
Sei nicht dem Strome gleich, der rollt,
Jedwedem Eindruck weich und hold,
Bald ist er blau vom Himmelsblau,
Bald ist er grau vom Wolkengrau,
Hier ist er grün im Wäldersaal,
Dort ist er fahl im Felsenthal;
Leit' ihn in Grotten, er ist das Dunkel,
Führ' ihn zu Tag, er ist Gefunkel!
Was ist er selbst? nun, sag' mir's wer:
Ei, Wasser, Wasser, sonst nichts mehr!
Selbst wenn ihn Kampfeslust gepackt,
Und er sich stürzt als Katarakt,
Er ringt und ras't, doch weh, er zerschlägt
Sich selbst nur und das Bild, das er trägt.
Doch sei dem Licht gleich, unbemerkt,
Wenn Tagesglanz die Augen stärkt,
Doch schön zum Leuchten angefacht
In schwarzer Nacht, in finstrem Schacht,
Je schneller die Finsterniß, du schneller,
Je dunkler das Dunkel, du so heller,
Ein helles Lachen ist das Licht,
Das Hohn der Schattenohnmacht spricht;
Am Tage nur fließt es zusammen
In eines größern Lichtes Flammen.
So leuchten echte Feuerherzen
Am hellsten in der Nacht der Schmerzen.
Zwar scheint manch eins von düstrem Muth,
Doch innen tief ist Heiterkeit,
Der Kohle gleich im Trauerkleid,
Doch ihrer Seele Stoff ist Gluth.
Sei deines Landes frohester Mann,
Daß sich dein Volk an dir erhelle,

Wie eines Dochtes Licht gar schnelle
Viel tausend Fackeln zünden kann!
Doch froh zu werden, sei erst gut!
Die Güte nur gibt freudigen Muth.
Das Lachen ist der Regenbogen,
Der dunklem Grund des Sturms entsteigt,
Als Siegeszeichen zwar gezogen
Und doch dem Frieden hold geneigt.
Mit Lachen führ' in Sturmestücke
Ein heitrer Fürst sein Volk zum Glücke,
Ein heitrer Held das Heer zum Siege,
Ein heitrer Pfaff zur Himmelsstiege,
Die bis ins Haus euch Stufen reiht!
Zum Schmerz nicht hat uns Christ befreit;
Das Haupt des Heilands selbst betrachtet!
Den Dornengürtel, der's umnachtet,
Umquillt die goldene Glorie ganz,
Wie eines Himmelslächelns Glanz;
Wir sehn entsetzt die Wunden, draus
Blutströme auf den Rasen klopfen;
Von oben nimmt sich's anders aus:
Ihm fließt nur Lächeln um den Mund,
Sein Auge sieht, wie jeder Tropfen
Als Rosenstrauß fällt auf den Grund. —
Dir ist ein schönes Loos gespart!
Wo Fürstengrößen ihr Angedenken
Nur aus gekränkten Herzen tränken,
Klingt dir's zum Ruhm nicht kleiner Art,
Spricht der Chronist in fernen Tagen:
„Von Diesem weiß ich nichts zu sagen!"
Dein Bild in Habsburgs Ahnenhallen
Macht hold manch spätes Herz dir wallen;
Einförmig lange Bildnißreihn
Mit Kronen all' und Herzogshüten!

Der Maler schlang nur dir allein
Ums Haupt den Reif von Rosenblüthen;
Das letzte nicht ist's von den Loosen.
Zieh hin und kränze dich mit Rosen!"

Und so geschah's, daß Rosenglut
Einst stand bei Oestreichs Herzogshut.

Nithart.

Des wart Engelmar gewar,
Er sprach: „her Nithart, der ist hie,
der uns gespöttes nie erlie:
wol uf, da wir in vinden!
Ir solt in keines argen niht gedenken:
ir get mir zühtiklichen nach;
ouch sit ze vehten niht ze gach:
wir suln im vrolich schenken.‟
Nithart (nach v. d. Hagens Ausg.)

Lenzfeier Allerseelen.

Und wieder ist Lenz im Ostenland,
Wie's tausendmal war und noch wird sein;
Eintönig webt jahraus, jahrein
Natur, die Magd, mit stumpfer Hand
Aus selbem Stoff dasselbe Band;
Was all' in ihr Gewebe sie flicht,
Maikränze, Vogelsang, Morgenlicht
Und Laub und Duft, was ist es auch
Als flüchtiger Schall und Staub und Hauch?
Da tönt ein Spruch nur über den Rocken,
Und grauer Hanf wird zu goldnen Flocken!
Den Zauber spricht das Menschenherz,
Und rings ist Glanz, Muthwill' und Scherz!
Durch Frühlings buntes Einerlei
Ergeht sich die Dichterseele frei,
Sieht rings die Keime von Tod und Zerfallen
Und ahnt das eigne unsterbliche Wallen.
Verblühend spricht zu ihr die Blüthe,
Verduftend ruft zu ihr der Duft,
Verklingend fleht der Klang in der Luft:
O wahr' uns ein Dasein in deinem Gemüthe!
Der Dichter läßt ins Lied sie schweben,

Sie blühn und duften, klingen und leben!
Am Bach den Narziß berührt er kaum,
Da springt ein Götterknab' aus dem Traum,
Und Nachtigallen, Schwalben fahl
Sind Königstöchter im Fürstensaal;
Die glatte Schlang' im Mondenschein
Stolzirt mit dem Krönlein von Golde rein,
Von eklem Gewürm und Gethieren wild
Streift er die Hülle der Häßlichkeit,
Denn Prinzen sind's vom ältesten Schild,
Nur harrend der Erlösungszeit;
Die Himmelsöde gibt er frei
Als Schaugerüst der Götterschaar,
Für Götter ein Schauspiel ist's fürwahr,
Herabzusehn auf das Weltturnei;
Er fühlt's mit Stolz, die Gaffer oben,
Sie müssen die Kämpfer bewundern, loben.
Ein Fähnlein Götter, das Raum nicht gefunden,
Entsandt' er, da er's entbehren kann,
Zum stillen Hain, in den finstern Tann,
Dem Waldeseinsam zu kürzen die Stunden.
So Menschenherz, so Dichtermund
Thut ihr zur Wett' euer Wunder kund,
Zwei Magier, die am Hofe gewandt
Den Zauber mit neuem Zauber gebannt;
Was sag' ich Zwei, die Eins im Bund,
Die Magier sind ja einverstanden!
Jed' Herz ist eines Dichters Zelle,
Und klang sein Lied nicht allen Landen,
Im Weltgesang doch fand es die Stelle.
O könnten die Herzen, die noch lodern,
Aufschlagen das grüne Leichentuch
Und lesen das große Liederbuch
In tausend und tausend Herzen, die modern!

Manch eines, das stumm dahin gefahren,
Kann Lenzgeheimnisse offenbaren,
Denn jedes hat, bevor es gebrochen,
Das Lied gesungen, das Wort gesprochen,
Das der Natur werktägigen Rocken
Verzaubert in märchengoldene Flocken.
Sie weiß zu danken; wenn Lerchenschlag
Einläutet des Maien Feiertag,
Entzündet sie Blumen und Blümlein in Massen,
Gleich Fackeln und Ampeln hellen Scheins
Auf allen Gräbern, vergißt wohl keins,
Wie lieben Todten wir flammen lassen
Viel Lichter und Lichtlein im Friedhofshage
Voll Wehmut am Allerseelentage.

Das erste Veilchen.

Durch Auen der Donau schritt und sann
Herr Nithart, Herzog Ottens Mann;
Ein süßer Dichter, der weit im Gau
Ausfliegen läßt die Liederschwärme,
Wie Lerchen, schimmernd vom Frühlingsthau,
Wie Bienlein, tragend Honig der Au,
Doch auch den Stachel, der Manchen härme;
Nur grünen Mai in wonnigem Reih'n
Singt er allimmer und allerwärts,
Doch schmeichelt sein Lied in Seelen sich ein,
Denn ewig jung sind Lenz und Herz;
Nachsingt es zur Harfe Fräulein und Ritter,
Zur Sichel und Sense johlt es der Schnitter.
O Liedesgabe, ins ärmste Haus
Trägst du Feldblumen zum Fensterstrauß,
Du hängst in die öde Fürstenhall'
Das Bauer der schmetternden Nachtigall! —
Zeit war's des Märzen, des Täufers Tage,
Der Frühlings, des Heilands, Kommen kündet;
Noch ruht Erwarten über dem Hage,
Die Opfergluth wird erst entzündet,
Nur Spitzen keimen der wogenden Halme,

Nur Knospen lauschen der flammenden Blüthe,
Vorklänge nur zwitschern rauschender Psalme,
Vorahnung der Lust erwacht im Gemüthe,
Wie harrende Kinder nur mit Zagen
Zum Glanz des Weihnachtsbaums sich wagen.
Natur gleicht noch der Maid, die vom Kinde
Zur blühenden Jungfrau reifend gedeiht;
Das Herz pocht, schwankend, was es empfinde.
Der Blick glüht tiefer in Wonn' und Leid,
Die Brüstlein knospen, die Wangen erröthen,
Die Lippen schwellen, die Worte flöten;
Genuß steht fern in heiligem Bann,
Vorahnend nur Seligkeit dem Mann,
Dem ganz der Liebesmai einst glüht,
Wenn dieser Mund im Kuß aufblüht,
Ihn dieser Arme Ranken umschlingen,
Ihn diese Lippen Liebe singen,
Und Herz in Herz zusammensprüht!

In Nitharts Seele so gaukeln und schwanken
Die Liederkeime, junge Gedanken,
Feldblumen sind's, die er pflückte kaum,
Doch sucht er noch das verschlingende Band,
Die Küchlein der Vögel sind's, noch im Flaum,
Die er einst fliegen läßt durchs Land.

O süße Störung, lieblicher Fund,
Das erste Veilchen im grünen Grund.

Nithart aufs Knie sich niederließ,
Nahm flink vom Haupt den Federhut,
Und zu dem Veilchen sprach er dieß:
„O schönes Herrlein, willkommen gut!
Du lieblichster Bote des mächtigsten Herrn,

Ich kenne dein blaues Barett mit dem Stern,
Den grünen Stab, der stützend dich wiegt,
Den Wappenrock, der grün dich umschmiegt,
Grün tragen die irrenden Ritter gern!
Lenzherold, willkommen in diesem Land!
Das schöne Oestreich ist sein Name,
Hier herrschen zwei Brüder mit milder Hand;
Der Ein' ist Albrecht der Weise genannt.
Doch öfter heißt er Albrecht der Lahme,
Ans krumme Bein viel lieber glaubt
Die Welt, als ans gesunde Haupt;
Der Andre Otto, der frohe Geselle,
Verschönt den Fürstenhut mit der Schelle.
So hat er mir, dem Diener, entboten:
„Zieh hin und suche des Frühlings Boten!
Vom Lenz trag' ich zu Lehn mein Land,
Er selbst den Lehnbrief zierlich schrieb
Auf grünem Grund, der dem Auge lieb,
Vollmond hängt als Sigill am Rand,
Die Initialen sind Morgenröthen,
Die Lettern geschwungne Blumendolden,
Die Interpunctionen Sterne golden,
Das lies't sich so lieblich, als klängen Flöten;
Drin steht: „Wie ich die Wälder und Hecken,
Sollst du dein Volk zum Blühen wecken,
Die Nebel scheuchen, die Eise sprengen,
Die sein erwachend Herz noch engen,
Des Geistes Saaten reifen und hüten,
Mit Kränzen weckend neue Blüthen;
So grüne, glänze maiengleich
Das Frühlingseigen Oesterreich!"
Nicht ziemt sich's, zieht ein Kaiser die Straße,
Daß unbegrüßt sein Vasall ihn lasse;
Nun König Lenz mein Land durchwallt

Mit Hof und Kammer und Heeresbann,
Wer zeigt mir seines Zeltes Halt,
Daß schuld'gen Gruß ich bieten kann?
Wer lehrt mich, wie ich den Herren finde
Inmitten dem prächtigen Hofgesinde?
Hier, dort und überall erschien er,
Und mein' ich, er sei's, ist's doch nur sein Diener.
Drum was wir dem Herrn nicht bieten können,
Das wollen wir seinem Gesandten gönnen,
In Sammt und Purpur ihn empfangen,
Als käme der König selbst gegangen.
Truchseß und Schenk soll ihm kredenzen,
Ihm dienen Marschall und Kämmerlinge,
Die Ritter neigen vor ihm die Klinge,
In weißem Gewand ihn Jungfraun kränzen;
Mit Cimbeln und Harfen, mit Flöten und Geigen
Umschling', umkling' ihn wonniger Reigen!
Nun, schönes Herrlein, rastet aus,
Geduldet hier im Gesandtenhaus,
Von dessen Zinnen gar wohlgemuth
Im Banner die Landesfarben wehn."
Das Veilchen bedeckt er mit seinem Hut,
Drauf weiß und roth die Federn stehn.
Dann eilt er fort auf flüchtigen Sohlen,
Den Fürsten und seinen Hof zu holen.

Da kommen Bauern des Weg's geschritten,
Den Lenz auch feiernd nach ihren Sitten.
Der Ein' erkennt Herrn Nitharts Hut,
Lüpft ihn und späht, was drunter ruht?
„Ein Veilchen nur! Wie unverdrossen
Herrn Nitharts Hirn in Kinderpossen!"
Da drängt sich durch die Schaar ein Bauer,
Der Engelmar aus Zeiselmauer,

Ungleichen Schrittes wallt er drein,
Ein Stelzfuß ist sein rechtes Bein,
Doch tritt er fest und trägt mit Stolz
Des hölzernen Schlachtfelds Narbe von Holz,
Gedenk des heißen Tags im Krug,
Draus man ihn wund, doch siegreich trug.
Sein derber Geist ist ein Gemenge
Von frischer Schalkheit und herber Strenge,
Gleichwie das Dunkel seiner Locken
Manch weiße Jenseitsblüthe färbt,
Und scharfe Furchen sich eingekerbt
In seiner Wangen feist Frohlocken.
Sein Haupt bedeckt ein Gugelhut,
Am Wanst ihm hängt ein Degen gut,
Noch trugen die Bauern Waff' und Wehren;
Sie lernten's von den gestachelten Aehren,
Sie lernten's von den Bienen klein,
Gewaffnet für süßen Reichthum sein.
Ihr armen Bienen, sie nahmen euch
Den Stachel mit dem Honig zugleich!
Er sprach: „Kein Kinderspiel um Flitter,
Es ist ein keck Besitzergreifen,
Denn ungehemmt will Fürst und Ritter
Und Pfaff durch unser Eigen schweifen!
Ein zartes Spitzlein nur hat der Keil,
Doch weh, ist das in den Stamm gedrungen!
Das Werk der Zerklüftung, halbgelungen,
Vollenden Hammer, Säg' und Beil.
Heut ist ein Veilchen nur die Beute,
Doch morgen ist's der Fisch im See,
Das Wild im Forst, des Lämmleins Schnee,
Der Dirne Kranz und Hof und Leute,
Der Hände Schaffen, des Herzens Glaube,
Ein Sterbekittel bleibt uns zum Modern!

Drum wehrt des Keiles Eindrang heute,
Daß euch die Zeit nicht Alles raube,
Daß nicht, wenn später heim wir's fodern,
Die Kronen wanken, die Burgen lodern!
Des Ritters ist der Waffensaal,
Des Fürsten der Pergamentenbund,
Des Pfaffen ist Brevier und Pokal,
Des freien Bauers der freie Grund!
Der Lenz, kein Traumspiel unsrem Geist,
Ist uns ein wahrer, heiliger Glaube,
Der reichen Lohn den Mühen verheißt
Und sich erfüllt in Korn und Traube,
Der im Entbehren, Dulden uns stärke
Durch stilles Hoffen und gute Werke.
Ein Priester, predigend seine Lehre,
Ist jede Blüthe, jede Aehre;
Dieß Veilchen, ich erkenn's am Barette,
Trägt eines Kirchenfürsten Ehre,
Denn Bischofsfarb' ist die violette.
Wir lösen's aus dem Kerkerverließ,
In dessen Nacht es Nithart stieß.
Wie auf dem Thurm das Kreuz, so prange
Es licht und frei auf hoher Stange,
Begrüßt vom flötenden Hirtenrohr,
Umkreist vom blühenden Dirnenchor,
Sackpfeif' und Schalmei, Hackbrett und Geigen
Umschling' es, umkling' es in wonnigem Reigen!"

    Soll Hoffest sein der Lenzbeginn,
Sei er's am Bauers=, nicht Herzogshofe,
Die Märzensonn' ist keine Zofe,
Nein, wangenrothe Bäuerin,
Die fleißig die goldene Spindel dreht
Und Futter streut und Saaten sä't.

Fort mit dem Veilchen zog die Menge,
Ein Bauer blieb am Ort allein;
Weh, daß kein Menschenkreis so klein,
In den der Frevler sich nicht dränge,
Wie Diebslist in das Jahrmarktfest,
Ins Lustturnier des Unfalls Tücke!
Er hob den Hut und ließ zurücke,
Was sich nicht singen und sagen läßt.

Nithart kehrt wieder mit dem Hofe,
Mit Ritter und Geiger, Knapp' und Zofe,
Sie reih'n sich um den Hut im Kreis;
Der Herzog übermurmelt leis
Den Spruch, den Nithart ihm ersann,
Der Wonne froh, daß bald sein Laut
Im Fürstenmund das Volk erbaut.
„O du,“ Fürst Otto jetzt begann,
Doch spricht er nicht der Rede Rest,
Denn Nithart hebt den Hut und schaut,
Was sich nicht singen und sagen läßt.

Es schnellt ihn auf wie Stahleskraft,
Er reckt sich hoch wie Speeresschaft,
Sein Degen klirrt, als lechzt' er Fehde,
Echo des Schwerts ist seine Rede:
„Gemeinheit, ekle Spinnenbrut,
Den goldnen Opferkelch umwebend,
Du Straßenstaub, mit Juwelenmuth
Als Saum an Purpurschleppen klebend,
Mehlthau, der alles Blühen schreckt,
Rostmal, das blankste Panzer fleckt!“

Indeß so seine Worte klirren,
Vernimmt er fern ein liebliches Schwirren,

Die Veilchenstang', er sieht sie gut,
Trägt Engelmar mit dem Gugelhut,
Sackpfeif' und Schalmei, Hackbrett und Geigen
Umschlingen, umklingen den Bauernreigen.

„Dir, Dieb und Schänder, und euch, ihr Thoren,
Sei feurige Rache zugeschworen!
Nennt, wenn ihr Nithart den Sänger meint,
Jetzt Nithart nur den Bauernfeind.
Rächt, Tributäre der Natur,
Die Schmach, die Einer aus euch erfuhr,
Mordbrenner werde, gütige Sonne,
Seng' ihre Saat, schlürf' ihre Bronne,
Dann prahle nieder, Sündfluthregen,
Was übrig blieb, noch wegzufegen;
Sperlinge, verdoppelt die Sperlingsart,
Verschlingt, was Scheuer und Tenne spart!
Weil Blüthen sie lieben, blüh' im Korn
Der Fuchsschwanz ihnen, Distel und Dorn;
Heuschrecken, seid die Falter der Au,
Ihr Hagelschloßen, seid Morgenthau!
Ja, Engelmar, weil zum Entzücken
Du liebst das schöne Veilchenblau,
Will eine ganze Veilchenau
Ich pflanzen auf deinen breiten Rücken!"

Herr Nithart springt auf die Bauernschaar,
Zur Wehre greift der Engelmar,
Es schweigt die Schalmei, es stocken die Geigen,
Ein Kranz, der riß, zerstäubt der Reigen,
Der Taktschlag nur noch munter sanst!
Das ist ein Gedräng', ein irr Gewühle!
O Nithart mit dem weichen Gefühle,
Was führst du so derbe, harte Faust!

Herr Nithart ist als Sieger gekehrt,
Das Veilchen stolz auf langer Stangen,
Vom Herzog wird's in Purpur empfangen,
Die Ritter neigen zum Grund ihr Schwert,
Von Cimbeln und Harfen, von Flöten und Geigen
Umschlingt es, umklingt es ein wonniger Reigen.

Ein Hoffest ward der Lenzbeginn
Am Herzogs=, nicht am Bauershofe,
Märzsonn' ist keine Bäuerin,
Sie ward zur anmutreichen Zofe,
Die glänzend in goldnem Kleide geht
Und spielend den Flammenspiegel dreht.

Der Kampf, der um ein Blümlein heute
Unblut'ge Wunden, Beulen geschlagen,
Er schlägt um reichere, größ're Beute
Einst Wunden, die nicht zu heilen wagen;
Sie werden heim die Beute fodern,
Dann wanken Kronen, Burgen lodern!
Das Lied doch greift nicht vor den Zeiten,
Es darf noch durch die Blumen schreiten.

Bauernkrieg.

Nithart ein Prediger.

Herr Nithart sinnt auf Rache viel,
Mit List und Wahnwitz falscher Lehren
Will er der Bauern Hirn beschweren;
Das Bauernherz macht leicht sein Spiel.
Empfänglich wie das Ackerfeld
Ist's jeder Saat, die du bestellt.
Da wogt in schwerem Gold das Korn,
Der Lein in wellenblauer Flut,
Da flammt der Mohn wie dunkles Blut,
Da starrt der Karde fahler Dorn.
Das Saamenkorn, wenn nicht veraltet,
Schlägt Wurzel gern und schießt zur Aehre,
Kund war der Welt noch keine Lehre,
Drin nicht ein Rest von Keimkraft waltet;
Und wie, wenn milder Regen geflossen,
Erdschollen gierig die Saat verschlangen,
So reift der Herzen Grund zum Empfangen,
Wenn kühler Wein ihn lind begossen.

Ein Montagsmorgen war's, mich däucht,
Den Tag vorher gab's solchen Regen,
Die Bauern lagen an Hecken und Stegen
Wie Erdenschollen noch regenfeucht.
Horch, in der Donau ein Plätschern und Schlagen!
Ein Schwimmer rudert und springt ans Land,
Herr Nithart ist's, in dem Gewand,
Das Schwimmer trugen seit ält'sten Tagen.

So spricht er zu den Bauern am Strand:
„Das Paradies ist wiederkommen,
Und Krieg dem Feigenblatt entglommen!
Der Ritter kauft dem Knecht Livrein
Nach eigner Wahl Zwilch oder Seide;
Meint ihr zu arm des Herrgotts Schrein,
Daß, wollt' er's, er in Watt' euch kleide?
Bär wird in der Wildschur geboren,
Pfau springt aus dem Ei im Hofgeschmeide,
Der Hahn mit Helm, Goldwamms und Sporen,
Im weißen Chorhemd die fromme Taube;
Sprangt aus dem Mutterleib ihr Thoren
Mit Schuh und Mantel, Gugel und Schaube?
Drum laßt uns tragen Adams Kleider,
Bevor er die selt'ne Ernte hatt'
Vom Apfelbaum ein Feigenblatt,
Bevor er ward der erste Schneider.
Wir büßen nimmer an seiner Statt!
Sein Blättlein dennoch reckte die Zeit
Zum faltigen Mantel, zum farbigen Kleid,
Blattrippen sind die Gürtel, die Spangen,
Und Knospen die Schellen, so dran hangen;
Schier ward's zum Feigenhaine bald,
Als hätt'st du verschluckt den Apfelwald!
Da Brüder ihr der Sünden frei,

Werft ab der Sünde Liverei!
Ruft lauten Rufs: „„Wir Adamiten,
Wir kommen durchs Paradies geschritten!"" —
Schon fällt ein Rock hier, dort ein Kragen,
Nur Einer hat sich noch bedacht:
„Wohlfeil und leicht ist deine Tracht,
Nur etwas kühl in Wintertagen!"
„„O Närrchen, ist's nicht Sommer klar,
Nun ich der Unschuld Kleid verkündigt?
Wird's kälter einst, wie leicht ersündigt
Ist dir ein Wamms, ein Pelz sogar!""
Das Wort flog hin wie Herbststurms Wallen,
Der macht die Blätter alle fallen.

Nithart schleicht fort zur Brombeerhecke,
Nimmt dort sein Kleid aus dem Verstecke,
Entblößt nur läßt er seinen Rücken,
Der Beeren Saft darauf zu drücken,
Daß er geröthet scheint zu bluten!
Dann schneidet er vom Strauche Ruthen.
Die Flanken streichend mit linden Schlägen,
Tritt er der nächsten Schaar entgegen:

„Herbei zur großen Geißelfahrt,
Die kund im Himmelsbrief uns ward,
Geschrieben auf rothen Marmelstein,
Die Fackel hält ein Engel zart,
Ein Blitzstrahl ist der Kerzenschein!
Nicht Wasser, das Wolf und Eber sauft,
Das Blut, das eigne Blut nur tauft;
Liebt Gott der Herr das Wasser? Nein!
Drum wandelt' er's in Kana's Keller
Zu Rothwein einst, zu Muskateller.
Noch fester als in eurer Haut

Steckt ihr in Sünden, — die zerhaut!
Der Mensch ist eine Garbe des Herrn,
Drum, freund, den flegel tüchtig schwinge,
Daß aus der Aehrenhülse springe
Des Heiles Korn, der inn're Kern!
Schlag' selber dich, eh' Gott dich schlage,
Klag' selbst dich an, eh' dir's entnage
Die folterbank am jüngsten Tage!
Das sünd'ge Glied beschäm' und ächte!
Die linke Hand du Dieb aufstrecke,
Du Mörder und Räuber deine Rechte,
Du Lügner deine Zunge recke,
Des Meineids finger luftwärts steige,
Daß jeder Teufel sein Wappen zeige!
Ihr sollt von Haseln und von Weiden
Die grünen Zweige zu Ruthen schneiden,
Dann singt und schlagt den Takt mit Kraft:
„„Wir sind die Geißelbruderschaft,
Zu frommer Bußfahrt aufgerafft!““
Nehmt Kreuze roth auf Hut und Band,
Kirchfahnen nehmt und Kerzen zur Hand!" —
Die Predigt fand nicht Mißbehagen;
Der denkt: „Ich mag die Bußfahrt wagen!
Der volle Gurt, der mir verschwand,
Ob Jürg wohl streckt die linke Hand?"
Der denkt: „Wohlauf, nun wird mir's tagen,
Ob Nachbar Jobst mein Weibchen küßte?
Wie der die Lippen spitzen müßte!"
Nur Einer fragt, er liebt das fragen:
„Was spracht ihr dort vom Muskateller?"
„„Den findet ihr im Herzogskeller;
Des Thrones Schutz reißt erst die Lehren,
Drum zieht, den Herzog zu bekehren!““
Da ward es Allen klar geschwind,

Was sie für arge Sünder sind,
Da sprangen sie zu Birken und Weiden,
Die Zweige sich zu Ruthen zu schneiden.

Sie wallen fort. Nithart verschwand,
Doch kehrt er bald im Mönchsgewand,
Die Kutte braun zu Fersen ihm wallt,
Ein hänfner Strick den Leib umschnallt,
Aus der Kapuz', aufs Haupt gezuckt,
Sein Aeugleinpaar gar listig guckt,
Ein Wäglein rasselt hinterher
Von braunen Lodenkutten schwer,
Die Zügel lenkt vom Sitz ein dreister
Bartscherer, des Gespannes Meister.
Jetzt halten sie auf grünem Plan;
Von Bauern liegt dort eine Schaar,
Mit Sonntagskleidern angethan,
In ihrer Mitten Engelmar,
Im Zauberbann der Johannisminne,
In tiefem Schlaf, bar aller Sinne.
Nithart löst ihre Kleider ganz
Und steckt sie flink in Klostertracht,
Dann birgt er ihre Waffen sacht,
Gibt Strick dafür und Rosenkranz.
„Nun, Bischof, nun beginnt die Weihe!"
Die Stirnen all zu Glatzen mäht
Nitharts Geselle nach der Reihe,
Bis an den Schläfen ein Kranz nur steht.
Dann legt sich Nithart zu den Pfaffen:
Ob sie sich bald dem Schlaf entraffen?

Der Erst' erwacht der Engelmar,
Halbwach sieht er den braunen Talar
Greift rasch ans Haupt, ihm schnellt's die Hand,

Als steh' die Glatz in hellem Brand:
„Weh' mir, ich bin ein Pfaff geworden,
Muß Buße thun in strengem Orden!"
Ein Andrer sprach: „Amt muß ich singen!
Die Leitkuh hört' im Traum ich läuten;
Den Glockenruf kann ich nun deuten
Und frommes Melken, Wedelschwingen!"
Den Dritten freut der kahle Scheitel:
„Zu Trotz der Käthe welch ein Schwang,
Fährt sie nach meinem Schopf im Zank!"
Ein Vierter lallt: „O all ist eitel!
Mir träumt', ich sang Schelmlieder frei,
Doch waren's Mönchsgelübde drei!" .
Ein Fünfter sprach: „Arm will ich sein
An Müh' und Arbeit', Sorg' und Pein!"
Ein Sechster rief: „Gehorsam sein
Gelob' ich dem schönen Glockenschalle,
Dem Ruf in Refektoriums Halle."
Ein Andrer: „Keusch bleib ich im Chor,
Bei Prim' und Non' in Takt und Maß;
Doch Prim der Nonne wäre baß!"
Nithart droht mit dem Finger empor,
Doch tröstet er mit mildem Laute:
„Etsi non caste, tamen caute!"
„Der Nithart hier!" ein Andrer schreit,
„Wie kommt der Schelm ins heil'ge Kleid?"
Er spricht: „Wie ihr, bereu' ich Sünden,
Wie ihr, muß ich das Wort verkünden.
Die schwerste Buß' ist mir geworden;
Der Abt zu sein in eurem Orden!
Jetzt zieht, den Herzog zu bekehren,
Des Hofes Sonne reif' uns die Aehren!
Voraus zum Fürsten geh' ich schnelle,
Zu flehn um Kloster und Kapelle."

Nithart tritt in den Fürstensaal,
Verneigend sich im Mönchsgewand,
Und führt an des Balkones Rand
Den Fürsten und die Dienerzahl:
„Ich bin ein würd'ger Abt geworden,
Gestiftet hab' ich neuen Orden;
Der Bauern Trotz hab' ich geschmeidigt,
Selbst strafen sich, die mich beleidigt."

Hei, auf der Brücke vor dem Thor
Welch irr Geschrei, welch bunt Gedränge!
Die Mönche stimmen an den Chor,
Ein wirres Ton- und Wortgemenge,
Diskant und Baß, nun Kyrie,
Nun Libera nos domine,
Dabei manch Klang vom Krug und Pflug!
Es lenkt der Engelmar den Zug
Als Prior, doch mit Hott und Hê!
Drein prasselt wie ein Sommerregen
Der Fall und Schall von Geißelschlägen,
Das singt und schlägt den Takt mit Kraft:
„Wir sind die Geißelbruderschaft,
Zur großen Betfahrt aufgerafft!"
Mönchchor und Geißlerschaar sich mengt.
Auf sie die dritte Rotte drängt
Im Unschuldskleid nach Edens Schnitte,
— Der Frauen Aug' senkt sich mit Sitte, —
Laut schallt ihr Sang: „Wir Adamiten,
Wir kommen durchs Paradies geschritten!"
Das tost und drängt und kreischt, o Gräuel,
Ein unentwirrbar wilder Knäuel!

Bang seufzt der Fürst: „Was wird nun draus?"
Nithart ruft vom Balkon wie aus Wolken:

„Die Kühe sind noch ungemolken!"
Da löst entwirrend sich der Strauß.
„Herr, Bauern werden wieder draus."

Ein ländliches Fest.

Zum Herzog Otto Nithart spricht:
„Im Dorf ist morgen Kirmeßtag,
Herr, lade die Bauern zum Gelag,
Zu edlem Wein und feinem Gericht,
Daß Enkel noch in späten Tagen
Von deiner Milde wissen zu sagen!"
Was heimlich er denkt, doch sagt er nicht:
Hab' ich sie nur beisammen morgen,
Ein Andrer wird für Rache sorgen!
Ein schönes Fräulein, wie Göttin Hebe,
Ein lieblich Feenkind war die Rebe,
Schlangwüchsigen Leib's zum Himmel ragend,
Feinrankige Arme in Anmut tragend,
Mit Tänzen, Geberden mancherlei,
So jugendlich keck, so göttlich frei.
Die Maid im Garten ein Bauer fand
Mit hartem Herzen, rauher Hand;
Er fesselt sie zum Marterpfahl,
Beschwert die Glieder mit Kett' und Band,
Ersinnt ihr Qualen ohne Zahl;
Die Aeuglein blendet sein scharfer Stahl,
Die schönen Arme schneidet er ab,
Verstümmelt und krümmt den wonnigen Leib,
Bis sie gebückt am Krückenstab
Hinschleicht ein höck'rig altes Weib,
Dann senkt er lebend sie ins Grab.
Vergeltung doch hat sie dem Thoren,

Dem Peiniger ihres Leib's geschworen,
Unsühnbar sich in Rache zu laben,
Bei jedem Fest ein Opfer zu haben.
Und der gemordeten Rebe Geist
Erscheint beim Festmahl ihm und reißt
Zu Boden ihn mit mächtiger Faust,
Daß Wahnwitz sein Gehirn durchbraust;
Zum Thier soll er verwandelt sein,
Erst Tänbchen, Tiger dann und Schwein;
Gefühlvoll erst, rauflustig dann,
Unflätig zuletzt ist der trunkne Mann.
Der Taubengeist wird lang nicht walten,
Wir wollen's mit dem Tiger halten.
Der Herzog ihm antwortend spricht:
„Ei seltsam, daß der Bauernfeind
Die Bauern will zum Fest vereint!
Dein Wunsch doch hat mir solch Gewicht,
Daß ich ihn nimmer kann versagen:
Laß Boten um die Gäste jagen!"
`Was schlau er denkt, doch sagt er nicht:
Fürwahr, schon allzulang will dauern
Dieß Kriegen Nitharts mit den Bauern!
Ein altes Buch in schöner Mähre
Hat mich gelehrt, wie ich den Streit
In Frieden und Versöhnung kehre,
Und köstlich kommt gelegne Zeit!

Vor'm Dorf, wo sich die Linde spreitet
Und weit ihr grünes Laubdach breitet,
Ist schmuck ein langer Tisch gedeckt,
Schneeweißes Linnen drüber gestreckt;
Des Webers Kunst wob in den Flaum
Des Bacchus Fahrten, Noahs Traum,

Als hätten übermannt ihn Beide,
Verwirrend Bibel und Heidenthum.
In Körben prangt der Fluren Ruhm,
Der Früchte Glanz, der Blumen Geschmeide
Auf weißem Tisch zur Augenweide,
Wie Zaubergärten mitten im Schnee!
Unfern, daß ihn ihr Schatten umweh',
Liegt feist ein Eber hingestreckt.
In Tischesmitte zum Himmel reckt
Des Bäckers Werk sich, die Pastete,
Des Kahlenberges Felskoloß,
Auf dessen Gipfel das Herzogsschloß
Sammt Thurm und Fähnlein, das sich drehte;
Wie sachtren! Wenn der Grundstoff nur
Nicht allzutreu der Felsnatur!
Am Fuß der Burg quillt aus Gestein
Ein Bächlein, Namens Osterwein,
Sein Fall ein muntres Mühlrad treibt,
Der Stein tanzt lustig und zerreibt
Des Ost's Gewürz zu duftigem Mehle.
Dem Brünnlein nah gelagert ruht,
Als ob er sich's zur Tränke wähle,
Ein Hirsch mit breiten Geweihessprossen;
Der Sehnsucht Bild, liegt hingegossen
Ein Riesenhecht, den Heimweh quäle,
Ins Naß zu tauchen seine Flossen.
Von Schüsseln und Krügen welch Geschwader!
Des Herzogs Diener sind die Schenken,
O unversiegliche Brunnenader!

Die Bauern führt der Fürst zu den Bänken:
„Laßt euch's behagen, liebe Gäste,
Und werdet froh am frohen Feste;
Nur Eins allein will ich bedingen:

Ihr sinnt dem Nithart Feindesränke,
Vom Feind nimmt man nicht an Geschenke,
Drum sollt ihr auch sein Lied nicht singen;
Doch beut die Hand ihm zum Versöhnen,
Schön soll sein Lied zum Mahl euch tönen.
Ich denk', ihr thut's! Ihr mögt ihn ehren,
Sein Lied könnt' ihr doch nicht entbehren."
Die Bauern rufen: „Ei, beim Schlingen
Ist störend, ungesund das Singen;
Ein Nithartlied ist, trann, kein Braten,
Du gibst uns bessern, es zu entrathen!
Wohlauf ans Werk, zur Arbeit frisch!"
Ich geh' zur Jagd auf den edlen Hirschen, —
Ich will den feisten Keuler pirschen, —
Ich angle nach dem glatten Fisch, —
Ich zieh' in Krieg, sieghaft zu stürmen
Die hohe Feste mit Wall und Thürmen, —
Ich will den Bach ableiten und dämmen,
Er möcht uns sonst die Flur verschwemmen!

.

Nicht ferne steht ein kleiner Tisch,
Doch nur für Einen Mann gedeckt,
Mit weißem Linnen überstreckt
Und reich bestellt mit Wild und Fisch,
Nur fehlt, du siehst es ohne Noth,
Der edle Wein, das heil'ge Brot.

Den Nithart führt der Fürst zur Stelle:
„Dieß sei dein Platz, mein lieber Geselle,
Froh magst des frohen Fest's du sein,
Du siehst, Wein fehlt und Brod allein;
Du spinnst den Bauern Feindesränke,
Vom Feind nimmt man nicht an Geschenke,

Der Bauern Gab' ist Brod und Wein.
Reichst du die Hände zum Versöhnen,
Mag Brod und Wein das Mahl dir krönen.
Ich denk', du thust's! Du sollst sie ehren,
Nicht kannst du ihre Gab' entbehren."

Doch lächelnd drauf der Mithart spricht:
„O Herr, ich denk', ich thu' es nicht!
Du selbst machst hier mich zum Eremiten,
Drum nehm' ich an Einsiedlersitten;
Die Eremiten sind nicht Prasser,
Nur Wurzeln, Kräuter sind ihr Tisch,
Ihr Trunk vom Quell das klare Wasser;
Wie sie, soll Quell und Wald mich nähren,
Ein edles Würzlein ist dieser Fisch,
Hirschziemer ist ein Kräutlein frisch,
So kann ich Brod und Wein entbehren."

Ein Fürstenmahl und Bauernmägen,
Da gibt der Herrgott seinen Segen!
Das ist ein Schlürfen dort und Schlingen,
Mit Hirsch und Eber welch ein Ringen.
Sie schrecken nicht trotz Horn und Zahn,
Und Spießer und Sau sind abgethan,
Die Felsenburg im Sturm gefallen!
Der Thatkraft ungebrochnes Schweigen
Ruht anfangs auf den Bauern allen.
Die Weinflut doch beginnt zu steigen,
Allmälich hörbar rauscht ihr Wallen.
Erst schaukelt sie gelind und wiegt
Des Liedes Kahn, gefesselt am Strand;
Dann schüttelt sie und reißt das Band,
Daß er im Strom, entkettet, fliegt!

Anhebt ein Bauer und winkt den Chören:
„Wollt liebe Mähren gern ihr hören?“
Dazwischen rauscht des Andern Baß:
„Wirth, hast du nicht ein volles Faß?“
Ein Dritter stimmt ein Lied in Diskant:
„Der Mai ist wieder in dem Land!“
Der Herzog streng ein Tüchlein schwenkt:
„Das sind des Nithart Liederreigen!
Treu eurem Wort gebiet' ich Schweigen.“
An seinem Tisch der Nithart denkt:
Die Taubenzeit ist's und ihr Girren,
Ich fühle Taubenflügel schwirren! —
Des Paktes reut es fast die Bauern,
Sie schweigen mit Unlust nur und Trauern.

Jetzt auf dem Stelzfuß mit Gewicht
Erhebt sich Engelmar und spricht:
„Ein Mahl, zu dem kein Lied erscholl,
Ein Baum ist's ohne Zweig und Blatt,
Ein Thurm, der keine Glocke hat,
Ein Strom, der nimmer rauschen soll!
Doch meint so karg ihr die Natur,
Daß sie ihr Lied nur Einem vertraute?
In unsrer Brust auch liegt die Laute,
Sie klingt gewiß, berührt sie nur!
Kein fremdes Lied braucht ihr zu singen,
Laßt froh und frei das eigne klingen!
Was mit dem Aug' ich rings nur finde,
Ist's Lied und Stoff zum Liede nicht?
Wißt nur zu lesen! Ein Gedicht,
O singt es, ragt vor euch die Linde.“
Ein Bienenschwarm nach Liederseim
Umflattert jetzt den Baum ihr Sinnen;

Sie sammeln flink. Horch, sie beginnen
Und Jeder singt laut einen Reim:

„O Linde grün mit mächtigem Schaft,
Du bist die Burg der Bauerschaft!“

„Es weht von den Zinnen die grüne Fahn’;
Das grüne Feld ist uns unterthan.“

„Du wurzelst tief, du wipfelst hoh,
Auf freiem Grund gedeihn wir so.“

„Der Thurmuhr Glockenspiele klingen;
Die Vöglein Tageszeiten singen!“

„Dein Laubdach wölbt die hohe Halle,
Da saßen Ahn’ und Väter alle.“

„Da tauschen die Jungen Ring und Kuß,
Die Alten den Ehepakt zum Schluß.“

„Da rathen, die zu rathen haben,
Da trauern, die einen Lieben begraben.“

„O Linde, du bist uns zumal
Kapelle, Fest= und Trauersaal.“

„Dein Blühn ist fahl, dein Duft ist stark,
Schlicht unser Kleid, gesund das Mark.“

„Ein Lindenblatt ist gleich dem andern,
Gleichförmig unsre Tage wandern.“

„Als Bild in jedes Blättleins Raum
Gezeichnet ist der große Baum.“

„So meines Lebens still Geflecht,
Treu spiegelt's ab das ganze Geschlecht.“

„Die Blätter fallen; neue treiben,
Wir sinken, das Geschlecht wird bleiben!“

„So, Blatt, bist du die Chronik fahl,
Du, Baum, Archiv und Ahnensaal!“

„Da flüstern Sagen, hängen Schilder,
Da schaun auf uns die Ahnenbilder.“

„Dein Geisterrauschen uns begleitet
Und mahnt, wie das Verhängniß schreitet.“

„O Linde grün mit mächtigem Schaft,
Du bist die Burg der Bauerschaft.“

„Ein alter Reim, du karges Hirn!
Du haspelst neu den alten Zwirn.“

„Die Linde wird uns Waffenkammer,
Wahrt manche Keule, manchen Hammer.“

„Ist auch ein Hospital sogar,
Trägt tausend Beine dem Engelmar.“

„Dir ruft sie mahnend: Kauf' geschwind
Ein Wieglein für dein ledig Kind!“

„Ein Hochgericht auch ist die Linde,
O daß ich dich dran hängend finde“

„Turnieresfürstin sei sie ernannt.
Nun ich dich schmettre in den Sand.“

Denkt Nithart: „Nun will mir's gefallen,
Ich spüre schon die Tigerkrallen,
O Geist, bald wird dein Opfer fallen!“

Des Liedes Bolzen sind verschossen!
Ein schwerer Geschütz mit ernstem Spiel
Sind Krug und Topf, und Köpfe das Ziel,
Der Tisch ist taumelnd umgestoßen,
Die Bauern wild aufeinander springen;
Der Engelmar schwingt im Gedränge
Den Fuß der Bank statt Eisenklingen,
Als ob sein eignes Bein er schwänge;
Tischlinnen muß Besiegte binden
Und Wunden als Verband umwinden.
Kampf und Geschrei nach Schlachtenart,
Zerstörung, Fluchen, wilder Schrecken! —
Des Herzogs Dienern ward's erspart,
Mit Müh' die Tafel abzudecken.
Der Nithart sang: „Du rächst mich, Lied!
Wie wenig ich die Kämpfer schied!“

List gegen List.

Im Edelhof zu Mödling wohnt
Nithart und lebt ein selig Leben,
Den Treuen hat sein Fürst belohnt
Mit Hof und Feldern, Wald und Reben.

Sein Lied, das Ohr und Herz besticht,
Es will auch blühn dem Augenlicht,
Er will's auch schreiben in die Erde;
Der schwere Pflug zur Harfe werde,
Und seine Flur ein schön Gedicht.

Der Wald ist kahl, die Flur ist fahl,
Der Frost hat draußen Schnee gebettet,
Des Frühlings Sänger mit kluger Wahl
Hat sich den Lenz ins Haus gerettet.
Er sitzt zu Füßen seiner Frauen,
Ihr nimmermüd' ins Aug' zu schauen:
Das ist so hell, so warm, so licht,
Als schien' auf ihn die Maiensonne,
Das Wort der Liebe, das sie spricht,
Ist wie ein Flüstern der Wiesenbronne,
Wie Laubeslispeln auf Waldesstegen,
Ein wallender, fallender Blüthenregen.
Sein schönes Haupt sie streichelt lind,
Als kose die Locken ein Frühlingswind.

Es ruht der Wald in tiefem Traum,
Ein banges Schweigen rings im Raum,
Der Wolf nur wandelt durch die Eichen,
Der Haß nur will nach Beute schleichen.
Zum Herzog tritt der Engelmar:
„O Herr, das nenn' ich wunderbar,
An Kurzweil seh' ich dich verwaist
Und weiß dir süßen Zeitvertreib;
Durch fernes Land bist du gereist
Und kennst nicht, was die Heimat preist,
Des Landes Stolz, das schönste Weib.
Werth, als des Kaisers Braut zu wallen,

Ist sie dem Nithart zugefallen,
Sein Liebeslenz ihr wonniger Leib!"
Der Herzog spricht mit lächelndem Munde:
„Den Fehler bess'r' ich, Freund, zur Stunde.
Zu Nithart eil' auf flinkem Fuß,
Mein Bote sag' ihm schönen Gruß,
Er gönne morgen uns im Früh'n
In seinem Forst die Lust zu jagen;
Und da nach edlen Waidwerks Müh'n
Ein Imbiß nicht will mißbehagen,
Mag seine Hausfrau uns nicht grollen,
Daß wir zu Gast ihr kommen wollen."

Herrn Nithart in der Seele graut,
Sobald er diesen Boten schaut;
„Ein böses Zeichen, deutend Wehe,
Brieftaube ward die schnöde Krähe!"
Zum Weibe heimlich spricht er so:
„Wir werden hohen Gastes froh,
Herr Otto will im Walde beizen;
Zum Imbiß ihn erquicke reich,
Was Hof und Forst bringt, Faß und Teich,
Mit leckrem Mahl sollst du nicht geizen.
Wie schade, daß beim Ritterspiel
Der gute Herr einst taub sich fiel!
Drum schrei' ins Ohr ihm, statt zu girren,
Laß auch sein Zürnen dich nicht irren,
Er hat die Art von allen Tauben,
Daß sie noch gut zu hören glauben."

Am Herde prasselt die Flamme hell,
Im Forste schallt der Meute Gebell;
Schon müde sind die Bratendreher,
Das Horn im Wald tönt immer näher.

Dem Fürsten wallt Nithart entgegen,
Er trifft ihn schon auf nahen Wegen.
„Begnügt Euch heut', o Herr, mit Kleinem,
Laßt Haus und Leut' Euch wohlgefallen;
Mir ward ein Weib, hold, schön vor Allen,
Nur ein Gebrechen blieb der Reinen,
Ach, daß sie taub von Kindesbeinen!
Ihr sprechend müßt Ihr huldreichst schreien,
Auch wollt ihr lautes Wort verzeihen,
Sie hat die Art von allen Tauben,
Daß taub sie auch die Andern glauben.“

Frau Friederune stand an der Schwelle,
Aus lauter Kehle schmettert sie helle:
„Welch hohe Gunst so niedrem Dach!“
Rückprallt der Fürst, hintaumelnd jach,
Sein Ohrfell traf's wie Keulenhieb,
Davon ihm lang ein Sausen blieb.
Aus voller Brust er freundlich wettert:
„Viel Dank so huldigem Empfang!“
Das Haupt der Armen läutend klang,
Als wär's von Hammerschlag zerschmettert.
Ein süß Willkommen, das sie pflegen,
Sich Hammer und Keul' ums Ohr zu legen!

Treppauf, treppab die Wirthin steigt,
Bestellend sorglich Tisch und Teller,
Sie bringt manch frischen Krug vom Keller,
Handbecken neigt sie, stumm verneigt,
Sie kommt und geht, jedoch sie schweigt;
Ihr banger Geist nur heimlich sinnt:
O arme Frau, die er einst minnt,
Die ihres Herzens süße Laune
Dem Liebsten nur durchs Sprachrohr raune,

Sogar das Liebeflüstern dämpfe:
Ihr bringt's Bluthusten, Lungenkrämpfe.
O armes Reich, dein Fürst ist taub!
Weh, wer vertrauend, bittend wallt,
Sein scheu Geheimniß laut erschallt
Dem Hof, der Stadt, dem Land zum Raub!
O armes Land, deß Herrscher taub!

Am reichen Tisch den Fürsten laben
Anstatt der Hausfrau ihre Gaben,
Er dankt, der Lieblichen sich neigend,
Er schmaust und zecht, doch immer schweigend!
Nur insgeheim denkt er dabei:
Geheimnißvolle Zaubermacht,
O Liebeslauschen in stiller Nacht,
Wann sich begegnen Herzen zwei,
Wo leises Lispeln, Athemzüge,
Des Herzens Schlagen, der Pulse Flüge,
Ein heimlich Knistern vom heil'gen Feuer
Verständlich spricht, je stiller, so treuer!
O armes Weib, du bist gewiesen
Aus diesen säuselnden Paradiesen!
Weh, Nithart dir, dein Lenz ist taub!
Es müssen, daß die Arme sie höre,
Wie Hagel brausen die Waldeschöre,
Wie Kiesel prasseln ihr Blüthenstaub,
Mit Wetterschlägen die Knospen springen,
Die Wiesenquellen wie Sturmflut brüllen,
Die Lerchen wiehern wie junge Füllen!
Dein Lenz kann nicht mein Herz bezwingen.

Nithart sieht's froh, wie immer schneller
Der Herzog leert Pokal und Teller;

Er denkt im Stillen: Herz und Magen
Sind Freunde, die sich schlecht vertragen,
Ist Hunger groß, ist klein die Liebe;
Daß ihm's gedeih' und stets so bliebe!
Hat Einer ein Gärtchen, fried' er's ein,
Hat Einer ein Liebchen, hüt' er's fein!

Kein Abschiedswort! Ein schweigend Scheiden
Soll des Willkommens Wunden meiden.
Verstimmt zog Otto seiner Wege,
Nie jagt er mehr in Nitharts Gehege.

———

Ein fernes Rosenwölkchen loht
Die Wolke, die so schwarz gedroht;
So die Gefahr auch, nun sie schied,
Verwandelt sich dem Sänger zum Lied.
Nithart sein treues Lieb umschlingt,
Die Flamme prasselt, der Sänger singt:

„Weh, Winter, du spinnst aus Eis und Schnee
Bahrtücher den Vöglein, den Blumen, dem Klee!

Zu Köln liegt Schnee auf den Klostermauern,
In warmen Zellen die Mönche kauern.

Albertus Magnus am Fenster steht,
Das nach dem Klostergarten geht.

Da ruht gebreitet die weiße Decke,
Da starrt erfrierend die nackte Hecke;

Der Abt blickt froh, als ob ihn weide
Der Blätter Schmelz, der Blumen Geschmeide.

Den Mund des Brünnleins knebelt Eis,
Die Laube streckt ihr kristallnes Reis;

Der Abt horcht auf, als wie zu lauschen
Auf Vogelsang, auf Wasserrauschen.

Schneewolken schwer und träge schleichen,
Nordlüfte scharf wie Messer streichen;

Der Abt aufathmet, schlürfend Wonne,
Als ob er sich in Mailuft sonne.

Die Brüder meinen: das viele Denken
Mag ihm den Sinn zum Irrsal lenken.

Zu Weihnacht wallt er mit seinem Buche
Im Baumgang, als ob Schatten er suche;

Und läutet's Mittag, läßt er decken
Sein Tischlein in verschneiten Hecken.

Der Abt noch selig lauscht und späht,
Da pocht's, ein Frater vor ihm steht,

Ein Ordensmann aus der Ferne weit,
Gespiele seiner Jugendzeit,

Ein Freund, dem du erschließen mußt
All' Schmerz und Wonne deiner Brust!

Da jauchzt der Abt: „O Fest zu Zwei'n!
Wir tafeln heut im Grün, im Frei'n!"

Den Freund ein Frösteln überlief,
Er hüllte sich in den Mantel tief;

Er streicht den weißen Reif aus dem Bart
Und stampft den Schnee von den Sohlen hart;

Er scherzt: „Weiß Tischzeug seh' ich zwar
Und Trinkgeräth von Kristall so klar;

Doch wird erst abgedeckt dieß Linnen,
Wenn Frühlings Gaukelei'n beginnen;

Der Gaukler verschlingt, o Possenstreich!
Den Becher dann und den Trank zugleich."

Der Abt faßt stumm des Freundes Hand
Und führt ihn in das Gartenland;

Er schwingt ein Stäblein, spricht ein Wort,
Da grünt und blüht, was rings verdorrt;

Es schmilzt der Schnee da, wo sie schreiten,
Und Rasenpfade grün sich breiten;

Vielfarb'ge Blumen blühn in den Beeten,
Sie wandeln sorglich, keine zu treten;

Breitblättrig ranken an den Stäben
Zur Laube feigen sich und Reben.

Da ist gedeckt ein reicher Tisch
Mit Brod und Wein, Wildpret und Fisch.

Goldlockig ein schöner Götterknab
Wallt als Aufwärter zu und ab.

Spielleute flattern in den Zweigen,
So lieblich tönt's, wie Harf' und Geigen!

Die Lüfte lau und würzig wallen,
Da läßt der Freund den Mantel fallen;

Da thau'n die Herzen auf, da gleiten
Durch ihr Gespräch die fernen Zeiten;

Die Lebensflut sich hebt und neigt,
Wie dort der Springquell sinkt und steigt;

Aus Licht in Nacht sie wechselnd schau'n,
Wie hier aus dem Lenz in Winterau'n.

Zum Nachtisch von den Zweigen klauben
Sie duft'ge Feigen, süße Trauben.

Da mahnt der Abt: „Nicht zu vergessen
Gedeihlich Bewegen nach dem Essen!"

Er führt den Freund zur Kegelbahn,
Gefegt, geglättet ist der Plan;

Aufstellt die fallenden Kegel geschwind
Ein lieb blauäugig Elfenkind.

Ein Lebewohl! Der Fremde schied,
Da winkt der Abt! – Es schweigt das Lied,

Die Halme knicken, die Blätter erbleichen,
Die Quellen erstarren, die Blumen sind Leichen.

Sein Stäblein schwingt er, sein Wort er spricht,
Eishülle deckt den Garten dicht.

Schneewolken schwer und träge schleichen,
Nordlüfte scharf wie Messer streichen.

Doch über die Winterlandschaft wallen
Des Abtes Blicke mit Wohlgefallen:

„Ruh', warmes Herz, in eisigem Siegel,
Nur ein Geweih'ter löse den Riegel!

Dem rauhen Troß verbirg, verhehle
Das Lenzgeheimniß deiner Seele." —

Hat Einer ein Gärtlein, fried' er's ein,
Hat Einer ein Liebchen, hüt' er's fein.

Ein Pilger.

Die Sonntagssonne steht noch hoch;
Im Rebenzelt auf eichenen Bänken
Vor'm Schenkhaus sitzen die Bauern froh
Und trinken und sinnen, wie sie mit Ränken
Zur Rache den schlauen Nithart kränken.

Todtschlagen? ei, das wäre nicht fein,
Und sonst fällt ihnen nichts Andres ein.
Ein Pilgersmann vorüber wallt
Mit grauem Kittel und Muschelhut,
Von schwarzem Gurt den Leib umschnallt,
Dran steckt manch Ablaßzettel gut;
Von heil'gen Knochen starrt die Tasche,
Von Jordanswasser quillt die Flasche,
Am Busen Kreuz und Skapulier,
Am Stabe selbst ein Kreuz als Zier;
Der heil'ge Staub an seinem Fuß
Von Zion noch und Kompostell,
Er bebt entweiht, daß er so schnell
Gemeinem Staub sich mischen muß.

„Gelobt sei, der da war und ist!"
Der Pilger grüßt und schreitet weiter.
„Gelobt auch," Engelmar ruft's heiter,
„Der Teufel, dessen bald du bist!
O bleibt von diesen Frommen weit,
Von dieser Zunft der Heiligkeit,
Heilkrämern, die da wägen, messen
Ihr Seufzen und ihr Augenzwinken,
Doch haben sie das Maß vergessen
Für Thränen, die im Aug' uns blinken!
Der Kaufherr sucht im Osten weit
Weihrauch, der nicht daheim gedeiht;
Weitum nach heiligen Orten rennt,
Wer in sich selbst kein Heilthum kennt.
Zur That, die Keiner für sich wagt,
Macht Gottes Namen unverzagt;
Der Kirchendieb blieb unertappt,
In Küsters Mantel schlau verkappt.
Drum hütet euch vor diesen Frommen;

Schließt gut die Thüren, so sie kommen."
Dem Kleide nur und nicht dem Mann
Galt Engelmars zornvoller Bann,
Der noch zu mild, hätt' er entdeckt,
Daß Nithart in dem Kleide steckt.

Der Pilger schreitet rüstig aus
Gen Engelmars Gefild und Haus:
„Willst du dem Feind zu Leibe gehn,
Ins Feindeslager mußt du spähn!"

Er tritt zur Hausflur ein; da blinken
Festtäglich blank die Sichel, die Haue,
Die Sense, blutdürstig nach Morgenthaue,
Der Rechen mit kronverwandten Zinken,
Die schönen Waffen, die geweihten,
Die für das Brod, das heilige, streiten;
Zu Kampflust weckt der Rittersaal,
Zu Frieden stimmt dieß Arsenal.
Er tritt zur Kammer, rings im Kreise
Von blankem Zinn an Sims und Stellen
Die Schüsseln und Teller gereiht, die hellen,
Wie jener Waffen ersiegte Preise;
Bei jedem Mahl die Schüssel reich
Ist ein im Kampf ersiegter Schild,
Und jedes Kännlein Weines gilt
Dem Helm, gefüllt mit Golde, gleich.
Hier machte Kriegeshandwerk mild;
Es theilt des Hauses Ueberfluß
Mit jener Lerche fromm der Wirth,
Die frei um Tisch und Dielen schwirrt
Und dankt mit ihrem Morgengruß;
Doch ist's vielleicht zerknirschter Sinn,
Der reuig die Saatenkönigin,

Die er beraubt, entschäd'gen muß? —
Vom Ecksims zwischen zweien Wänden
Blickt die Madonna traurigmild,
Die schwarze Maria heißt solch Bild,
Laßt seinen Goldgrund euch nicht blenden!
Er malt den Brand ägypt'scher Sonne,
Der Kind und Mutter sengte braun
Auf wilder Flucht nach fremden Gau'n;
Das ist des Bauers echte Madonne!
Das Kind an der Brust, du braune Maid,
Du kennst, wie er, der Sonne Glüh'n,
Der Nächte Kummer, des Tages Müh'n
In schlechtem braunen Lodenkleid,
Und deine Hände braun und rauh,
Sie kennen, wie er, die Arbeit genau
Für deine Lieben, für dein Kind!
Du aber, Himmelskönigin,
Geschirmt vom damastnen Baldachin,
Mit Wangen, die Milch und Rosen sind,
Mit dem lächelnden, wangenrothen Kind,
Mit Haaren, gedreht aus Sonnengold,
Mit Fingern, aus Elfenbein gerollt,
In Stoffen, die den Kaufherrn loben,
Die Tyr gefärbt, Damask gewoben,
Des Reichthums Tochter, bleib' in Palästen,
Hüt' ihren Hort vor schlimmen Gästen,
Schirm' ihre Kinder vor dem Gleiten!
Gewohnt, auf Marmorgetäfel zu schreiten,
Hast du die Scholle nie betreten;
Der Bauer kann zu dir nicht beten.
Sein eignes Sein nur hat verklärt
Der Mensch im Göttlichen, das er ehrt.
Nur wenn dir einst am Herzen liegt
Anstatt des Kinds das Siebenschwert,

Des Schmerzes Göttlichkeit bekehrt
Dann Alle dir, die Alle besiegt!
Dem dunkeln Bilde brennt zu Füßen
Ein Lämpchen mit bescheidnem Glanz,
Des Kleides Saum scheint's fromm zu küssen;
Am Arm der Ampel lässig hängt
Von Holzkorallen ein Rosenkranz,
Als hätte der Eigner, zeitgedrängt,
Ihn eilig dem Lämpchen umgehängt,
Statt seiner ihn abzubeten ganz;
Das Lichtlein scheint sich betend zu regen,
Sein Flackern ein stilles Lippenbewegen.
Doch hinter'm Bildesrahmen leis
Guckt vor ein dürres Birkenreis,
Die hohe Schule der Wissenschaft,
Geborgen im Schutz der Glaubenskraft:
Wenn sich die Reiser zum Bündel mehren,
Wird's Inbegriff der besten Lehren;
Der Lehrer war's in diesem Kreise,
Der Prediger guter Christenweise,
Hier aber wird nicht mehr erzogen,
Und Spinngeweb hat's überflogen.
Doch der Beschauer ward alsbald
Von süßer Wehmuth ganz bezwungen,
Ihm säuseln die Jugenderinnerungen,
Ein frischer, grüner Birkenwald.
Am Tisch dort rinnt in gleichem Maß
Der dünne Sand im Stundenglas,
Ein Brünnlein, in dieß Haus geleitet,
Vom Zeitenstrom, der draußen schreitet;
Indeß die Flut dort brausend floh,
Ist hier ein Plätschern nur alltäglich,
Doch hier auch spiegelt's ebenso
Das Menschenherz bald froh, bald kläglich.

Herrn Nithart aber überkam
Friedfertig Sinnen wundersam.

Vom andern Stubenende schaut
Der grüne Kachelofen prächtig,
Wie eine Burg auf Felsen mächtig,
Auf breitem Fundament gebaut;
Von seiner Decke der Fliegenwedel
Grüßt wie ein Banner ins Thal herein,
Am Sims der rothen Aepfel Reih'n
Wie von den Zinnen Feindesschädel.
Da sitzt Hausmütterlein am Rocken
Und dreht das Rad und spinnt und spinnt.
Zwei Töchter schmeidigen gelind
Zum Tanz Haarflechten sich und Locken;
Blühweiß ein Schleier drüber wallt
Wie Blüthenschnee der Weißdornhecken,
Die Silbernadel gibt ihm Halt,
Dem Goldring sich die Finger strecken.
Hausmutter spinnt, rauh ist die Hand,
Und grober Zwilch des Leib's Gewand;
Der alte Dorn wird dürr und hart,
Auf daß die Knospen blühen zart.
Die lebensmüde, zitternde Hand
Webt noch dem Kind ein schmückend Band.
Die Gottesmutter dort im Bild,
Die ird'sche Mutter hier am Rocken!
In Nitharts Brust ein Friede quillt,
Wie durch die Weihnacht ferne Glocken.
Auf Haß zu sinnen ist's kein Ort,
Wo angesiedelt sich ein Lieben;
Froh, daß er unbemerkt geblieben,
Und süßbeklommen schleicht er fort.

Der Vollmond steht am Himmel hoch,
Vor'm Schenkhaus sitzen die Bauern noch
Und trinken und sinnen, wie sie mit Ränken
Zur Rache den schlauen Nithart kränken.
Todtschlagen? Ei, das wäre nicht fein!
Und sonst fällt ihnen nichts Andres ein.

Die Joppe.

„O Sommerzeit in grünem Kleid,
Du bannst das Leid, du weckst den Neid!

Euch neid' ich, Blumen, grünen Klee,
Sangvöglein euch, dich Blüthenschnee.

Maiglöcklein möcht' ich sein im Gehege,
Daß mich ans Herz Liebfraue lege!

Wär' ich der Zeisig mit grünen Schwingen,
Auf ihrem weißen Nacken zu singen!

Könnt' ich der bunte Psittich sein,
Ins Ohr ihr flüstert' ich allein!

Möcht' ich als Schleier am Haupt ihr hangen,
Mich sanft zu schmiegen an ihre Wangen!

O wär' ich ihr Gürtel mit goldner Schlinge,
Daß ich sie immer und immer umfinge!

O Sommerzeit in grünem Kleid,
Du bannst das Leid und weckst den Neid.

Die Liebe säuselt in deinen Blättern,
Der Haß entlädt sich in deinen Wettern!

O Engelmar, wärst du auf der Tenne
Das Weizenkorn und ich die Henne!

O wärst du ein feiner Honigkuchen!
Die Zähne möcht' ich an dir versuchen.

Wärst du das Müllerthier mit Säcken,
Ich aber hinter dir der Stecken!

Wärst lieber ein Prachtroß auserkoren?
Wohlan, so sei ich des Reiters Sporen!

Doch Stecken, Zahn und Sporn zerbricht;
Das Lied ist härter, ich tausche nicht!"

Ein Krämer sang dieß Frühlingslied,
Den schweren Waarenkorb am Rücken,
Oft stand er still im grünen Ried,
Nach bunten Blumen sich zu bücken.
O seltner Krämer, dich verrathen
Die seltnen Waaren, Liedesweisen,
Die, zahlbar nur mit Blumenpreisen,
Aus deines Herzens Werkstatt traten.
Nur Vöglein lauschen unverdrossen,
Und die verrathen nicht den Genossen.
Doch nah dem Haus des Engelmar
Klingt leiser das Lied, verstummt es gar.
Der Wandrer faßt die Klinke breit
Und seufzt ins Haus: „O Müdigkeit!"
Frau Engelmar am Tische näht,
Ihr Aug' nicht von dem Werk sich dreht,

Sie spricht: „Die Schenke liegt nicht weit!
Nichts biet' ich euch, mein Mann ist fern,
Auch schlug uns Hagel in bösem Stern."
Er läßt am Tisch sich taumelnd nieder:
„Gönnt Raum nur, daß zusammen wieder
Sich finden die gelösten Glieder!"

Der Krämer läßt die Blicke streichen
Still über den breiten Tisch von Eichen;
Da ist ein Damenschach im Brette
Geschnitten, dabei ein Mühlenspiel,
Nicht streng im Winkelmaß, und viel
Der Bauernnamen rings zur Wette!
Da steht der Liutwin, Epp' und Reppe,
Der Eberwin, Hug, Ott und Lumpolt,
Der Lenk und Schrenk, der Stepp' und Leppe,
Der Bertram, Wezzel, Gozz' und Rumpolt,
Der Goswin, Roswin, Irenfried,
Der Lamprecht, Hanold und der Schmied;
All' Nithartsfeinde, die da prunken!
Der Eichentisch will schier bedunken
Ein Schlachtfeld aus homerischem Lied.
Wohl dachten, die sich eingeschnitten:
O ging's durchs Herz dem Nithart mitten!

Der Krämer sprach: „O stolze Eiche,
Dem Gott der Wälder nur unterthänig,
Du kümmertest dich um Menschen wenig,
Bis dich verzaubert Todesstreiche;
Natur blüht nur sich selbst zur Wonne
Und fromm zum Preis der ewigen Sonne,
Wir gießen in sie Blut unsrer Adern
Und lehren sie mit uns lieben, hadern.

Nur blaue Tiefen des Himmels saugen
In sich des Flachses Blüthenaugen;
Da ist ein Linnen aus meinen Waaren,
Weiß, rein, wie Unschuld unerfahren,
Uns Allen bleibt es stumm und traurig,
Einfarbig, wie ein Grabtuch schaurig.
Die Jungfrau doch, die's wob, laßt reden!
Das weiße Gewebe wird ihr berichten
Vielleicht viel alte, schöne Geschichten,
Einwob sie die eignen Lebensfäden
Und knüpfte sie mit dem eigenen Herzen,
Drum bricht's wie Blumen aus Schnee des Märzen;
Das dünnste Fädchen selbst hat Schleifen,
Die zitternde Seele zu ergreifen.
Der Seidenwurm spinnt fromm sich ein,
Als Eremit, sich genügend allein.
Da ist aus Seide in meinem Kram
Ein Tüchlein mit Blumen wundersam,
Seht die Guirland' in Farben lebendig,
Wie Lenz uns lächelnd, heiter beständig.
Doch laßt die Maid, die's stickte, reden,
Die dreinwob eig'ne Lebensfäden!
Der wonnige Kranz wird ihr berichten
Vielleicht viel alte Trauergeschichten;
Daß diese Blüthen üppig sprossen,
Hat sie mit Thränen sie begossen,
Und jede Blume hat Dorneszacken,
Sich neu ins Herz ihr einzuhacken.
Mit Nadel und Garn webt Frauenhand
In Seid' und Linnen ihr Tagebuch,
Manch süßestes Räthsel barg solch Tuch,
Das nur, die's schrieb, zu lesen verstand.
Nun möcht' ich wohl, lieb Fränchen, wissen,
Was Sinnen ihr näht der Joppen ein.

Ich seh', das Lieblichste wird's nicht sein,
Die Finger habt ihr blutig gerissen."

„Viel tausend Flüche für meinen Mann,"
Zürnt sie, „der mir solch Werk ersann!
Gen seinen Feind Nithart, den Sänger,
Den Rachedurst zähmt er nicht länger,
Die Joppe schenkt er ihm zum Feste,
Doch mußt' ich, und ich kann's nicht tadeln,
Einfügen innen spitze Nadeln;
Ein lustiger Schwank für alle Gäste,
Wenn's dann als Vorgeschmack den Wicht
Wie's ewige Höllenfeuer sticht!"

Da braust's herein wie Sturm und Wind,
Zur Seite floh das Hausgesind,
Der Engelmar dröhnt wild heran
Und schnaubt im Zorn: „Was will der Mann?"
Der Wandrer schüchtern sprach: „Ich bin
Ein Krämer, der um schmalen Gewinn
Von Wien fährt in das Baierland
Und kann hier Platz zum Rasten fand."
Der Bauer rief: „Wollt noch verziehn!
Was bringt ihr neuer Mähr aus Wien?
Ist euch der Schalk Nithart bekannt?"
Der Krämer drauf: „Herr Nithart sang
Ein neues Lied zum Zitherklang,
„Ein Stachellied" hat er's benannt;
Und wollt ihr's hören, sing' ich's eben,
Wie mir im Sinn die Worte kleben."
Aufhorchend nickt der Bauersmann
Und spricht: „Ei, singt und gebt es kund!"

Der Wandrer hob sich und begann
Das Nithartlied aus Krämermund:

„O Sommersonne, du schlenderst Pfeile,
Doch Keiner will, daß die Wunde heile!

Der Engelmar am Kastanienbaum
Sinnt Rachepfeile sogar im Traum.

Die Stachelfrucht stürzt von dem Gesträuch
Und schlägt ihn wund und klug zugleich;

Die Frucht im Dornpelz ihn belehrt,
Nur lernt der verkehrte Mann verkehrt:

Dem Nithart wirkt er ein Ehrenkleid,
Doch innen Stachel an Stachel gereiht.

Nach Hofe will er die Joppe tragen;
Wie ziemt es wohl? zu Roß? zu Wagen

Wo ist der Fracht ein würdig Gespann?
Zwei Igel zur Deichsel, zwei Igel voran!

Wo mag dem Ritt ein Zelter sein?
Als Berberhengst ein Stachelschwein!

Er zäumt den Gaul, er schirrt das Gespann,
Bis von den Fingern das Blut ihm rann.

Er kommt nicht zu Roß, kommt nicht zu Wagen,
Selbst muß sein Festgeschenk er tragen.

Ein Tannenast ritzt ihn im Wandern:
Auf Nadeln achte, wer sticht nach Andern!

Nun ist er bei Hof und bringt's zum Feste,
Nun lachen bald der Fürst und die Gäste.

Ins Kleid schlüpft Nithart, — aber verkehrt,
Daß Futter und Nadel nach außen fährt.

Den Geber umarmt er vor aller Schaar,
Welch ein Freudenschrei, o Engelmar!

Herr Nithart legt den Bolz auf den Bogen,
Er schnellt, da ist der Bolzen entflogen.

Der fliegt und singt wie ein Vögelein:
Wer stechen will, muß stichfest sein!"

Ein Lied, das ihn nicht nennt.

Johannisnacht ist's, Sonnenwende,
Auf Bergesspitzen flammen die Brände,
Als wären Stücke zerbrochener Sonnen
Herabgefallen, auf Erden verglühend,
Als quöllen brennende Naphtabronnen,
Zum göttlichen Ursprung brünstig sprühend.

Am Hügel dort mit seiner Schaar
Schürt einen Holzstoß Engelmar,
Sie schleppen Reisig und mächtige Scheiter,
Aufprasselt die Flamme hoch und hell;
Da werfen in die Gluthen schnell

Die Weiber Nesseln und Wermutkräuter
Und singen, nun die in Asche verzehrt:
„So schwind' all Unheil unserem Herd!"
Von Knaben eine muntere Schaar
Springt durch die Flammen auf und nieder:
„So bleiben uns durchs ganze Jahr
Gesunde Herzen, gesunde Glieder!"
Das blaue Blümchen Rittersporn
Reicht einem Burschen ein Mägdlein dar:
„Sieh durch die Blum' in den Feuerborn,
Du schaust dann Liebes nur im Jahr."
Er nimmt und schielt nach ihr daneben,
So auch erfüllt der Wunsch sich eben.
Die Greise sinnen und schauen verstohlen
Der Brände mähliches Verkohlen.
Der Sonnengröße gilt die Feier,
Die Sonne fehlt allein dabei;
Echtgroß entflohn der Schmeichelei,
Wallt sie durch ferne Lande freier.

Am Feuer neben Engelmar
Lauscht still ein junger Jägersmann,
Ein grünes Jagdkleid hat er an,
Mit Armbrust, grünem Hut im Haar,
Den Waidmannssack doch wildesleer;
Ein Wild vor'm Schusse scheint fast er,
Auf das des Bauers Auge sticht.
Der Engelmar zum Jäger spricht:
„Ei, schmucker Waidmann, trotz der Haube
Nehm' ich den Falken für keine Taube;
Wenn Lieder wären Bolzen fein,
Dann könnt' ein Jäger Nithart sein;
Das Täublein doch, würd' es verrathen,
Mir bangt, hier müßt's im Feuer braten,

Manch Fäustchen fände sich, es zu rupfen,
Manch Spieß, ins Feuer es zu lupfen.
Doch seid nicht bang, ich bleibe still,
Verrath' euch den Genossen nicht,
So ihr gelobt, daß euer Gedicht
Nie meinen Namen nennen will;
Denn euer Lied vom Engelmar
Das macht noch grauer fast mein Haar,
Wenn ab auch euer Bolzen prallte
Von meiner Brust, aufrafft alsbald
Ihn jeder Narr, der des Weges wallte,
Und schießt aus Ziel mit neuer Gewalt;
Ein tollgewordner Bienenschwarm
Umbraust's mein Haupt, daß Gott erbarm'!
Und wo ich wandle, schallt's mir nach,
Und aus dem Schlafe pfeift's mich wach,
Im Chor, anstatt des Psalms, erhuben
Das Lied muthwillige Sängerbuben,
Von Amselkehlen im Weinberg klingt's,
Gar meine Sense, glaub' ich, singt's.
Nun stimmt, daß man mich nicht erkennt,
Zur Sühn' ein Lied, das mich nicht nennt!"
Antwortet Nithart: „Wohl, es sei!
Behagt der Namen euch Philemon?
Im Lied doch sticht noch mancherlei
Und weckt in eurer Brust den Dämon;
Drum, hört ihr etwas ungewogen,
So stupft mich mit dem Ellenbogen,
Daß den Verstoß ich lösen kann."

Der Bauer nickt und ruft mit Klang:
„Ihr Männer, horcht! Der Jägersmann
Hebt ein neu Lied von Nithart an!"
Der Waidmann drauf begann den Sang:

„Philemon wohnt im Marchfeldbann,
Ein rauh ungaſtlicher Kumpan."
Der Bauer ſtößt, bis der Sänger es löſt:
„Ein gaſtfrei milder Bauersmann."

„Sein Weiblein Baucis war ihm gleich,
Wer ihr begegnet, wurde bleich."
Der Bauer ſtößt, bis der Sänger es löſt:
„Jed' Antlitz grüßt ſie freudenreich."

„Der Pfarrer und Meßner des Weges kamen,
Philemon denkt: „Mögt ihr erlahmen!"
Der Bauer ſtößt, bis der Sänger es löſt:
„Er grüßt: Gelobt ſei des Heilands Namen!"

„Er birgt ſich in einen verhangenen Schrein,
Doch unten guckt hervor ſein Bein."
Der Bauer ſtößt, bis der Sänger es löſt:
„Für die Gäſte will er ſich kleiden fein."

„Die Wandrer lechzen: „„O Müdigkeit!""
Frau Baucis drauf: „Die Schenk' iſt nicht weit!"
Der Bauer ſtößt, bis der Sänger es löſt:
„O thut mir in meinem Haus Beſcheid!"

„Und weiter ſprach ſie: „Mein Mann iſt fern,
Auch ſchlug uns Hagel in böſem Stern."
Der Bauer ſtößt, bis der Sänger es löſt:
„Doch was das Haus bringt, biet' ich gern."

„Den Gäſten trägt das Weib herein
Verſchimmelt Brod und kahmigen Wein."
Der Bauer ſtößt, bis der Sänger es löſt:
„Weißkuchen und jungen Oſterwein."

Das Tischlein wankt, ihm fehlt ein Bein,
Sie denkt: Mag's auch zum Tort so sein!"
Der Bauer stößt, bis der Sänger es löst:
„Sie stellt es fest mit dem eigenen Bein."

„„Wir sind,"" so sprachen sie dankentglommen,
„„Zwei Teufel, euch zu holen gekommen.""
Der Bauer stößt, bis der Sänger es löst:
„„Sankt Peter und Sankt Johann, die Frommen.""

„„Wir geben frei dir eine Bitte.'" —
„Nehmt meinen Mann in eure Mitte!"
Der Bauer stößt, bis der Sänger es löst:
„Gebt uns ein Sterben nach Blumensitte!"

„„Wohlan, geht einst als Pflanzen zur Ruh!
Er sprieß' als Distel, als Klette du!'"
Der Bauer stößt, bis der Sänger es löst:
„„Als Eichbaum er und als Linde du!""

„„Und geht dein Gespons einst wieder aus,
Nicht laß' er, wie heut', die Füße zu Haus!""
Der Bauer stößt, bis der Sänger es löst:
„„So komm' er recht balde wieder nach Haus!""

„Wer sang dieß Lied? Ein Vögelein
Pickt's aus dem Distelstrauch am Rain."
Der Bauer stößt, bis der Sänger es löst:
„Berauscht vom Lindenduft im Frei'n."

Verhallt ist schon des Liedes Hauch,
Doch nicht verflüchtigt ist's wie Rauch;
Erst knistern die Klänge noch verstohlen,
Wie einzelne Funken in den Kohlen,

Der merkt ein Verslein, Jener eins,
Bis sich die Funken zusammengefunden,
Auflodernd, zur Flammensäul' entzunden;
Aufjauchzt der Chor des Stimmenvereins,
Frei klingt's und macht zu Spott die Schliche,
Des Ellenbogens Censorstriche.
O Engelmar, du wärst bewundert,
Geboren in späterem Jahrhundert!
Es hat zuerst ein wund Gewissen
Das Wort in Fesselzwang gerissen.
Singt, daß die Sonne schwarz und kalt,
Daß euch ein weißer Rabe sprach;
Singt, daß der Frühling welk und alt,
Es singt euch's keine Seele nach!
Durch Bollwerk kommt die Wahrheit geflogen
Trotz Strich und Scheer' und Ellenbogen!

Der Sang von Philemon macht das Haar
Noch grauer fast dem Engelmar,
Und wo er wallt und fährt, da rennt
Das Lied ihm nach, das ihn nicht nennt,
Von Amselkehlen klingt's im Wald,
Selbst seine Sense lernt es bald.

Versöhnung.

Ein Buch hält Nithart aufgeschlagen,
Da lauscht er längstverrauschten Tagen,
Begleitend zum italischen Garten
Der Nordlandshelden Sehnsuchtfahrten:

„Viel Dänenschiffe ankern und lauern,
Die Fracht zu löschen in Luna's Mauern;

Die Fracht sind Krieger, Nordlands Sprossen,
Doch solcher Fracht ist der Hafen verschlossen.

Sie bergen ihr Thun, daß selbst die Wellen
Dem Strand nichts plaudern im Zerschellen.

Das Leben an Bord so todt, eintönig!
Da ward ein Vogler Hadding, der König.

Das Orlogschiff in den grünen Fluten
Ist Tenne mit Vogelgarn und Ruthen;

Da fängt der König mit Locken und Listen
Der Vöglein viel, die im Städtchen nisten.

Der Veste Mauern überragen
Das Herz der Bürger, die voll Zagen.

Da klirren nicht Waffen, nur Glocken wimmern,
Nicht Panzer glühn, Meßkleider nur schimmern.

Im Dom knie'n Bischof und Statthalter,
Die Litanei ringt mit dem Psalter.

Sturmleitern schlägt ihr Gebet zu Gotte,
Daß er zerblase die Feindesflotte!

Der Bischof blickt zum Gewölb' nach oben,
Von Spinnennetzen ist's ganz umwoben:

„Nun sprecht, ihr frommen Wetterpropheten,
Was bringt der Himmel auf unser Beten?"

Stumm hängt das Gewebe, schaukelnd linde,
Als rührten sich Fahnen leis im Winde.

Sind sie erhört vom milden Gotte?
Die schwarze Flagg' aufhißt die Flotte!

Die Masten schwarze Segel tragen,
Der Bord ist in schwarzes Tuch geschlagen.

Zum Strande rudern, wie schwarze Schwäne,
Mit Trauergesängen dunkle Kähne.

„Hadding ist todt!“ Schon stehn zwei Boten
Um Grab und Seelenamt für den Todten.

Jetzt steht die Bahr' im Gotteshaus,
Vorschmeckt der Bischof den Leichenschmaus.

Viel Dänen, in Trauermäntel verkrochen,
Darunter klirren stählerne Knochen.

Der Bischof blickt zum Gewölb' beim Beten:
„Wie nun, ihr frommen Wetterpropheten?“

Ihr grau Geweb' ist stumm wie ein Hauch,
Nur regt sich's kränselnd, wie schwarzer Rauch.

Requiem singen Priester, Leviten,
Das Rauchfaß schwingen die Alkolythen,

Bis von dem Chor die Posaunen schmettern,
Vorklang von des jüngsten Tages Wettern.

Welch' Rufen! Den Tod aus den Gräbern schreckt's,
Und Hadding, den König, auch erweckt's.

Er springt aus dem Sarg in Rüstung und Waffen,
Das Rauchfaß stürzt aus der Hand dem Pfaffen.

Den Krieg'rn in Stahl die Mäntel entfallen,
Wie Auferstandne aus Gräbern wallen.

Da blinkt auch das Schwert vom jüngsten Tage,
Da klirrt auch des Richters eherne Wage.

Und von den Schiffen die Vöglein von gestern
Läßt man heimfliegen zu ihren Nestern;

Wär's Nacht, sie flögen als Sternenwunder!
An Flügeln tragen sie leuchtenden Zunder.

Es prasseln die Schwerter, es prasseln die Flammen,
Wehklag' und Jubel verklingen zusammen.

Die Stadt ist Schutt! Der Schiffe Raum
Faßt seine goldne Beute kaum.

Vom Strand zum Schiff schon Brücken lagen,
Nach Norden den Nordlandskönig zu tragen.

Der Bischof geleitet ihn zur Flut:
„Bau' uns den Dom, ein Vogtherr gut!"

Der König, rasch zum Volke gekehrt,
Stößt in den Strand sein Eisenschwert:

„Da kniet! Macht nie dieß Kreuz zu Spott!
Wer selber sich hilft, dem hilft auch Gott."

So las Nithart, im Buch versunken,
Und sieh, des Haddings Vögel tragen
Ins Haupt ihm neue Gedankenfunken.
Aufspringt er, rasch zu Roß zu jagen
Ins Kahlenberger Dorf zum Pfaffen:
„Freund Wigand, ich will's mit Hadding wagen,
Im Sarge ruhn, bis mit Frohlocken
Ich auf die Feinde spring' in Waffen.

Sagt todt mich, läutet mir die Glocken!"
Der Priester zagt und warnt erschrocken:
„Die Glocken, Freund, sind Gottesmund,
Womit er selbst dem Volk gibt kund,
Wann er belebt, wann er begräbt,
Im Zorne braust, in Milde schwebt;
Wollt ihr das Volk mit Glocken trügen,
Macht ihr die Lippen Gottes lügen!
Wohlan, mögt Todeshauch ihr spüren,
Er wird das Herz euch läuternd rühren."

Herr Nithart in dem Kirchlein lag,
Geschmückt als Leich' im Sarkophag,
Den Perlenkranz im Lockenhaar,
Den Mantel mit feinem Pelz verbrämt,
Darunter Schienen und Eisenhemd,
Im Arm die Laute, traut und klar,
Zu Lenden fließt die Schärpe von Seide,
Das Schwert sitzt locker in der Scheide;
Schwarz ausgeschlagen Wand und Altar,
Daran des Todten Wappenbild,
Der rothe Fuchs in weißem Schild,
Mit schlichter Inschrift, prunkesledig:
„Herr Nithart Fuchs, dem sei Gott gnädig."
Zu Nitharts Fuß ein Becken, drin
Weihwasser und Zweige Rosmarin.
Wie er so auf dem Rücken liegt,
In Gruftgedanken eingewiegt,
Kann sich's der Todte nicht versagen,
Bisweilen die Augen aufzuschlagen:
Sie haften an des Gewölbes Rund,
Das über ihm gebreitet stund.
Der Himmelsdom scheint's ihm zu sein

An einem grauen Wolkentag,
Der Herzen nicht erheitern mag
Und sie nur weist in sich hinein.
Dann wieder scheint der Kuppel Bogen
In ungemess'nen Raum gezogen,
Sich dehnend hoch und stolz und weit,
Als wär's die Halle der Ewigkeit;
Der Seele Flügel ächzt nach Schranken,
Umtaumelnd in Ewigkeitsgedanken.
Doch auf dem weiß einfärbigen Grund
Aufdämmern, wie in Lettern bunt,
Die Herzen all', die je er kränkte,
Die Seelen, die er zum Schmerze senkte,
Und was er Leides je getrieben,
Dort steht's in scharfen Zügen geschrieben;
Verwischen, vertilgen möcht' er alle,
O säh' er rein die leuchtende Halle!
Da wird sein Herz so weich, so weich,
Todt ist er neugeboren zugleich.
Der Dom scheint wieder sich zu engen,
Und näher, schmäler sich zu drängen,
Beklemmend drückt's auf ihn herein,
Als wär's sein Grab und drauf der Stein,
Es scheint zu regen sich, zu wallen,
Sich zu zerbröckeln und zu fallen;
Er möchte schrei'n — gelähmt die Zunge!
Schon rafft er sich empor zum Sprunge,
Da treten die Bauern durch die Pforte
Mit frohen Geberden und lautem Worte.

Sie stehn mit Lachen an der Bahre,
Sie schaun das Wappen am Altare:
„Das Füchslein, das Hühner wollte speisen,
Fing Jäger Tod im kalten Eisen!"

Der spricht: „Warum thatst du, o Gott,
Was ich so gern statt dir gethan!"
Ein Dritter drauf: „Ei, laßt den Spott,
Er könnt' im Liedergarn uns fahn!"
Der zupft des Todten Nasenspitze:
„Wie sieht's nun aus mit deinem Witze?"
Der ruft: „Seht sein verzerrt Gesicht,
Im Tod noch zeigt's den Bösewicht."
Und Jener: „Schnell trifft ihn der Fluch,
Ich spüre schon Verwesungsgeruch."
Da zuckt zum Schwert des Todten Hand,
Doch spart er's für den Engelmar;
Der drängt sich stumm jetzt durch die Schaar,
Bis er am Katafalke stand.

Er faßt ein Zweiglein Rosmarin,
Sprengt Weihbronn über den Todten hin:
„O Nithart, möchten diese Tropfen
Versöhnend an deine Seele klopfen!"
Dann zu den Andern spricht er so:
„O klagt, daß dieser Geist entfloh!
Der Thurm hat seine Glocke verloren,
Der Becher die Gluth, die drin gegohren;
In Tönen träumt der Glocken Erz,
In Dichtern tönt des Volkes Herz.
Wir Bauern sind wie unser Feld!
Gottlob, die Saat ist gut bestellt;
Doch, sehn die fahl einfärbigen Aehren
Geschmückt die ganze Welt im Lenze,
Da schmerzt sie's, Schmuckes zu entbehren,
Sie seufzen: O trügen wir auch Kränze!
Sieh, aus derselben Scholle schlagen
Kornblumen, Mohn und Windlingspracht
Herolde in der Wappentracht,

Statt ihrer reichen Schmuck zu tragen.
Doch wenn der Erntewagen trägt
Als Leichen einst das Volk der Garben,
Sind obenauf als Kranz gelegt
Die Blumen, die mit ihnen starben.
So soll das Dichterlied sich weben
Treu in des Volkes Sterben und Leben;
Und solch ein Kranz liegt hier zerschlagen.
Wir Bauern sind wie unser Feld!
Wenn Andacht alle Wesen hält
In Sabbathstill' an Feiertagen,
Da senden Alle zum Himmelszelt
Durch Boten ihre Freuden, Klagen;
Des Berg's Gebet die Adler tragen,
Des Stromes Dank in Wolken fährt,
Sein Zorn empor im Staubbach gährt,
Des Waldes Traum die Sprosser schlagen;
Stumm muß das Feld nur Wogen ringen,
Das, ach, des Liedermunds entbehrt,
Und hätte doch so viel zu singen!
Da steigt empor aus seiner Mitte,
Als wär's des Saatfelds eigne Seele,
Die Lerche, singend aus frommer Kehle,
Statt seiner Dank und Klag' und Bitte;
So steigt das Dichterlied aus dem Volke.
Dieß Herz war solche Lerchenseele,
Bekannt der Saat, bekannt der Wolke;
Nur sang's zu oft, ich könnt's entbehren,
Von Bart und Stacheln unserer Aehren.“

Indeß er sprach, hielt er die Hand
Des Todten, der Versöhnung Pfand.
Kalt überläuft's ihm jetzt den Rücken,
Er fühlt die Leichenhand ihn drücken;

War's Täuschung? Wahrlich, es war keine,
Aufs Neu' drückt Nitharts Hand die seine!
Das Herz in Stahl auch scheint zu klopfen,
Erweckten es des Weihbronns Tropfen?
Jetzt springt der Todte von der Bahr'
Und fliegt ans Herz dem Engelmar,
Sein Arm, in rasselnden Schienen, fährt
Rasch an die Laute statt ans Schwert:

„Ei Sommerzeit, die Vögel sich schwingen,
Ich will mein Lerchenlied euch singen!

Fliegt eine Lerch' empor in die Sterne
Mit einem goldenen Weizenkerne,

Als ob ein Engel am Sterbetage
Die gläubige Seele zum Himmel trage.

Und wie der Engel des Schützlings Ringen,
Beginnt sie des Körnleins Preis zu singen:

„Im Hülsenbett dieß Bauernkind,
Sein Wieglein schaukelten Luft und Wind;

Der Regen hielt's in Taufsteins Wogen,
Die Sonne hat es im Licht erzogen;

Und als es gedieh'n in Schaft und Kern,
Daß dran sich freue das Auge des Herrn,

Da ward es geknickt, getreten, geschnitten,
Geschlagen, zerstampft — hat viel gelitten!“

Spricht drauf der Herr: „Ei, du Anwaltstern!
Indeß du ihn lobst, entfiel der Kern.

So geht's dem Lied in Lobesweisen:
Oft sinkt zum tiefsten, den es will preisen.

Nicht so dein Lied, frommes Bäuerlein,
Es soll belohnt, unsterblich sein!

Sieh dort, wo es hinabgefallen,
Es neuerstanden, vervielfacht wallen!

Dem Körnlein gleiche das ganze Geschlecht:
Habt ihr's verworfen, ersteh' es erst recht!

Mit Strahlen sei jede Aehr' umlaubt,
Ein Heiligenschein dem Martyrhaupt!

Ich selber bilde, den Preis zu mehren,
Den eignen Leib aus dem Kern der Aehren,

Und segne die Saat, die im Wind sich wiegt,
Und segne die Hand, die am Pfluge liegt.“

So klingt der Lerche Lied vom Korne,
Und ist's zu Ende, singt sie's von vorne.

Ich aber sing's nur einmal, mit Huld,
Ihr wißt, mir lauscht nicht Gottes Geduld.“

Zu Nitharts Lied der Chor der Bauern,
Ein seltsam Fest ist's diesen Mauern;
Und horch, vom hohen Chore fallen
Jetzt Orgelklänge melodisch ein,

Pfaff Wigand tritt mit Wohlgefallen
Den Balg und greift die Tasten rein,
Daß feierlich die Töne wallen,
Erschütternd durch die Kirchenhallen.
Und wieder horch! Mit Flöten und Geigen
Lockt's durch die Pforte hinaus zum Reigen,
Daß Bauern, Sänger und Orgler es packt;
Herr Wigand endet mitten im Takt,
Abbricht das Lied in plötzlich Schweigen.

Zu Ende singt's vielleicht die Linde
Dem Spätroth und dem Abendwinde.

Otto.

„Sextus filius Alberti I. vocabatur Otto,
Nihil inveni de eo notabile, nisi quod fuit
unus jocundus homo et dilexit jocos et eutra-
peliam.“

Martinus Abbas Scotorum (Petz. II. 657.)

Die Sendung.

Ist's nur die Luft in Fürstensälen,
Die Nacken beugt und krümmt die Seelen?
Soll's auch die bessern Fürsten ehren,
Wenn Stirnen ihren Estrich kehren?
Ließ ihnen solch beschämend Erbe
Der Vorfahr wohl, der harte, herbe,
Wie, wenn der Sturm sich längst verzogen,
Die Saat noch liegt, die er gebogen?

Im Thronensaal der Burg zu Wien
Versammelt harrt ein glänzender Kreis;
Mit silbernem Schäferstab erschien
In Sammt manch geistlicher Hirtengreis,
Die Herzogsräth' in schwarzer Tracht,
— Wohl manche trugen Trauerfarben
Schier um das Recht, das sie verdarben, —
Herolde schimmern in Wappenpracht,
Und Leibtrabanten halten Wacht.
Im Halbkreis stehn Hofherren und Ritter,
Da wehen Federn, flimmern Flitter,
Goldschellen klingeln am Gewand,
An Krause, Barett und Gürtelband;

Die Schelle, die der Hof einst trug,
Ward für die Narren abgelegt,
Damit wer keine Schelle trägt,
Hinfort doch gelten kann für klug.
Zwei Farben trägt am Leibe Jeder,
Zweifarbig Kleid, zweifarbige Feder,
Der halbe Mann roth oder falb,
Blau oder weiß das andre Halb,
Als hätt' ein Hieb sie einst gespalten,
Sie wiederbelebt ein Zauberwalten,
Die Hälften doch in Hast und Eile
Sie schlecht ergänzt mit dem fremden Theile.
Solch Hofkleid war gewählt verständig,
Die Farbe, die aus zwei'n ihm werth,-
Wird flink dem Fürsten zugekehrt;
Jetzt trägt solch Kleid man nur inwendig.
Ein Wort gibt kund der Fürsten Kommen,
Wie Wetterschwüle macht's beklommen,
Die Reden und die Schellen schweigen,
Indeß die Stirnen tief sich neigen,
Selbst der Gedanke, der nicht streichen
Im Fluge darf, beginnt zu schleichen,
Doch kriechend noch sinnt er aus Steigen.
Geht einst der Phönixflug, der rasche,
Im Brand der Spezerein zur Neige,
Dann kriecht ein Würmlein aus der Asche,
Auf daß es wieder als Phönix steige.
Pfaff Wigand steht der Pforte nah,
Sein Aug', die Schatten meidend, sah
Zum Fensterlicht, vor dessen Bogen
Des Gartens Wipfel grüßend wogen.
Vernehmbar spricht zu ihm der Baum:
Ich steige hoch empor im Licht
Und beug' und biege mich doch nicht!

Ein Vogel schwingt sich durch den Raum:
Ich steige höher noch und sang
Doch frei heraus, wie's Herz mir klang!
Die Wolke zieht mit goldnem Saum:
Ich steig' am höchsten, ging mein Flug
Auch graden Weg und freien Zug!

Thronsessel zwei stehn reich umflossen
Vom goldgestickten Baldachin,
Ihm nah'n die beiden Habsburgsprossen
Im Purpurkleid mit Hermelin,
Aufrecht und fest Otto der Frohe,
Im Antlitz lächelt die innere Lohe,
Doch Albrecht mit dem weisen Sinn
Wird auf der Sänfte hingetragen.
Dem Geiste gleicht der Körper nicht,
Es hat ihm Gift in jüngern Tagen
Des Leibes edlen Bau zerschlagen,
Schön blieb nur Haupt und Angesicht
Hoch ragend über'm Schutt der Glieder,
Dem Kirchlein gleich, vom Feind verschont,
Als er die Königsburg warf nieder,
Weil drin der Geist des Herren wohnt.
Die kühnen Feueraugen fliegen
Stolz über des Leibes Trümmerreste,
Wie über der zerbrochenen Veste
Zwei Adler sich in Lüften wiegen.
Des Mundes Wort scheint zu entwallen
Dem Ahnengeist versunk'ner Hallen:
„An unsern Zepter ist gediehn
Des Kärnthnerlandes Volk und Flur,
Umsonst vor unsern Thron nach Wien
Entbot ich's zum Vasallenschwur;
Kein Abgesandter kam! Sie halten

Zäh an dem Landesbrauch, dem alten;
Es schwöre nur der Fürst im Land
Und nehme Lehn aus Bauershand.
Ein Volk, wie seine Berge, hart!
So thun wir nach des Propheten Art,
Der selbst das Wanderstäblein nahm,
Als der geruf'ne Berg nicht kam;
Doch da auch wir von Felsnatur
Und unbeweglich schier vor Allen,
Mag unsres Bruders Liebden wallen
Zum sondren Eid nach Kärnthens Flur.
Vergnüglich ist die schöne Reise
Durch Alpengrün und ewige Eise,
Sie wird euch Mark und Sehnen stählen,
Sie wird erheben eure Seelen."

Herr Otto rückt unstät am Sitze,
Sein Blick schießt ungeduldige Blitze
Und sucht gar sehnsuchtsvoll die Pforten;
Den Pfaffen Wigand trifft er dorten,
Der eben die Gedanken entsandt
Zu Otto selbst, den er sieht leiden,
Als flinke Pagen, ihn zu entkleiden
Von Würd' und Bürde, Last und Tand.
Sie streifen den Herzogshut vom Haupt,
Vom Ephenkranz wird's schmuck umlaubt,
Sie ziehn ihm ab die Goldgewänder,
Die Purpurschleppen, Gürtelbänder;
Die Blöße darf kein Aug' verdrießen,
Sie hüllen ihm die Schultern schnell
Mit schöngeflecktem Pardelfell,
Ein Herrscherzeichen nur sie ließen:
Den Zepterstab! Doch fröhlich schwanken
Daran die klimmenden Weinlaubranken,

Der Thronstuhl wird zum rollenden Wagen,
Ihn und langhalsige Krüge zu tragen,
Auch trifft Gespann sich nah, wenn's gilt,
Luchs, Leu und Tiger, gezähmtes Wild.
Evoe, Evan! Deine Fahrten
Beginne durch des Indus Garten!

    Mit Otto's Blick hält im Begegnen
Das Auge Wigands Zwiesprach leise;
Sprach Wigands Blick: Ich will dich segnen
Und rufen Glück und Heil zur Reise!
Drauf Otto's Aug' in Sehnsuchtsqual:
O reist' ich erst aus diesem Saal!
Wigand fuhr fort: Den Zug beginne
Mit goldnem Gruß der Johannisminne!
Und Otto drauf: In deiner Laube
Kredenz' uns heut den Saft der Traube!
So sprachen sie vor aller Schaar
Nicht hörbar, doch sich selber klar;
Das Frühlingswort magst du belauschen,
Wenn's flüsternd durch die Wipfel rauscht,
Doch heimlich spricht und unbelauscht
Der Blick, den Blüthenaugen tauschen.

Johannisminne.

O schönes, feierliches Trinken
Im Saal der Nacht, im Mondesblinken,
Wenn dir ins Glas die Wolken spähen
Wie blinzelnde Schenken mit Augenwinken,
Ob's wohl zum Rand gefüllt, zu sehen.
Der Vollmond sitzt mit euch zu Tische,
Daß er dem Wort sein Lauschen mische,
Besieht die Krüge sich, die Zecher,
Taucht dann sein Antlitz in den Becher,
Vorkostend dir, den Trank zu nippen.
Der Gastfreund prüft an eignen Lippen
Den Abendtrunk, womit er ehrt
Den Fremdling, der ihm eingekehrt;
Den Gast anheimelt's traut und lind,
Nicht fremd mehr, nein, des Hauses Kind
Wird, wer des Hauses Becher leert,
Tapetenbilder, Säulen, Wand,
Das ganze Haus ihm traulich bekannt!
Des Wirths Erzählen rührt ihm leise
Das Herz, wie eigenes Erleben;
Selbst um sein Schlummerkissen schweben

Des Hauses stille Geisterkreise.
Wenn dir der Mond den Kelch kredenzt,
Darin sein sinnend Antlitz glänzt,
Bist du in den gestirnten Hallen
Kein Fremdling mehr, du bist das Kind
Des Hauses, drin dir's heimelt lind;
Manch Räthsel läßt den Schleier fallen,
Manch Bildniß winkt bekannt und traut,
Manch ernst Erkennen wird dir reifen,
Und manch Geheimniß dir vertraut;
Doch auch sein Grauen wird dich ergreifen,
Nun seine Geister dich umgleiten,
Und durch dein wachend Träumen schreiten.

In Wigands Laube sind drei Zecher.
Herr Otto spricht: „Mein frommer Wirth,
Nun du uns riefst zum Abschiedsbecher,
Hast du unrechter Zeit citirt
Den Geist, der dir im Keller irrt;
Mein Ritt zur Fern' ist uns kein Scheiden:
Geleitet zieh' ich von euch Beiden.“

Da tröstet Nithart: „Si bene perpendi,
Mein Fürst, sunt quinque causae bibendi.
Wenn wir es reiflich überdenken,
Fünf Gründe gibt's, ein Glas zu leeren,
Der erste: jetzigem Durst zu wehren,
Der zweite: künftigen abzulenken,
Der dritte: zum Willkomm der Gäste,
Der vierte: bei besondrem Feste,
Der fünfte: jeder erste beste!
So stand's am Rand der Bibel fein,
Die mir der Prior Neuburgs lieh;
Die Patres klug! Flink meißeln sie
In Bibelfels ihr Kellerlein.“

Doch Wigand spricht: „Uns Andern bläht
In Weinflut sich so stolz kein Segel,
Dem jeder Windstrich dienstbar weht;
Der Spruch gilt nur als Klosterregel.
Uns blinkt nur Wein der Leichenschmäuse,
Mit feinerm Wort: Johannisminne;
Und ziehn wir auch vereinte Gleise,
Aufs Scheiden lenk' ich doch die Sinne.
Den Abschiedskelch bring' ich dem Strauche,
Der uns umwölbt mit duftigen Hallen,
Dem Laubgeflüster, dem Blüthenhauche;
Ein andrer ist's, wenn heim wir wallen,
Mit andern Blumen, andern Trieben!
In unsre Becher niederstieben
Die Blüthen schon, ihr Leben kürzend,
Selbstmörder, in die Flut sich stürzend.
Den Kelch bring' ich dem Stern der Nacht,
Der, suchend weit im Himmelsrunde,
Nie wiederfindet diese Stunde,
Die heut' im Aug' so hold ihm lacht;
Ein andrer wird er niederstrahlen
Auf künftige Wonnen, künftige Qualen!
Von dieser Scholle Abschied trink' ich,
Lebwohl all ihren Kindern wink' ich,
Die Ueppige wird der Frucht vergessen,
Die mutterstolz ihr Schooß jetzt trägt,
Des Halms, den jetzt ihr Athem bewegt;
Längst modern Frucht und Halm indessen!
Ich trinke Abschied von diesem Weine,
Den wir in unsrer Brust begraben,
Dem unsre Lippen Grabessteine;
Bald wird sein Auferstehn er haben
Als lichter, fröhlicher Gedanke,
Als klimmende Ranke der Geistesreben.

Ich nehme Abschied mit diesem Tranke
Vom Hauch der Luft, an meiner Wange
Fühl' ich ihr Sterbezucken beben;
Vom eignen Wort, im flüchtigen Klange
Verhauchend ein kaum gebornes Leben;
Und von uns selbst, die einst nur kehren
Als Andre, hier den Kelch zu leeren!
Wir sitzen wohl am selben Tische;
Was jetzt wir sind, was jetzt wir leben,
Der Herzen Blühn, der Seelen Streben,
Wird durch die junge Abendfrische
In dämmernden Gestalten schleichen,
Wie Seelen längstbegrabner Leichen;
Denn jeder Stunde Flügelbeben
Streift Theile unsres Lebens ab,
Ein stückweis Sterben ist das Leben,
Das letzte Stück nur fällt ins Grab.“

Und Nithart lacht: „Dir muß sich neigen
Besiegt der Prior im edlen Streiten,
Er geigt sein Stück auf fünf der Saiten,
Du spielst den ganzen Zecherreigen
Auf einer Saite nur der Geigen;
Magst nur Johannisminne leiden,
Doch weil das Leben ein ewig Scheiden,
Kann nimmer dich der Becher meiden!
Ein morscher Baum liegt dir die Welt,
Vom ehernen Zeitenflügel gefällt;
Du rettest aus dem moderfeuchten
Dir klug sein schön phosphorisch Leuchten.“

Doch Otto seufzt: „O sprächst du wahr,
Und würd' ich morgen schon ein Andrer
Und zög' ins Land, ein schlichter Wandrer,
Frei und des Fürstenschmuckes bar,

Und könnt' ins Herz der Hütten spähn,
In Tiefen des Menschenauges sehn!
O traurig fahle Fürstenreise,
Erstarrter Strom, umschnürt vom Eise,
Gezwängt in Marmordamms Geleise!
Durch Ehrenpforten, Flitterkränze
Die Welt nur sehn und ihre Lenze!
Ach, hinter Fahnen, damastnen Decken
Und grellem Blumengehäng verstecken
Ihr ehrlich Antlitz gar die Häuser.
Und dann die ewigen Birkenreiser
In Bogen, Pforten, Giebelzeichen!
Mich dünkt's ein lindes Ruthenstreichen,
Durch das sie, rächend ihre Klagen,
Von Ort zu Ort den Fürsten jagen.
Der schöne Menschenlaut, verstummt,
Hat sich zum Glockengruß vermummt,
— Selbst Liebeswort, sonst flötend, zischt
Im Larvenmund entstellt, verwischt; —
Es sprechen nur die Kinder und Alten,
Von Unschuldlächeln und Weisheitfalten
Die Mienen, wie die Reden, voll;
Nur Eines lernt da leicht ein König:
Wie so erfindungsarm eintönig
Das Menschenherz, wenn's schmeicheln soll."

Der Pfaffe meint: „Rath wüßt' ich dann,
Wohl fänd' ich Manchen, dem's nicht Pein,
Ein Weilchen Oestreichs Fürst zu sein;
Statt dir sei Nithart solch ein Mann,
Euch Beiden mag der Tausch gedeih'n.
Dein Thürmer blickt von Bergeszinnen
Ins weite Land; ihm scheinen Flecken
Im Bild die dunklen Wälderstrecken;

Er ahnt nicht, welch süß Säuseln drinnen,
Wie Vögel singen, Bächlein rinnen,
Und all' die Waldesseligkeiten!
Waldbruder träumt in dunklen Forsten,
Und späht er nach dem Berg zu Zeiten,
Ist's ihm ein Stein nur, kalt, geborsten;
Er ahnt nicht diesen Blick in die Weiten,
Die Fülle Glanzes, die Herrlichkeit,
Für die Gott selbst sein Aug' uns leiht.
Den Thürmer laß in die Wälder gleiten,
Den Bruder laß auf die Zinnen schreiten,
Ihr kurzer Blick wird freier, weiter!
O daß wir manchmal Seelen tauschten,
Mit fremdem Aug' und Herzen lauschten!
Die Seelen würden größer, heiter,
Da würde mancher Haß zerstieben
Und reicher, wärmer unser Lieben!"

Herr Otto ruft: „So sei's! Ich kleide
O Nithart dich in Purpur und Seide,
Mein Zepter leih' ich deinen Händen,
Mein Schwert gürt' ich um deine Lenden;
Als Herzog sollst die Bahn du richten
Durch Glockenklang in Landesweiten,
Ich will im Waldessäuseln schreiten
An deiner Statt und sinnen, dichten."

Der Dichter spricht in mildem Tone:
„O Fürst, auch wenn du sitzest zu Throne,
Umwallt dich leises Blätterkränseln,
Ein flüsternd Wehen, ein flehend Säuseln,
Auch drohend kann's wie Grollen rauschen;
O wolle mit offner Seele lauschen!
Auch dieß sind des Naturgeists Stimmen,

Die über den Thron ins Herz dir klimmen;
Da ruft die Weihe, da sollst du dichten,
Gleich uns, der Seelen Räthsel schlichten;
Da rühre Saiten von tönenden Erzen,
Da rühre deines Volkes Herzen!
Lebendig durch die Gärten des Lichtes
Ziehn die Gestalten deines Gedichtes,
Deß mächtige Reime fest erstarrten
In ehernen Tafeln, in Marmorblättern;
Kein Feilen hilft unechten, harten,
Drum bild' aus Wohllaut nur die Lettern;
Ein großes Wort gekrönter Richter
Klingt fort wie Sang unsterblicher Träumer,
Ein schwacher Fürst ist ein schlechter Reimer,
Ein großer Fürst auch ein großer Dichter."

Der Vollmond lächelt mild dem Bunde,
Die Becher klingen in der Runde,
Drin glänzt des Himmels Widerschein,
Die Sterne sinken in den Wein,
Und in die Brust aus den Bechern fluthen
Des Himmels Glanz, die Sternengluthen.

Eine Gebirgsreise.

Neuberg.

Als dieses Thal, das felsumglänzte,
Von Erz durchblinkte, waldbekränzte,
Mein Lenau, einst dein Schritt durchmessen,
War längst der Mensch hier angesessen;
Da springt die Mürz, Mühlräder jagend,
Vorbei an Wiesen, Ackerstreifen,
Ein spielend Kind, die rollenden Reifen
Vor sich zu Sprung und Tanze schlagend.
Längst hat sich Werkfleiß angesiedelt,
Maschinen rauchen, es sprühn die Essen,
Und wenn der Abend, zu vergessen
Des Tages Müh'n, dann jauchzt und fiedelt,
Hat in den Zauberkreis gezogen
Des Steirertanzes liebliches Wogen
Dich selbst, den nie von Lust Besiegten,
Daß dir nach seinem Takt sich wiegten
Die Träume der Unsterblichkeit.
Einförmig stampft ununterbrochen
Durch Nacht und Tag, durch Lust und Leid

In gleichem Maß des Hammers Pochen,
Nachhallend in der Runde weit;
Du aber weißt's, der Heilkunst Sohn,
Des Thales Puls ist dieser Ton,
Und stockt einst dieses Pulsschlags Pochen,
Des Thales Leben ist gebrochen.
Du sah'st im Thal die Quadermassen
Des mächt'gen Bau's zerbröckelnd fallen,
Der Mönche Dom, die Klosterhallen:
Die Geisteresse, nun verlassen.
Hier schmolz in der Askese Flammen
Der Herzen spröd' Metall zusammen,
Im Feuerflusse darf's nicht stocken;
Ein Amboß hart ist Klosterzucht,
Einförmig stampft in eh'rner Wucht
Der Hammerfall der Horaglocken,
Geschmeidigt Seelenerz zu recken
Und nach des Meisters Form zu strecken.
Du sahst in Bildern wohlerhalten
Die Reih'n der harten Schmiedemeister,
Die Bändiger der Feuergeister,
Der Aebte düstere Gestalten,
Den Blick gesenkt, die Stirn in Falten,
Des Fürsten Bild dann, der sie rief;
Das Lächeln auch gräbt Furchen tief,
Sein Haupt sinnt trüb, als ob's ihn reue;
Die Rosen, die es treu umwallten,
Hier scheinen sie nur eine neue
Kapuzenart für Stirnenfalten.
In gleichem Maß, ununterbrochen,
Durch Nacht und Tag, durch Lust und Leid
Ging hier des Horenpulsschlags Pochen,
Nachzitternd in der Runde weit,
Bis eines Fürsten Wort vor Jahren,

Dem jetzt noch welke Herzen zittern,
Wie dürres Laub vor Herbstgewittern,
Frisch durch dieß Klosterhaus gefahren:
„Die Zeit ist um, das Werk vollbracht,
Vorüber eure Waffenwacht,
Drum räumt die Veste, heilige Streiter,
Ergreift den Stab und wandelt weiter!
Zu dieses Thals verlaff'nen Hagen
Will der Gesittung Licht ich tragen.“
Die Mönche zogen, noch stehn die Hallen,
Die Mönche starben, die Steine fallen.

Nun meine Muf' in ferne Zeiten
Sich schwingt, zwei Wandrer zu begleiten
Durch dieses Thal, das felsumglänzte,
Von Erz durchblinkte, waldbekränzte.
Welch finstre Oedniß noch! Sie findet
Kein Siedlerhaus, sie zu bewirthen,
Nicht Feuerstellen einz'ler Hirten,
Den Pfad kaum, der im Wald sich windet.
Vom Thalgrund bis zum Geierhorste
Nur dichte, schwarze Tannenforste,
Die Nacht der breiten Riesenschatten
Verschlang das karge Grün der Matten;
Die Mürz rennt sterbensbang durch Ranken,
Ein Kind, in Dämmerung verirrt,
Von raschem Schwalbenflug umschwirrt,
Gleichwie von zuckenden Angstgedanken.

Die Wandrer stehn erstarrt, zu lauschen
Im hehren Bann der Einsamkeit,
Der grünen Wipfel Wellenrauschen
Zieht über ihren Häuptern weit,
Als stünden sie im Schloß der Fee

Auf tiefstem Grund im Alpensee;
Dazwischen schmettern, jauchzen, schallen
Der Waldesvöglein Liederspiele,
Als ob ins leise Wogenwallen
Ein Katarakt von Gesängen fiele.
Horch, Donnerknall und Widerhall!
Im Forste dröhnt von Zeit zu Zeit
Der ält'sten Urwaldbäume Fall,
Wie Patriarchen, nicht vom Leid
Gefällt, nur von der Wucht der Zeit;
Da schweigt ringsum des Sangs Frohlocken,
Waldrauschen selbst verstummt erschrocken,
Denn Schauer nur, beklommnes Schweigen
Will als Musik der Todesreigen.

Den kräft'gen Leib durchzuckt dir oft
Frostschauer rasch und unverhofft,
Dem solchen Sinn der Volksmund gab:
Es sprang der Tod dir übers Grab.
Des Todes Tritt in Waldesbahnen
Weckt Otto's Herz zum Todesahnen:
„Mein Schlürfen süßen Liederschalles,
Mein Festpokal, mein Freudenkranz,
Die Mummenfahrt zum lustigen Siege,
Musik und Tanz, was ist dieß Alles?
Der Weltensonne Widerglanz
Im Flügel einer Eintagsfliege!
Ein Hauch des Tods, — in nichts zerquillt
Das Mücklein und sein Sonnenbild!
Daß meines Schreitens durch die Erde
Ein Mal, nur eine Stapfe bleibe,
Drum in das Herz der Zeit mich schreibe
Ein Werk, dem seine Liebe werde:

Zu dieses Thals verlaſſ'nen Hagen
Will der Geſittung Licht ich tragen.
Es steig' ein Dom, hier sei die Stelle!
Schon seh' ich seine Firste ragen
Von Säulen und Gebälk getragen,
In mächtigem Bau rings Zell' an Zelle;
Ihr Urwaldbäume, Felsenquadern,
Fügt euch dem Maß, ihr sollt nicht hadern,
Nicht missen gewohnten Waldesklang,
Das Wipfelrauschen, den Vogelsang!
Ist Glockenton nicht zu belauschen
Wie goldner Zauberhaine Rauschen?
Sind nicht ein Lied die Orgelklänge,
Als ob ein Chor von Adlern sänge?
Dann ruf' ich Mönche von Citeaux:
Ihr heiligen Pflüger in weißer Kutte,
Ihr Rebenpflanzer in wüstem Schutte,
Eu'r Kleid ist licht, eu'r Thun ist froh;
Kommt wie die ersten Taubenschaaren,
Saatstreuend, in dieß Thal gefahren,
Wählt Rüstzeug aus des Berges Erzen
Und rodet Wälder, rodet Herzen!
Saatkörner, die der Hand entfallen,
Sind schöne Rosenkranzkorallen;
Das Wandeln durch der Halme Wogen
Ein Meditiren hold vor allen;
Der Fruchtbaum, den ihr selbst gezogen,
Ist eine blühende Gotteslehre;
In eurer Hand die volle Aehre,
Die erst in ihr ein Körnlein war,
Stellt euer Betheuern glaublich dar,
Daß sie's in Gottesleib einst kehre.
Zieht ihr die Furchen, wollet denken,
Bis in die Herzen sie zu lenken!

So, Pflügermönche bringt die Strahle
Der mildern Sitten diesem Thale."

Pfaff Wigand lispelt in die Welle:
„Du rasche, liebliche Forelle,
Laß dir bekommen und behagen
Die Lehre von den Fastentagen."
Der Fürst sinnt fort: „Die Tag' entwallen,
Ich seh' des Domes weite Hallen
Mit schwarzem Tuche überschlagen,
Den Katafalk inmitten ragen,
Dabei ein Kranz, ein Herzogshut;
Mit Rosen ist das Haar umlaubt
Des Leichnams, der im Sarge ruht,
„Fundator" rühmen weiße Lettern,
Sieh, meine Züge trägt das Haupt!
Die Tuba dröhnt, Posaunen schmettern,
Die Orgel rollt wie fernes Gewittern,
Nicht rührt's den Todten — nur ein Zittern
Bebt in des Kranzes Rosenblättern, —
Doch fühlt die Seele sich getragen
Vom Sange, den die Mönche singen,
Vom Worte, das die Hirten klagen,
Von Strahlen, die ein helles Tagen
Auf hundert Kandelabern ringen:
Der Mann ist's, der zu diesen Hagen
Einst der Gesittung Licht getragen."

Pfaff Wigand flüstert in die Bäume:
„Du Bienlein, spinne stolzere Träume!
Zerbrechen wir auch deine Zellen,
Dein Wachs darf uns den Himmel hellen!"
Da frug der Fürst: „O mein Geselle,
Gefällt's dir schlecht, daß ich die Welle

Der Zeit ins Waldeseinsam lenke,
Meinst du, daß sie die Wildniß kränke?"
Doch Wigand einen Strauch erfaßt
Und schneidet ab den schlankßten Ast:
„Wann übte der sein Tagwerk besser,
Einst als er mit dem Winde rang,
Einst als auf ihm der Finke sang,
Jetzt wo vom Stamm ihn trennt mein Messer,
Daß er den Pilger liebreich stütze,
Thut's noth, auch gegen Schelme nütze?
Zur rechten Zeit traf ihn die Klinge,
Zu rechter Zeit des Vogels Schwinge.
Wer ist's, der Grenzen dir ersinnt,
Wo Leben endet, Sterben beginnt?
Ob nicht ein Welken die Blüthe roth,
Der Tod ein Blühn, das Blühn ein Tod?
Du baust, wenn du zertrümmernd scheinst,
Zertrümmerst, wenn du zu bauen meinst."

Und eine Spanne Weges weiter
Ein mächt'ger Felsblock liegt im Thal,
Dran lehnend eine Sprossenleiter,
Auf seiner Höh' ein Häuschen schmal,
Dabei ein Gärtlein mit Laubverstecken,
Mit Kräuterbeeten und Blumenhecken, —
Ein rauher Fröhner, dessen Rücken
Des Blumenkorbes Lasten schmücken;
Es warf der Berg vom Leibe fort
Den Block, ein Glied, das abgedorrt,
Waldbruder nahm Besitz vom Stein,
Als würd' er ein neuer Welttheil sein;
Das Felsenhaupt, dem Tod verfallen,
Soll neu in blühendem Leben wallen. —

Und eine Spanne Weges weiter
In Trümmern liegt die Waldkapelle;
Aus Waldesirren ein Befreiter
Weiht' einst der Gottesmaid die Schwelle.
Im Dache nistet jetzt die Eule,
Die Spinn' umflocht das Fensterglas,
Aus Marmorfugen sprießt das Gras,
Vom Sockel sank die Madonnasäule;
Da kniet kein betender Geselle,
Ein grasend Reh beschritt die Schwelle,
Als ob es Christenvolk beschäme.
Die Gottesmaid scheint dankbar mild
Sich neigend, daß das fromme Wild
Aus ihrer Hand die Halme nähme.
So welkt und dorrt, was blühen wollte,
So sprießt und blüht, was welken sollte.

Und Spannen Zeit und Weges weiter
Seht ihr des Liedes Dichter wallen,
Auch er sinnt Tod, doch sinnt er heiter
Des Leibes und Gesangs Zerfallen:
Er spürt des Lebens ewigen Geist
Im Windhauch, der einst Wald hier säte,
Im Beil, das dann zum Feld ihn mähte,
Im Bauherrn, den dieß Kloster preist,
Im Schutzherrn, der's zerfallen heißt.
Auf Dichters Haupt ein Reis zu senken,
Braucht ihr den Waldbaum nicht zu kränken.
Daß seines Schreitens durch die Erde
Ein Mal, nur eine Stapfe werde,
Möcht' er in brachen Seelenboden,
Durch den nur weicher Vogelsang
Und üppig Waldesrauschen klang,

Zwei Mönche setzen, ihn zu roden:
Den Mannesstolz, den Mannestrutz,
Von strenger Regel, von schlichtem Putz,
Zu jäten alten, todten Dorn,
Zu pflanzen schweres Zukunftkorn.
Noch segnend ziehn im Saatengleise
Die Seelen jener Mönche leise;
So mag das Lied einst ziehn durchs Land
Im Geisterreigen, unentdeckt,
Vielleicht in Thaten, die's geweckt,
Am Lichte schreiten unerkannt.

Ein Festspiel.

Mit frischem Muth, in grauem Rock,
Am Haupt den Hut breitschirmig fahl,
In Händen den spitzen Alpenstock,
Ziehn beide Wandrer durch ein Thal.
Als aus dem ebnen Land sie schieden,
Lag es in vollem Blüthenfrieden,
War's wonnig schöne Frühlingszeit,
Hier sind die Zeiten noch im Streit;
Es streicht durchs sonnenwarme Thal
Des Gletscherwindes scharfe Schwinge,
Als ob ein blutwarm Herz durchdringe
Des Pfeiles kalter, spitzer Stahl;
Die Wandrer haschen wehende Blüthen,
Doch sehn sie auf der Hand erschrocken
In Thau zergehn die weißen Flocken,
Und wenn sie schütteln von den Hüten
Den weißen Schnee, der drauf gefallen,
Beginnt ein Blüthenduft zu wallen.

Die Sonnenstrahlen sind den Gründen
Noch wie die ersten Heidenlehrer
Der Nebel leuchtende Bekehrer,
Die kämpfend nur ihr Licht entzünden;
Schon ragt ihr Dom, die Ampel glimmt,
Die Wandrer sind fast kirchlich gestimmt.
Zur Rechten rauscht ein Bach vom Hange,
Die Wellen plätschern sich überstürzend,
Wie Dorfeskinder, vom Kirchengange
Mit Scherz und Geschwätz den Heimweg kürzend;
Auf ihren Stirnen leuchtet noch immer
Wie von der Sonntagslehr' ein Schimmer.
Die bunten Blüthenhügel spannten
Damastgeblumte Kirchendecken,
Aus allen Büschen schallt's und Hecken
Wie Singen und Läuten der Ministranten,
Und würzig haucht in Waldeslüften
Vom Tannenharz ein süß Arom,
Wie durch den sonntäglichen Dom
Ein lieblich stilles Weihrauchdüften.

Nun um die Hügelwand sie biegen,
Sehn sie ein Dörflein vor sich liegen
Inmitten grüner Wiesenmatten,
Umdämmert von wald'ger Berge Schatten,
Dahinter schneebedeckte Zinken,
Des Winters ewige Burgen, blinken.
Am Hügel dort welch Volksgedränge,
Welch seltsam Singen, welch sondre Klänge,
Wie Sichelklirren, wie Schlägelfall,
Wie Sensendengeln, wie Tennenhall!
Längst ist vorbei der Tenne Zeit,
Der Ernte Tage sind noch weit;

Bald ist's gelöst: bei einem Feste
Sind sie zwei ungeladene Gäste.

Auf einem Hügel steht ein Wagen
Prunkhaft als Thronsitz aufgerichtet,
Mit Bündeln und Betten überschichtet,
Mit bunten Decken ausgeschlagen,
Darüber grüne Bogenranken
Von Fichtenreisern zierlich schwanken,
Das Rad gehemmt mit einem Keile,
Daß es nicht thalwärts rollend eile.
Mit stolzer Miene sitzt zu Throne
Der Schalk von Wirth, des Dorfes Haupt,
Sein grün Sammtkäpplein ward zur Krone,
Mit Ephengewinden schön umlaubt;
Ein goldner Mantel ihn umwallt,
Deß Anblick fort den Küster quält
Zu spähn im Kirchenschrank alsbald,
Ob nicht der Vespermantel fehlt?
Ein weißer Stab mit farbigem Band
Blinkt zeptergleich in seiner Hand;
Als Maigraf ist er eingezogen,
Zu segnen Flur und Saatenwogen,
Jetzt thront er hoch, nach Recht zu richten,
Der Jahreszeiten Streit zu schlichten;
Ob auch sein Haupthaar dünn und licht
Zu Winters Gunsten ihn besticht,
Lenzhaft doch blüht sein rund Gesicht.

Unfern dem Thron steht eine Maid,
Umflort von leichtem Sommerkleid,
In goldnen Wellen ihres Haares
Die Erstlinge des Blumenjahres;
Es schmiegt sich an ihr Mieder lose

Ein Zweig der schönen Alpenrose,
Ein Körblein hängt an ihrer Linken,
Draus gelbe Weizenähren blinken
Mit Gartenfrüchten mancherlei,
Des Bergs, des Thales Blumen dabei,
Violen und sammtnes Edelweiß,
Mannstreue und blauer Ehrenpreis;
Ihr Auge an den Blumen hing,
Als ob die Sonne drüber ging.
Ein knospend Weidenpalmenreis
Anmuthig in ihrer Rechten ruhte
Wie eine liebliche Zauberruthe.
Sie sprach: „Ich bin die Sommerszeit,
Mein Kommen grüßt der Jubel weit,
Mein Scheiden hinterläßt das Leid;
Ich bin die Mächtige, Milde, Reiche,
Der schöne Augentrost der Erde;
Wo darbt ein Herz am Weltenherde,
Dem eine Wohlthat ich nicht reiche?
Die Sterne schenk' ich wieder den Lüften,
Die Sonne lös' ich aus Sklaverei,
Des Stromes Fessel hau' ich entzwei,
Der Thäler Becken füll' ich mit Düften,
Kein Blümlein arm birgt sich in Klüften,
Dem ich nicht brächte sein Geschmeide,
Ein farbig Band, eine Schleife von Seide;
Die nackten Bettler: Wälder, Hecken
Kleid' ich mit meinem eignen Kleide,
Wie Sankt Martin, die Blößen zu decken;
Und eurer Scheuern leere Kasten
Füll' ich mit Gold der Garbenlasten.
Es ist die Freude, wo ich walle,
Gleichwie der Aether ausgegossen,
Von dem die Wesen all' umflossen,

In dem sie athmen, leben alle!
Und glaubt ihr mir nicht, mögt ihr fragen
Den grünen Wald mit den jungen Blättern,
Die freudig in den Himmel klettern;
Und glaubt ihr mir nicht, sollen's sagen
Die Lerchen, die aufjauchzend schmettern,
Die Wolken, die in jubelnden Wettern
In meine Arme zu stürzen jagen;
Im See die Fischlein, die im Bogen
Frohlockend an die Luft sich schnellen,
Im Land die rauschenden Saatenwogen,
Die alle Fluren überschwellen!
Fragt jeden Ton, der in Lüften fliegt,
Fragt jeden Hauch, der im Raum sich wiegt,
Fragt alle, die ich befreit, die Seelen,
Fragt alle, die ich gelöst, die Kehlen;
Von euren Todten laßt euch's lehren,
Die, tief verhüllt von eisiger Decke,
Nur durch die Blumen, die ich wecke,
Mit ihren Lieben wieder verkehren.
Nun ich dieß Thal durchzieh', verstelle
Nicht jener Unhold mir die Schwelle!"

Im Chor die Knaben und Jungfraun sangen,
Im Takt die Sensen und Sicheln klangen:
„So treiben wir den Winter aus,
Von Herd und Haus, zum Land hinaus!"

Da trat ein Junge aus dem Schwarme,
Ein zottig Wolfsfell um den Nacken,
Ein dürr Reisbündel unter'm Arme,
Im andern einen Ofenhaken,
Und rieb die Hände, daß er erwarme:
„Ich bin der Winter kalt, husch, husch,

Und rühr' mich nicht aus meinem Busch;
Ich bin, — ich war, — ich glaub', — ich mein' —"
Er stockt. Was er zu sagen dachte,
Weiß nur der ferne Küster allein,
Der ihm den Spruch in Reime brachte.

Des Winters Chor begann fast zagend,
Die dreschenden Schlägel zum Grunde schlagend:
„Dem Winter gönnt zu Gruß und Dank
Sein Plätzchen an der Ofenbank!"   .

Rasch springt Herr Otto durch die Menge:
„Erlauchter Graf im Blüthenreiche,
Erlaubt, daß ich zu Wort mich dränge;
Der Kampf ist Beiden nicht der gleiche!
Indeß dort für den Sommer wirbt
Ein süßer Zaubermund, verdirbt
Ein schlechter Anwalt hier die Sache.
Dem Fremdling gönnt, daß er die Sprache
Kühn für das Recht des Winters führe!
Ob sie auch nicht den Richter rühre,
— Manch Urtheil ist ja längst beschlossen,
Eh' des Beklagten Wort geflossen, —
Mag's doch mich selbst erfreun, erheben,
Im Kampf ein gutes Recht vertreten!
Dem armen Sünder wird gegeben
Ein freies Stündlein, um zu beten,
Den Todesspruch zwar wandelt's nicht,
Doch gibt's ihm Trost und Zuversicht."

Der Maigraf nickt und winkt den Jungen
Fortweisend, dem der Spruch mißlungen.
Dem Fremdling reicht erzürnt der Junge
Das Reißig und den Eisenhaken,

Legt ihm das Wolfsfell um den Nacken,
Drauf fließt das Wort von Otto's Zunge:
„Ich bin der Winter kalt und hart,
Von rauher Kraft, von strenger Art,
Sie beugt und bricht den schwachen Wicht;
Ich tändle nicht, ich kose nicht,
Mein Kommen wird begrüßt mit Leide
Und Jubel höhnt mich, wenn ich scheide;
Im Wohlthun doch macht's mich nicht wanken,
Ich warte nicht auf euer Danken,
Ich duld' es, wie ein großer Mann,
Den ihr verkannt und gelegt in Bann,
Es kränkt ihn nicht, denn euer Haß
Vergrößert nur sein Ruhmesmaß.
Ich bin ein Künstler thatenstolz,
Ich baue Brücken ohne Holz,
Ich zeichne Blumen ohne Stift
Und Landschaftbilder scharf, genau,
Ohn' Kreid' und Kohle, weiß in grau;
Was Wunder, wenn's der Lenz dann trifft,
Daß meine sichern Formenrisse
Mit Farben er zu füllen wisse?
Ich weide keine Heerd' und rolle
Die Welt in Decken reinster Wolle;
Ich zieh' nicht Flachs, doch überspinnen
Kann ich das Land mit den weißesten Linnen;
Ich bin ein Zaubrer, den Wasserfall
Verstein' ich zu festem Bergkristall;
Ein Drechsler dann, der ohne Geräth
Daraus die schlankesten Säulen dreht;
Ich bin ein Schütze von seltnem Brauch,
Der ohne Bolzen nach Vögeln späht
Und sie herabschießt mit dem Hauch!
Ich bin ein Goldschmied überreich,

Der Diamanten wirft in Maſſen
In Bettlerhütten, auf die Straßen,
Mein Reichthum doch bleibt ewig gleich;
Ich bin ein Arzt auch, daß im Marke
Die Kraft euch ohn' Arznei erstarke,
Die Sehnen mach' ich euch erstraffen,
Die von des Sommers Lüſten ſchlaffen.
Ich bin ein Prieſter, deſſen Huld
Bekenner wirbt dem Feuerkult,
Daß um den Herd am Flammenſcheine
Sich ſammle die zerſtrente Gemeine,
Daß ihre Herzen lodern, leuchten,
Als ob ſie ſelbſt ſich Flammen däuchten.
Ich bin ein mächtiger Kerkermeiſter,
Der ganze Völker in Mauern bannt;
Als Prediger komm' ich dann geſandt,
Der in ſich weiſt die flüchtigen Geiſter,
Daß die nach außen abgelenkten
Sich in die Tiefen nach innen ſenkten.
Ich bin ein Dichter, mit Liebeswürzen
Des Abends Dauer euch zu kürzen;
Da blühn bekränzt die fahlen Rocken
Mit Märchen, wie mit Blumenflocken,
Da flattern alte Sagenklänge,
Als ob ein Vöglein im Zimmer ſpränge.
Ich bin ein Krieger unüberwindlich,
Für Tand und Weichheit unempfindlich,
Streng gegen Andre, ſtreng auch mir,
Blank meine Rüſtung, weiß mein Panier,
Die Reinheit iſt's, für die ich ringe,
Die Strenge, die mein Werk vollbringe.
Und weich' ich trunknen Frühlingsſchaaren,
Ein Rückzug iſt's, doch keine Flucht,
Ich will aus niedrer Thalesſchlucht

Zu meinen sonnigen Burgen fahren;
Inmitten deiner flüchtigen Reiche
Stehn aufrecht meine ewigen Vesten,
Bergzinnen mit Kristallpalästen;
O Sommer, zeige mir das Gleiche!
An ihren unersteiglichen Wällen
Wird all dein weichlich Heer zerschellen,
Die flammenden Lanzen morsch zersplittern,
Dein Blumenbanner sich entfärben,
Dein Schlachtenlied in Ohnmacht sterben
Und deiner Krieger Leichen verwittern."
Da greift dem Richterurtheil vor,
Da singt der sensenschwingende Chor:
„Der Winter hat das Spiel verloren,
Wir treiben ihn aus zu Thüren und Thoren!"

Der Maigraf winkt mit weißem Zweige,
Die Menge mahnend, daß sie schweige:
„Ich sprech' als unbestochner Richter;
Wie hold und lieblich auch dem Schenken
Des langen Winterabends Lichter,
Wenn Zecher sich auf allen Bänken
Inbrünstig in den Kelch versenken;
Der Sommer sendet mir zum Becher
Vom Tagwerk rasch nur hastige Zecher.
Dein Spruch war überzeugend, labend,
Schön lang auch, wie ein Winterabend,
Und dennoch ruf' ich: Sei gebannt!
Des Sommers Eigen sei das Land!
Volksstimme hat den Streit geschlichtet,
Die mächtige Zeit hat selbst gerichtet!
Wer wagt gen sie den Widerstand?
Doch, dem sie reift die Todesstunde,.
Gießt sie auch Balsam in die Wunde.

Ein süßes Loos ist Sterben, Scheiden,
Dran sich die großen Herzen weiden;
Ein Leben voll zerstreuten Glanzes
Erst rundet's in Ein Bild, Ein Ganzes!
Uns aber stimmt's die Herzen echt,
Selbst gottgesandte Jahreszeiten,
Eh' unsre Schwellen sie beschreiten,
Zu fragen erst nach ihrem Recht;
Das hält uns wach und waffenfertig
An Felsenpforten, allgewärtig.
Und sieh" —, doch spricht er's nicht zum Schlusse,
Ach, in der Rede vollstem Flusse
Ins Schwanken ist der Thron gekommen!
Das Bürschlein, dem das Wort genommen,
Anschleichend, hat im Rachegrollen
Gelöst vom Rad den schützenden Keil;
Der Wagen wankt, er kommt ins Rollen,
Schießt dann zu Thale, wie ein Pfeil,
Und hinterdrein mit Jauchzen fahren
Gemengt des Winters, des Sommers Schaaren,
Ein Alpengießbach, dessen Wellen
Eisschollen zugleich und Blüthen schwellen.

Wie schade, daß solch kleine Fehde
Vor'm Schluß zerschnitt die weise Rede!

Urmenschen.

„Der du vorschreitest meinen Wegen,
O Nithart, wenn dir Alpensöhne
In echter Urkraft, schlichter Schöne
Begegnen in den Alpenstegen,
Noch Unberührte vom Städtehauch

Und von der Niederung Lastern auch,
Dann zeichne mir den Ort, das Haus
Mit einem Alpenrosenstrauß,
Wie mit dem Zeiger eine Schenke,
Daß ich mein Herz zur Labung lenke
Und es erheb', erquicke, stärke
Am schönsten aller Gotteswerke."
So klang des Fürsten Abschiedsmahnen
An Nithart, den an eigner Stelle
Er ziehen hieß des Berglands Bahnen; —
Noch schmückt das Zeichen keine Schwelle.

Sie schreiten über Alpengipfel,
Vor ihnen gleiten zu Thale nieder
Des Berges vielgestaltige Glieder,
Lichtgrüne Matten, dunkle Wipfel;
Ringsum der Nachbarberge Kreis,
Granitne Wände, ewiges Eis;
Frei kann ihr wandernd Auge wallen
Durch manch Geheimniß der Alpenhallen.
Herr Otto rief: „O Gier, o Lust,
Zu schlürfen reiner Bergluft Hauch,
In ihren freien Wellen auch
Zu baden die befreite Brust!
Was mich beklemmt, fort schleudr' ich's weit,
Fort das Erinnern vergangner Zeit,
Wie Alltagskleider du von dir warfst,
Wenn zum Altar du treten darfst."
Doch Wigand sprach: „Nicht so! Begleiten
Soll überall mich bergan, bergab,
Wie dieser treue Wanderstab,
Das treue Bild vergangner Zeiten;
So in den Grund der Gegenwart

Pflanz' ich den Stab nach Gärtnerart,
Dran ich mir ziehe ihre Rebe,
Daß sie in Ranken fröhlich schwebe
Und süße Traubenkost mir gebe;
Wär' nicht der Stab, es kröch' alltäglich
Die Ranke hin am Boden kläglich.
So muß ich hier auf Bergeszinnen
Auf deines Hofes Sitten sinnen,
Und der Gedanke wird mir wach:
Wir stehn in Gottes Vorgemach,
Wo jede Wand und jed' Geräth
Den Abglanz trägt der Majestät;
So mahnt mich jetzt der Stoß des Windes,
Der uns vom Haupte schlägt die Hüte,
Auch hier nicht schützt des Fürsten Güte
Vor'm Uebermuth des Hofgesindes."

Herr Otto sprach, umblickend viel:
„O störend Bild, o Widerspiel!
Dort Felsenstirnen scharf geprägt,
Der Gemse Sprung von jäher Wand;
Hier morsch Geröll vom Wind gefegt,
Kreuzottern winden sich im Sand.
Die Wasser, dort als Gletscherschollen,
Sich fest in höchsten Bergschrund keilend,
Als freie Wellen hier mit Grollen
Den Höhn entstürzend und enteilend.
Dort der kristallne Alpensee,
Des Berges Auge, schwärmend droben;
Unfern das Moor, o schneidend Weh,
Den Sumpf zu sehn so hoch erhoben!
Dort Tannen, die sich mächtig recken,
Wie an den Berg ihr Maß zu strecken,
Jed' einz'ler Baum ein Münsterthurm;

Hier zwergig Krummholz, farblos, siechend,
Jed' einz'ler Baum als Ranke kriechend,
Ein knieender Bettler, ein schleichender Wurm!"

Pfaff Wigand lächelt: „Wie sind so gleich
Der Berge Reich, des Hofes Reich!
Welch Widerspiel in nächster Näh':
Der kühne Sprung nach Gemsenbrauch,
Der Schlich der Kreuzesotter auch;
Da ist der tiefe klare See,
An dem ihr Bild die Himmel proben!
Da ist das Moor, o schneidend Weh,
Zu sehn den Sumpf so hoch erhoben!
Hochschründe gnug, sich einzukeilen
Für Gletscherherzen, die gleißend kalten,
Indeß hinweg unaufgehalten
Die freien Wellen grollend eilen.
Wie Bergluft ist die Hofluft auch,
Belebend, tödtend wirkt ihr Hauch;
Der Felsenstirnen edel Gepräge,
Sie härtet's doppelt scharf und rein,
Indeß gemeinen Bröckelstein
Als Staub sie wirbelt auf die Wege.
Was Triebkraft ist, das wird sie wecken,
Was Edeltann' ist, wird sie strecken,
An ihrem deinen Wuchs zu messen;
Was Krummholz ist, dem wird sie pressen
Zum Grund die Wipfel lichtvergessen.
Doch hier wie dort aufs Krummholz fahl
Fällt doch der erste Sonnenstrahl,
Weil hier wie dort, — mich läßt's verstimmt, —
Krummholz die höchsten Höhn erklimmt.
Was soll dieß Bild? Dich soll's ermannen:
Du pflanze dir gradwüchsige Tannen!"

Zu Thale wandeln sie mit Schweigen,
Sie sehn die ersten Hütten steigen,
Da jauchzt der Pfaff: „Ha, Nitharts Zeichen!
Es schwankt sein Alpenrosenstrauß
Als Zeiger dort am Bretterhaus;
Den Seelenlabtrunk soll uns reichen
Solch Schenkhaus unter'm Blüthenschilde;
O Durst nach Gottes Ebenbilde!"

An offner Thür sie lauschen leis:
Da sitzt ein silberlockiger Greis,
Sein Töchterlein in Leibesschöne,
Ein Hirt, ein Jäger, seine Söhne;
So edle, hohe Kerngestalten,
Als hätten magische Gewalten
Vier Götterbilder aus Griechenhallen
Entführt auf nordischen Alpenboden,
In Marmor hauchend Lebenswallen,
Und sie gehüllt in Steierloden.
Der Alte rührt die tönende Zither,
Wie rieselnder Wellen keusch frohlocken,
Wie Windesschmeicheln in Wälderlocken,
Wie rasche Schläge der Hochgewitter;
Von Mund zu Munde wechselnd zieht
In kurzen Strophen das Alpenlied!
Vierversig jetzt, als wie getragen
Zum kecken Satz auf Gemsenbeinen,
Die stampfend das Gerölle schlagen
Gutmüthigen Spotts auf scharfen Steinen;
Zweiversig jetzt, als wie gehoben
Auf Lerchenflügeln zu Sonnenauen,
Die Schwingen goldet der Jubel droben,
Doch netzt sie auch der Wehmut Thauen.
Wenn Poesie dieß Haus besucht,

Trägt sie den Sternenmantel nicht
Mit reicher, wallender Faltenwucht,
Mit krausen Zierraths funkelndem Licht,
Den Kunst aus feinstem Stoff ihr wirkte
Und mit Symbolen und Chiffern umzirkte;
Prunklos betritt sie diese Schwelle
Und bringt nur bunte Kinderbälle.
Jetzt singt der Hirt, der greise Mann,
Die Dirne drauf, der Jäger dann;
O seht, wie hier im Kreise sprangen,
Nun fortgeschnellt, nun aufgefangen,
Der Alpenkinder Liederbälle,
So leichte, farbenbunte, helle,
Wie luftgetragne Seifenblasen!
Doch spiegelt sich im Schaumkristall
Die Alpenwelt mit Wasserfall,
Mit dunklem Wald, mit lichtem Rasen,
Der Himmel selbst in Sturm und Ruh,
Manch gut Stück Menschenherz dazu,
Bis Ball und Bild in Schaum zerrannen.
Pfaff Wigand unterbricht das Lauschen:
„Das sind der Berge Menschentannen,
Das ist der Alpenwasser Rauschen!"

Sie wandeln fort, doch Wigand ruft:
„Ei sieh, da winkt am nächsten Haus
Das Zeichen wieder, der Alpenstrauß!
Ist gar so reich die Alpenluft
An Lieblingskindern, jenen gleich?
Mich dünkt, jetzt kommt ein Nithartstreich."

Sie lauschen an dem Fenster schon,
Da sitzen Vater, Tochter, Sohn,
All' ungestalt, des Blödsinns Beute,

So mißgestalte Krüppelleute,
Als hätt' ein unfreiwilliger Spötter
Geschnitzt mit Stümperhand in Eile
Aus Kieferknorren mit stumpfem Beile
Zerrbilder jener Marmorgötter;
Ein Kobold noch zum Zeitvertreib,
Den Ort für Bein und Arm vermischt,
Der lange Arm den Boden wischt,
Das kurze Bein knickt unter'm Leib;
Drauf Zauberspuk den Puppennasen
— Nußknacker und Alraun vermengt, —
Ein Greisenleben eingeblasen,
Und Felsen an den Hals gehängt,
Daß selbst ihr Lachen knurrt wie Grollen,
Sterbröcheln scheint ihr Athemrollen,
Ihr Sprechen fernes Wehruflallen
Des Trunknen, in den Brunn gefallen.
Den engen Stirnenpfad beschritt
Noch kein Gedanke siegeslicht,
Des Munds verfallnem Schacht entglitt
Des Worts stoffreiches Erz noch nicht;
Im Antlitz nie das Lächeln spielt,
Dieß Elfenkind aus Rosengärten,
Nur aus den trägen Augen schielt
Ein Wehmutstraum all des Entbehrten!
Unfolgsam sind der Willenskraft
Die Glieder, ohne Wahl gerafft
Vom Leib der Riesen und der Zwerge.
Wigand neigt sich an Otto's Ohr:
„Das Menschenkrummholz ist's der Berge,
Der Unkenruf im Alpenmoor." —
Da tritt ein Bergmann in die Stube
Und schüttet vor die Blöden frisch
Manch klingend Münzstück auf den Tisch,

Ein Theil des Wochenlohns der Grube:
„Zu füllen meinen Arm mit Kraft,
Hat euren Arm der Herr erschlafft;
Drum mit dem Sold gesunder Glieder
Erstatt' ich euer Erbtheil wieder."

Da zollt die schöne Sennerin
Manch Wecklein Butter in Blättern rein:
„Sucht mich das Aug' des Liebsten mein,
Euch dank' ich's mit gerührtem Sinn,
Die ihr auf euch zu meinem Frommen
Des Leibes jeden Fehl genommen."

Ein Jäger kam; vom Rücken glitt
Des feisten Bockes Keulenstück:
„Den scharfen Blick, den sichern Tritt,
Die feste Hand, das Schützenglück,
Euch dank', euch zahl' ich's gern zurück."

Da bringt ein junges Bauernweib
Des weißen Brods manch runden Laib:
„Ihr, die von uns mild abgelenkt,
Was Leiber lähmt und Seelen kränkt,
Nehmt jeden Makel, jede Klage
Vom Kindlein, das im Schooß ich trage."

Herr Otto sprach: „Dein heitres Lehren,
Wigand, hier müßt's ein Herz versteinen;
Was ich vergaß, hier lern' ich's: — weinen!
Und opfre meine ersten Zähren
Den Armen, die sie selbst entbehren."

Der Priester rief: „Ich aber suche
Nach einem eignen, schöneren Sterne,

Der auszusöhnen die Armen lerne
Mit Gott und ihrem Erdenfluche."

Die Wandrer schritten stumm von hinnen,
Mit wunden Seelen, tief im Sinnen.
Zu Wigand kehrt sich Otto mild:
„Vom Hofgetrieb dein schalkhaft Bild
Wohl mußt's vor solchem Graun zerrinnen?"

Doch Wigand drauf: Nicht will's zerrinnen!
Nur klarer ward's, daß ganz ich's deute:
Sieh neben Kraftgestalten wohnen
Verkomm'nen Geistes Krüppelleute
Wie an den Bergen, so um Thronen;
Hier mag wie dort mit Sold und Ehren
Ein schöner Wahn des Volks sie nähren."

Alpengeister.

„Ich hab' es satt, im Buch der Welt
Zu lesen nur an deinem Lichte,
Als Kindlein, dem beim Unterrichte
Ein Lehrer täppisch den Finger hält
Auf jedem Wörtlein, jeder Letter;
Dein Finger hemmt mein eignes Sehn,
Zerknittert mir die reinen Blätter."
Da wendet Wigand sich zu gehn:
„Ei, so versuch's und lies allein!"

Vor'm Sennenhaus auf einem Stein
Sitzt Otto horchend, spähend, sinnend,
Das Licht flicht zu den Höhn, zerrinnend,

Und Dämm'rung sargt die Thäler ein.
Die Zeit ist's, wo die Nachtigall
Auf ihres Busches ragendstem Sprossen,
Daß weithin töne des Rufes Schall,
Sich wiegt, zu locken den Genossen.
Die Sennin aus dem Hüttenraum
Tritt an der Felswand steilsten Saum,
Nun jauchzt ein Schrei, dort jauchzt er wieder,
Drauf hier und dort, bergan, thalnieder,
Frau'nstimmen, Männerrufe, gemengt,
Ein Flöten süß vom Jubeln versprengt,
Als ob durch girrende Taubenschaaren
Ein brausender Schwarm von Sperbern gefahren
In Lüften wogen, branden, verschwimmen
Klangfluthen rings in tönendem Streiten,
Ein wirrer Knäul verschlungener Stimmen!
Doch Liebe faßt aus all' den Fäden
Den rechten, ihre Bahn zu leiten,
Und lieblich löst und knüpft sie jeden.
Horch, wie die Stimmen sich entwirren,
Je zwei und zwei in seligem Reigen
Sich dicht umkreisen, sich näher schwirren,
In Eins nun klingen und nun schweigen!
Ein Stimmenpaar erstarb nicht ferne,
Dann süße Stille, schweigende Sterne;
Der Adler schwebt zum Felsenneste,
Wildtaube flattert in die Aeste.

Im Schweigen schwelgt das Alpenreich,
Da wird des Fürsten Seele weich:
„O seligen Alpenvolks Gemeine,
Hier fällt kein Opfer schnödem Ruhme,
Dein Leben ist das Blühn der Blume,
Und Rosen deine Grabessteine!"

Da rinnt's wie Grabluft kalt aus Klüften,
Wie Geisterschauer weht's in Lüften;
Da regt sich der junge Tannensproß,
Als ob er athme und Arme rege:
Ein Jäger ward's mit Stab und Geschoß;
Er klimmt empor die Felsgehege,
Und wo er wandelt, schweben und schleichen
Gestaltengleiche Nebel die Stege,
Wie um die Wahlstatt Heldenleichen.
Da rührt sich der schwarze Grottenspalt,
Erstarkt zum Körper und wird Gestalt;
Ein Bergmann ist's mit Schurz und Hammer,
Er fährt zur dunklen Grubenkammer,
Um ihn die blauen Flammen streichen
Wie über Versunkenen in Teichen.
Da reckt sich der dürre Strunk am Wege,
Ein Holzknecht wird's mit Beil und Säge;
Er wallt zum Schlag, dem schlachtfeldgleichen,
Gewaltige Trümmer sperren die Wege,
Nicht wehrlos fielen diese Leichen!
Und wo er zieht, aufflattern Raben,
Als lägen Erschlagne unbegraben.
Da streckt sich wachsend der Felsenblock,
Wird nun zum Haupte moosbehaart
Mit milden Zügen, krausem Bart,
Ein riesiger Mönch in grauem Rock.
Er neigt sich an des Abgrunds Rand,
Schlägt Kreuze segnend über die Kluft;
Er blickt empor zu Grat und Wand,
Die Kreuze schlagend in die Luft;
Dann in des Schachtes Finsternisse
Und in des Gletschereises Risse
Wirft lustige Kreuze seine Hand.
So pflanzt er, Liebeswerks Vollstrecker,

In Lüften ganze Todtenäcker
Von körperlosen Kreuzen ein,
Ein würdig Mal den todten frei'n,
Die in der Alpen Leichenhallen
Namlos und unvermißt zerfallen;
Es drücke sie kein Leichenstein!

Des Fürsten Aug' entzückt's zu wallen,
Erstarkend, durch die mächtigen Massen,
Und Hochmuth will sein Herz erfassen:
„O groß Gefühl: dieß Land ist mein!
O Stolz, der Alpen Fürst zu sein!"

Was scholl da wie ein Lachen? — Nein,
Es klang entrollend nur ein Stein,
Springt räderschlagend über die Wände,
Doch stampft's wie Beine, klatscht wie Hände,
Ein Männlein ist's, ein Alpenwichtlein,
Und mit ihm kollert und springt ein Lichtlein;
Kein Lichtlein! Was er vor sich rollt,
Das ist ein laufendes Krönlein von Gold.
Das springt! Den Satz im Bogen sieh!
Die Krone schießt zum Gletscherschlunde;
Wie tief! Horch, klang's noch nicht am Grunde?
Das Wichtlein winkt: „Ei, hole sie!"

Jetzt schwingt sich's wieder flink nach oben,
Zur höchsten Bergeszinn' erhoben,
Die noch im Rest des Spätroths glüht.
Der Schelm scheint pagenhaft bemüht,
Die königlichen Purpurdecken
Um den granitnen Schemel zu strecken,
Am Thronsitz auf dem höchsten Joch;
Dann winkt er: „Ei, besteig' ihn doch!"

Und neben Otto an der Wand
Ein niederflatternd Quellenband
Wogt nun wie Schleifen, blinkt wie Linnen,
Blüht wie ein Antlitz liebentbrannt,
Schwingt einen Stab in weißer Hand
Als lieblichste der Schäferinnen.
Die Hirtin ist's der Gemsenheerde;
Sie leitet Nachts die flinken Gesellen
Zu duftigsten Triften, süßesten Quellen;
Ha, wie mit traulicher Geberde
Die Thierlein klug aus ihrer Hand
Den hellen Born des Gletschers naschen,
Die süße Kräuterspende haschen!
Nun tost und springt hinab die Wand
Das ganze Rudel flink, kopfüber,
Die Hirtin treu in ihrer Mitten,
Durchs Eisfeld rasch, zur Kluft und drüber,
Bis sie dem fernen Aug' entglitten.
Ein Schalk von Wind, die holde Kleine
Umflatternd in verliebten Sitten,
Verrieth's: ihr Kleid hüllt Ziegenbeine!
„Ei, wer da muß mit Gemsen fliegen,
Mag sich in ihren Schuhen wiegen;
Du aber, reicher Herr der Erde,
Nun zähl' und pferche deine Heerde!"

Der Vollmond hat indeß die Zinnen,
Ein rüstiger Steiger, überklommen;
Geräuschlos, still ist er gekommen,
Wie in die Seelen trauernder Frommen
Die lichten Trostgedanken rinnen.
Von seinem Leuchten übergossen,
Stehn scharf und klar die Berggestalten,
Ums Panzereis Waldmantels Falten,

Ein Kreis von ragenden Genossen,
Als säß' vom Marmorstuhl gehalten,
Vom Silberstrom des Barts umflossen,
Der große Karl und die Genossen,
Hier feierlich Gericht zu halten;
Sein Haupt trägt Stolz und milde Trauer,
Zur Grotte, flimmernd, wölbt sich die Nacht,
Der Mond als Lampe leuchtend wacht,
Und Otto's Herz ergreifen Schauer.
Es tönt kein Laut, kein Hauch sich regt,
Kein Halm, kein Blättlein windbewegt;
Das tiefe, kalte, eh'rne Schweigen
Ist die Beredsamkeit der Oede.
Doch aus der Runde, wortesspröde,
Quillt's wie ein Lied, wie Stimmenreigen,
Das Schweigen selbst ward ein Gesang,
Der nicht durchs Ohr, durchs Herz nur klang:
Wir Berge sind die heiligen Wächter
Des reichen Hortes wohlbewahrt,
Den für die darbenden Geschlechter
Der Geist der Welten aufgespart.
Auf Erden sei noch eine Scholle
Der Armen und Geknechteten Erbe,
Das keinem Schwert je zinsbar zolle,
Und das kein Zepter je verderbe!

Unscheinbar ist, was wir bewachen,
Nur Eis und Stein, nur Luft und Wind;
Doch Quarz und Kohle, geraubt dem Drachen,
Wird reines Gold dem Feenkind.

Bezwing' uns du, der Welt Bezwinger,
Erhöh' dein Zelt in unsrem Stein,

Versuch' den Schneesturm, unsern Ringer,
Bastard der Größe, wie bist du klein!

Doch du, Bezwungener, aufwärts ringe,
Empor dich richtend an unsrer Hand!
Dein Herz hat auch, was Keiner zwinge:
Die tiefe Kluft, die eherne Wand!

Die Gletscherkälte hat es auch,
Daran der Hoffart Strahl sich splittre;
Hat Hochluft auch, an deren Hauch
Das Niedrige zu Staub verwittre!

Daß dich des Erbes nicht entblöße
Dein Zagen, stehn wir schutzbereit;
Die Freiheit nur ist unsre Größe,
Und unser Zauber die Einsamkeit.

Eine Bauernhochzeit.

Die Wandrer ziehn auf Thalesstegen,
Schon gastlich blinkt von fern entgegen
Der Kirchenthurm, des Städtleins Dächer,
Das ihnen füllt den Abendbecher.
Desselben Weges keucht ein Greis
Mit schwankem Tritt und bleicher Wange!
„Wohin, o Greis, in solchem Drange?"
„„Ihr wohnt wohl hoch im ewigen Eis,
Daß ihr's nicht wißt: des Fürsten Fuß
Bewandelt jener Mauern Stätte;
Da rafft' ich mich vom Krankenbette,
Mein Knie zu beugen, ihm zum Gruß.""

„Und dann," spricht Wigand, „dann zu fallen
Zur Grube noch vor deiner Stunde."

Nun sie des Weges weiter wallen,
Nur Schweigen, Trauern in der Runde!
Verstümmelte Bäume ohne Aeste
Gleich Mördern, denen abgeschlagen
Ein blut'ger Spruch die Hände; sie ragen
Zum Prunk am Zinnenrand der Veste!
Es steigt kein Rauch aus feurigen Essen,
Kein Schlag der Hämmer klingt zu Ohren,
Die Mühlen stehn wie eingefroren,
Und Pflug und Sense ruhn vergessen.
Grauenvoll, als ob an diesem Tage
Kein Brod auf Erden zu wachsen wage.
Ein unterbrochenes Gebet
Liegt dort das Feld, erst halb besät,
Noch liegt des Sämanns Korb am Hage,
Er hat zum Fest sich fortgestohlen.
„Jetzt ernten vor der Zeit die Dohlen,"
Spricht Wigand bitter: „Auf allen Wegen
Der Fürstenreise welch ein Segen!"
Doch Otto drauf: „Nicht wollt verklagen
Allein den Fürsten, vor dessen Wagen
Ihr selbst zwei lahme Gäule spannt:
Die Demut und den Unverstand!
Sprich, ist zu schwer die Ladung dann,
Wie, oder zu elend das Gespann?
Und wenn bei jedem Schritt durchs Land
Die eine Mähre den Schädel nickt,
Die andere sich zum Kniefall schickt,
Sprich, will das Paar aus Ehrfurcht nicken?
Will's unter eigner Schwäche knicken?"
Sie ziehn durchs Thor, festranken winken,

Es läuten Glocken, Fähnlein blinken.
Am Rathhaus ist ein Thron errichtet,
Drauf Nithart sitzt, matt, abgespannt;
Als ob der Purpur ihn erdrücke,
Scheint Aug' und Körper wie vernichtet,
Erschöpft stützt er die müde Hand
Aufs Zepter, wie auf eine Krücke.
Am Throne wallt ein Zug vorbei,
Landleute, Bürger, Klerisei;
Zur Kirche geht's; langsam bewegt
Ein Karren sich, der allerlei
Hausrathes und ein Wieglein trägt.
Ein neues Bild den Fürsten labe:
Der Bauernhochzeit fröhlich Wesen.
Da ward ein armes Paar erlesen,
Das Städtlein steuert die Hochzeitgabe.
Ein Pfeifer schreitet vor dem Reigen,
Die Schwegelpfeife kreischt mit Macht,
Ein Pfeifer ist's, gar seltsam, eigen,
In stattlich schwarzer Manteltracht.
Aufs schwarze Sammtwamms niederrollt
Die Kette mit dem Pfennig von Gold,
Das Haupt geschirmt vom schwarzen Barette;
Doch wer ihn hört, dem raset die Schneide
Des Schmerzes durch die Eingeweide!
Ein Zaubrer scheint's, der von der Kette
Gelöst des Mißlauts böse Geister;
Doch sühnt er's selbst — sein Blut ist Eis,
Auf seiner Stirne perlt der Schweiß.
Das ist des Städtleins Bürgermeister;
Er kann sich's heute nicht versagen,
Ins Fürstenherz sich einzupfeifen;
Ach, wenn zur Flöte Schöffen greifen,
Wenn auf dem Rathhaus Pfeifer tagen,

Ist's gleiche Musik und gleich Behagen!
Das Brautpaar naht, — welch herrlich Paar!
Der Strauß am Hut wirft böse Schatten
Aufs Antlitz doch des künftigen Gatten.
Ist in des Bräutchens Lockenhaar
Der Kranz so schwer, daß seine Schwere
Ihr schönes Haupt zu Boden kehre?
Am Busenstrauß die Perlen rein,
Sind's nur der Morgenthau allein,
Der Heimatfluren Abschiedszähre?
Ein Balkenbau ragt auf der Straße,
Da tröpfelt Wein aus hohem Fasse,
Da ruft die Inschrift: „Kommt, die dürsten!
Reich quillt der Gnadenborn des Fürsten.“
Doch die da kamen, dran zu nippen,
Verziehn vom herben Trank die Lippen.
Am Marktplatz nur Sankt Florian
Ist heiter und thut wohl daran,
Sein blechern Fähnlein ist neu geglänzt,
In blanken Panzer ist er gethan,
Mit neuem Heiligenschein umkränzt;
Zu Fürstenehr' die Bürgerlade
Staffirt' ihn neu vom Haupt zur Wade.
Herr Otto sah schier nicken den Blanken,
Wie um zu grüßen und zu danken.

Da naht dem Bräutchen Otto leise.
„Ist's hier zu Land der Bräute Weise,
Den feuchten Blick zum Grund zu schlagen,
Wie bangend vor den Wonnetagen?“
Dem Aug' der Maid entstürzen Thränen:
„Herr, nur das schönste Brautpaar tauge,
So sprachen sie, vors Fürstenauge!
Sie wählten mich und mir dann — Jenen;

Sie wählten nicht, die blinden Thoren,
Den Liebsten, den mein Herz erkoren,
Den Schönsten, den dieß Thal geboren!
Auch konnt' er nicht ins Kleid sich pressen,
Dem sie zu knapp das Tuch gemessen;
Ein Bürschlein ist's so wunderprächtig,
Doch schulterbreit, von eurem Maße, —
Ach, wem der Wohlthat Röcklein passe,
Der muß von Wuchse sein gar schmächtig!
So ward mir dieser fremde Mann,
Und, ach, vier Herzen bluten dran."
Herr Otto spricht: „O bittres Scherzen!
Bei andern Blumen, die sie heut
Dem Fürsten auf den Weg gestreut,
Sind auch, ich seh's, geknickte Herzen;
Sie sollen blühn, erfrischt, erneut!
Gleicht mir dein Liebster, scheint gemacht
Mein Röcklein ihm zur Hochzeittracht;
Dünkt's wem zu schlicht, dem mag er sagen:
Mein Landesfürst hat's selbst getragen,
Ihr mögt den dort zu Throne fragen.
Du, Bräutigam mit der finstern Stirne,
Dort, seh' ich, weint noch eine Dirne;
Wohl glänzte, wenn sie wieder lachte,
Im Widerschein dein Antlitz sachte.
Dem Dirnlein such' ich einen Freier,
Aussteuern will ich selbst die Feier,
Ein hellroth Röcklein soll sie kleiden,
Ein flimmernd Mieder, Bänder von Seiden,
Der Schneider karge nicht im Maße,
Daß noch das Kleid nach Monden passe.
Doch daß ich selbst nicht ganz entbehre
Des Hochzeitsstaats, o Fürst, gewähre
Mir mild von deinem Uebermaße! —

Nur euren Spielmann müßt ihr tauschen;
Ich weiß den Mann, dem süß zu lauschen,
Der euren Socken Flügel bringe,
Daß Euch des Wohllauts Woge schwinge,
Und Stern' und Mond sich drehn im Ringe!"

Da springt vom Thron Nithart behende
Und reißt vom Haupt den Herzogshut,
Vom Leib den Purpur, als ob Gluth
Ihm lodre sengend um die Lende:
"Fort, unbequeme Maskentracht,
Du Nessushemd, wenn nicht die Macht
Des rechten Herzens drunter schlägt!
O wonnig Heimatland der Lieder,
Du rufst, du winkst, dein bin ich wieder!".

Pfaff Wigand meint: "So frohbewegt
Ward noch kein Purpur abgelegt."

Zwei Träumer.

Traumgeister ziehn durchs Kärnthnerland,
Sternlose Nacht umhüllt das Thal,
Es quillt nur eines Lichtleins Strahl
Durch dunkler Bäume Zweigesrand.
Ein Falter, der, vom Glanz verwirrt,
Am Lichte jenes Fensters schwirrt,
Er könnte sehn den Bauersmann
Die greise Hand zum Abendsegen
Aufs blonde Haupt des Sohnes legen
Und lauschen ihrer Zwiesprach dann.
Weib und Gesind ist längst zur Ruh,
Der Alte klappt sein Kelchglas zu
Und mustert flüchtigen Blicks am Ständer
Die neustaffirten Festgewänder,
Langt dann vom Wandholz feierlich
Ein Kerbholz, staubig, spinnumwunden,
Ein Buch, in braune Haut gebunden,
Und wendet zu dem Jungen sich:
„Zum Wächter seinem alten Recht
Betraut' das Land mein alt Geschlecht;

Der Pflug schrieb in die Feldmark tief
Uns ährengolden den Ahnenbrief.
Durch meinen Mund, durch meine Hand
Ergibt dem Fürsten sich das Land,
Und will zu Thron sein Herzog schreiten,
Muß Einer unsres Stamms ihn leiten
Zum Fürstenstein, dem unbequemen,
Von ihm den alten Eidschwur nehmen
Und Landesbrauch mit ihm vertragen;
So gilt's zu Recht seit alten Tagen.
Dieß Kerbholz ist mit seinen Schnitten
Hauschronik uns und Fürstenbuch;
So oft ein Ahn' nach Vätersitten
Empfing des Fürsten Eidesspruch,
Ward in dieß Holz ein Strich geschnitten;
So schneid' ich morgen wieder einen.
So bündig faßt kein Schreiber sich,
Hier ist ein Fürst nichts als ein Strich.
Vielleicht die Alten mochten's meinen
Dem Schenkwirth gleich, der seinem Zecher
Ankerbt die ungezahlten Becher,
Mit jedem Strich an eine Schuld
Erinnernd, ach, und an — Geduld."

Der Knabe sieht ihn an mit Zagen,
Dann wagt er bang ein schüchtern Fragen:
„Hört sprechen doch die Herzogsleute:
Die rohe Sitte taugt nicht heute;
Die alten Possen, Schnurren, Schnacken
— Wer wisse noch, wie man sie denke? —
Mögt ihr zum rostigen Zeuge packen!
Befahrt von Otto nichts zu Leide,
Sie sagen ihn so froh, so gut,

Der, was uns frommt, freiwillig thut;
Was braucht es da der bindenden Eide?"

Der alte Bauer lächelt mild:
„Die Antwort geb ich dir im Bild.
Weil heut der Himmel wolkenrein,
Vielleicht noch morgen Sonnenschein,
Willst du dein schirmend Dach abtragen?
Weil in den dürren Sommertagen
Der Waldbach, friedlich murmelnd, schleicht
Und nicht des Steindamms Wand erreicht,
Des Damms Schutzwehr willst du zerschlagen?
Volksbräuche sind der Landessitte,
Was Ephen's Klammern alten Mauern,
Er hält sie fest, daß sie noch dauern,
Wenn längst zerbröckelt die andern Kitte;
Das fahle harte Gestein verstecken
Sie weich in immergrünen Decken.
Da wird wohl auch im schlichten Grün
Ein glückbegabtes Aug' entdecken
Sein reiches, doch verborgnes Blühn.
Mit allen Lebensfasern hängen
Und wachsen sich die Ranken ein,
Daß, sie zu lösen vom Gestein,
Den ganzen Bau du mußt zersprengen.
Drum sollst du Landesbrauch nicht schelten,
Und auch sein Rauhes lasse gelten!
Du kennst in unsrem Alpenland
Den Fels, der graue Mönch benannt,
Ein Block ist's, formlos, vielgespalten,
Mit hundert Klüften, Schründen, Ritzen,
Mit scharfen Kanten, schroffen Spitzen;
Willst du am rechten Standpunkt halten,
Wird milde Form, was früher rauh,

Die Ecken schmelzen zum Gliederbau,
Zu Händen, die's Breviarium halten,
Die tiefen Risse zu weichen Falten,
Du siehst vor dir den Anachoreten,
Vielleicht für uns zum Himmel beten."

Der Knabe schlägt die Augen nieder,
Doch bald, zwar zaghaft, frägt er wieder:
"Ich weiß nicht, was mein Herz besticht
Und stets vom Herzog Otto spricht:
Ein Fürst und macht sich so gering!
Klimmt wie ein Senn auf Alpenfirnen,
Schwingt wie ein Knecht des Dorfes Dirnen
Mit kecker Hand in lustigem Ring,
Zieht mit den Burschen wie ein Gleicher,
Geht schlicht im Jagdwamms, ein so Reicher!
Sein freundlich Grüßen, huldig Neigen
Macht alle Herzen ihm zu eigen."

Der Greis verweist ihn streng: "Das glaube:
Ein Riese, der sich neigt zum Staube,
Sucht was im Staube, das er klaube;
Du hüte dich, das glaube wieder,
Vor'm Thurm, der nickt, vor'm Berg, der sich bückt,
Und steigt er gar zu dir hernieder,
Dann, armer Schelm, bist du erdrückt!
Was ragen soll, laß ragen einsam,
Nur groß ist's, weil es nicht gemeinsam!
Ich spür' es wohl, mein Sohn, mein lieber,
Der Hofwind, der hereingepfiffen
Ins Kärnthen, hat auch dich ergriffen;
Im Lande schleicht das Wedelfieber.
Dem Kranken aber, der gelehrig,
Bring' ich den Heiltrunk tausendjährig."

Der Alte hat gelöst die Spangen
Des Buchs, geblättert in den Bogen,
Vom Haupt das Käpplein dann gezogen
Und laut zu lesen angefangen:
„Und also meldet Samuel dem Volke,
Das einen König sich ersehnt mit Flehen:
So sprach der Herr zu mir aus seiner Wolke:
Dieß ist des Königs Recht, so wird's bestehen:
Er wird die Söhn' euch nehmen und sie setzen
Auf sein Gefährt', auf seine Kriegesrosse
Als Reiter und als Hauptlent' seinem Trosse,
Vor seinen Wagen als Trabanten hetzen,
Wird machen sie zu Fröhnern, Ackerlenten,
Sein Korn zu schneiden, sein Gereut zu reuten,
Zu schmieden auch, den Harnisch ihm zu stählen
Und seines Wagens Schienen zu befesten;
Wird nehmen eure Töchter und sie wählen,
Daß sie ihn salben und sein Brod ihm rösten;
Wird nehmen euch von Aeckern, Oelbaumhainen
Und Rebenbergen schier den allerbesten
Und schenken dann an seiner Knechte einen;
Wird nehmen euch von Garben, Schwaden, Reben
Den Zehnt und seinem Kämmerling ihn geben;
Wird eure Jugend, Knecht' und Mägde, nehmen,
Sie werden seinem Tagwerk sich bequemen
Und eure Esel seine Lasten tragen;"

Fraglustig drängt der Knabe zum Wort,
Abwehrend fährt der Alte fort:

„Und eure Esel seine Lasten tragen;
Den Zehnten wird er nehmen eurer Heerden,
Ihr aber werdet seine Knechte werden.
Da werdet ihr den Herrn mit Schrei'n und Klagen

Vor eures Königs Angesicht beschwören,
Des Königs, den ihr einst euch selber gabet;
Am selben Tag wird euch der Herr nicht hören,
Dieweil begehrt ihr einen König habet."

Der Greis bedeckt das Haupt und legt
Die Hand aufs heilige Buch bewegt:
„O Sohn, dieß ist der Jungbrunn alt,
Drin ewig frisch der Heilquell wallt,
Drin bade des Geistes gebrochne Schwinge,
Daß Flugverjüngung sie durchdringe;
Drein tauche tief die freie Seele,
Daß sie in ihrer Kraft sich stähle!
Ich denke, des Himmels Wölbung klar
Ist eine Schmiede wunderbar,
Und jener alte Fürstenstein
Mag ein gefeiter Amboß sein,
Der Herzogseid dazu der Hammer;
So wird ein Fürst, bös, unbefriedet,
In einen guten umgeschmiedet,
Willkür gelegt in eherne Klammer.
Drum, will es Gott, so soll es währen!
So lang noch jener Jungbrunn quillt,
So lang noch dieser Eidschwur gilt,
So lang der Fürstenstein in Ehren,
Steht auch urecht und ungeschwächt
Das alte, freie, stolze Recht."

Er senkt zum Buch der Stirne Saum
Und träumt im Wachen, immer weiter
Fortklimmend an der Gedankenleiter,
Der Zukunft einen schönen Traum.

Unfern dem Hause traben Reiter,
Fürst Otto mit der Reisigenwacht;

Graf Pfaunberg, einer der Begleiter,
Den Herzog leis anstoßend, lacht:
„Seht, Herr, dort jenes Lichtleins Gluth,
Das ist des Edlings Bauerngut,
Des Manns, der Kärnthens Herzoge macht!
Gesammten Volkes Macht und Bann
Vereint in diesem Haus und Mann;
Wie all die Lichtflur, deren Wogen
Bei Tag erfüllt des Thales Gleise,
Ihr Leuchten jetzt zurückgezogen
In jenes einen Lichtleins Strahl!“

Der Herzog sprach halb laut, halb leise:
„Und dieses auch erlischt einmal.“

Auf duftigem Heu im Tennenraum
Lag Edlings Schäfer auch im Traum;
Ein greller Traum! — hinschaukelnd reißt er
In rasche Wirbelfluth den Schläfer,
Als neckten die bunten Gaukelgeister
Gemähten Blumenvolks den Schäfer.
Bald fühlt er sich im Ruck entschweben,
Dem Land und seiner Zeit entglitten,
Bald dann in seiner Heerde mitten
Bläst er sein Rohr, wie gestern eben.
Bald sieht er Menschen mit Lämmermienen,
Bald Schafe, die ihm Männer schienen,
Doch mählich mag des Traumes Walten
In solches Bild sich ihm gestalten:
Es war ein böser Wolf vor Jahren
In alle Landesheerden gefahren;

Manch Schäflein, von seinen alten Herren
Gehalten bös in allen Dingen,
Ließ lieber sich vom Wolf verschlingen,
Als wieder in morsche Hürden sperren.
Sieh, da beschlossen die Landeshirten
Zurückzuleiten die verirrten,
Hinfort sie vor der Schur zu fragen
Und Scheerenbrauch mit ihnen zu tagen.

Und wieder solch ein Tag ist's heute.
Im festgeschmückten Pferch versammeln
Sprungstöre sich mit Lämmern, Hammeln;
Horch, jetzt ertönt ein hold Geläute!
Ein feist Leithämmlein, schädelschwingend,
Bewegt ein Glöcklein, lieblich klingend,
Ein Täublein ließ zugleich von ferne
Der Hirt auffliegen in die Sterne,
Ein Zeichen ist's dem wolligen Volke,
Kniebeugend zu blinzeln in die Wolke.
Das Täublein will zum Himmel fahren,
Doch zappelnd müht's umsonst die Schwinge,
Der Hirte hält's an Faden und Schlinge,
Will sich's fürs Jahr noch dienstbar sparen.
Die Heerde hat sich wieder erhoben,
Die Taube trauert im finstern Koben.

Da in den Pferch mit Einem Satze
Einspringt des Hirten großer Hund,
Sanft Blöcken gibt sein Kommen kund;
Er hält ein Blatt in seiner Tatze,
Ein schönes Halsband bunt umfing
Den Nacken, dran ein gleißendes Ding.
Nun auf die Schnauze setzt er Brillen
Und liest: „Feinschürige, Wollgeborne!

Nie g'nug zu Scheerende, genug Geschorne!
Zu künden euch des Hirten Willen
An seiner Statt bin ich der Erkorne.
Er sorgt für euch, liebt euch wie Kinder,
Und wie er die nicht scheeren kann,
Erspart' er's gern auch euch nicht minder.
Schwer ist die Zeit! Was er auch kann,
Erhaltung eurer Ställ' und Scheuern
Muß seinen Haushalt stets vertheuern;
Drum will er — zwar mit Widerstreben,
Sein Vaterherz wollt' euch's ersparen —
Statt Eines Vließes, wie seit Jahren,
Sollt jährlich ihr nun zweie geben."

Er sprach's und sprang von seinem Platze
Zum Pferch hinaus mit Einem Satze;
Dann auf sein widerhaarig Fell
Flink hängt er einen Schafpelz hell,
So ward der Schafhund Hundschaf schnell.
Drauf springt er wieder mit einem Satze
Zum Pferch hinein zu seinem Platze:
„Ganz bin ich Schaf nun, Eures Gleichen!
Nur einem solchen kann's gebühren,
Vorsitz in diesem Kreis zu führen,
Drum schenkt mir des Vertrauens Zeichen.
Laßt uns berathen, gemeinsam, frei,
Was zu erwidern dem Hirten sei."

Ein Plärren laut, ein Blöcken leise
Ergeht jetzt murmelnd rings im Kreise;
Nur einige Lämmlein, fromm, unschuldig,
Mit Rosabändern um den Kragen,
Verhielten still sich und geduldig,
Ein ewig Nicken war ihr Sagen;

Das sind die Erkornen aus den vielen,
Mit denen des Hirten Kinder spielen.

Ein Sprungstör sprach: „Unangemessen
Ist unsrer Kraft dieß Doppelscheeren,
Das Landesklima nicht zu vergessen!
Den Hirten selber bringt's in Nöthen,
Wenn wir das zweite Vließ entbehren;
Der harte Winter wird uns tödten!
Die karge Trift auf magrer Scholle
Kann zwiefach nicht erstatten die Wolle."

Ins Wort fällt ihm ein Widder ein:
„Wenn unser Vließ wir sollen steuern
Zu seinen Ställen, Pferchen, Scheuern,
So kann die Schur erspart uns sein:
Wir leben lieber ganz im Frei'n
Und können seines Stalls entrathen!"

Doch Hundschaf rügt: „Kommt mit was Neuen!
Des Schafs Hauptfehler ist Wiederkäuen."

Ein andres Schäflein kam zu rathen:
„Laßt willig uns das Vließ gewähren,
Doch könnten wahrlich wir entbehren
Dieß Zwicken, Zwacken, Reißen, Ritzen!
In lindre Hand geb' er die Scheeren,
Daß sie die Haut aufs Blut nicht schlitzen."

Doch Hundschaf drauf verweist es huldig:
„Nur euer Zappeln ist dran schuldig;
Drum haltet unter der Scheere geduldig!"

Ein andres sprach: „Bei schmerzenden Schnitten
Laßt uns des Wehschreis Gunst erbitten."

Eins meint: „Zu flehn bei Schäfers Gnaden
Um beßre Hunde möcht' ich wagen;
Statt uns zum Pferch manierlich zu jagen,
Beißt dieser Köter uns in die Waden.“

Sein zwiegespalt einfältig Wesen
Fühlt Hundschaf im Schafhund verletzt,
Doch siegbewußt er laut versetzt:
„O der Verleumdung auserlesen,
Verfangend sich in eignen Pfaden:
Denn Schafe haben keine Waden!“

„Vließträger, edel, auserkoren!“
Ein jüngres sprach's, „Glaubt mir, geschoren
Wird nur, der will geschoren sein!“

Doch Hundschaf lächelt listig fein:
„O dreiste Irr= und Ketzerlehre,
Von der euch bald der Strick bekehre
Am widerspenstigen Gelenke!“

Forteifert jenes: „Wir geben, ich denke,
Zwei Vließe nicht, nur Eins allein;
Mein Antrag sei entschiednes Nein!“

Ein trutzig Blöcken rings: „Nein, nein!
Wir wollen nicht geschoren sein!“

Hundschaf faßt nun zum Kern das Tagen:
„Da ihr so freudig eingewilligt,
Zwanglos die Doppelschur gebilligt,
Für solches Vließentgegentragen
Muß ich des Hirten Dank euch sagen.“
Er nickt und springt von seinem Platze

Zum Pferch hinaus mit einem Satze;
Der Schafpelz, den er trug soeben,
Blieb unterwegs in Dornen kleben,
Und wieder kreist im Hürdenrund
Wie sonst der alte, große Hund.

Man schor die Heerde nach Belieben, ·
Nun eben, weil es Schafe blieben.

Da weckt den Träumer Morgenläuten;
Wie deut' er, was er sah im Schlafen?
Er stellt's dahin; — nicht viel zu deuten
Gibt's, daß ein Schäfer träumt von Schafen.

Herzogsstuhl und Fürstenstein.

freiheit, voller Glockenklang,
Verschmilzt die Sekten zur Gemeine
Um deiner Märtyrer Gebeine!
O freiheit, heiliger Schlachtgesang,
Berausche mit deinem stolzen Schall
Die Herzen deiner Streiter all,
Erfüll' sie ganz, daß kein andrer Traum
Beim Rollen des Kampfes drin finde Raum!
Musik, geheimnißvolle, liegt
Im Heeressturm, im Lärm der Schlacht,
Im Staub, der übers Blachfeld fliegt,
Im Todesstöhnen, im Waffentosen;
Da faßt ein Rausch, der Helden macht,
Den weichsten Knaben, den Muthlosen
Und bringt zurück der Wangen Rosen,
Die, bangend, vor der Schlacht erblaßten;
Als flög' ein Aar auf seinen Helm,
Kommt Gluth und Muth dem feigsten Schelm.
Doch wehe, wenn die Waffen rasten,
Und müßig wandern dürfen Gedanken

Zu dem, was ist, zu dem, was war,
Zur Blüthenlaube mit klimmenden Ranken,
Zur Liebsten daheim, zum bekränzten Altar,
Zum Mütterlein, das des Stabs entbehrt,
Zum Acker, der des Pflügers begehrt,
Zu künftigen, dürren Siegeskronen,
Die also schweren Kampfs nicht lohnen,
Zu Feldern schon verlorner Schlachten,
Ruhmarm, doch reich an Leichenfrachten.
Ach, solches Sinnen kann entmuthen
Die freudigen Herzen, für dich zu bluten,
Und solche Ruhefrist der Waffen
Kann Memmen fast aus Helden schaffen!
Ach, Schmerzen weckt's und Ungeduld,
Zu sehn in jedem Erdenthale
Die Trümmer alter Freiheitmale,
Zerschellt durch seiner Söhne Schuld!
Wie bitter, noch bewundern müssen
Der frevlen Feinde: List und Kraft,
Die, Götterbild und Säulenschaft
Hinschleudernd, treten mit den Füßen!
Drum möchte fast die Muse zagen,
Seitab vom Kampffeld euch zu leiten,
Wo jetzt der Freiheit Schlacht sie schlagen,
Zu eines Thales fernen Hagen,
Das einst auch sah der Freiheit Schreiten,
Die jetzt verbannt, verhöhnt, vergessen;
Nur Steine ihr Gedächtniß wahren,
Den Menschen Schande zu ersparen.
Muthlos zu Boden könnt' euch's pressen!
Doch nein! So herb ist solche Trauer,
Solch tiefer Fall so schmachbedeckt,
Daß er, ein reinender Wetterschauer,
Uns Alle warnt, ermannt, erschreckt,

Die Ringer, die noch glühn im Strauß,
Befeuernd: Harret aus, harrt aus!
Den Sieger, der erkämpft das Beste,
Ermunternd: Halte fest, halt' feste!

Vor Jahren, wenn vom welschen Strand
Der Wandrer durch das Kärnthnerland
Die Bahn zur deutschen Heimat nahm
Und durch das Moos des Zollfelds kam
Und sah die Rinderheerden im Rasen,
Getränkt aus Römersarkophagen,
Und Lämmer an Marmortafeln grasen,
Als ob sie die Schrift zu lösen wagen,
Und Kinder spielen mit rostesedeln
Schaumünzen der Cäsarenzeit,
Wie Todtengräberjungen mit Schädeln;
Da staunt' er, daß zerstreut so weit
Der alten Roma Riesengebeine,
Und achtete wenig der einzlen Steine.
Da liegt ein Block auch, uralt, fahl,
Vor seinen Füßen am Straßenraine;
Das ist ein altes Freiheitmal.
Besäh' er sich's genau, er fände
Rücklehne, Stufen, Seitenwände,
Roh zum Gestühl den Block behauen.
Hier gab der Fürst einst diesen Gauen
Die Lehn, nachdem er selbst das Land
Zu Lehn erst nahm aus Bauershand.
Jahrhunderte entnervter Zeit
Umspannen, ekle Spinnenbrut,
Mit Schleiern der Vergessenheit
Den Stein, der dumpf im Moose ruht,
Dran wilde Keuler die Flanken reiben,
Drauf Zunftgesellen die Namen schreiben.

Kein Laut, kein Kranz, kein Liedermund
Gibt dieses Steins Bedeutung kund,
Kein Zeichen will zu sprechen wagen,
Und Sünd' ist's hier, nach Freiheit fragen.
So sprachverwirrend war die Zeit,
Daß ihrer Weisen Gilde im Streit,
Ob die verwitterte Schrift am Stein
Mag Römisch oder Wendisch sein? —
Gleichmüthig zieht der Wandrer vorbei,
Als ob's ein Stein wie ein andrer sei.

Manch Einzler nur in seltnen Tagen,
Dem Freiheitgluth durchs Herz geschlagen,
Bleibt stehn und nimmt sein Mützlein ab,
Bohrt in den Grund den Wanderstab
Und lehnt sich dran und lauscht und lauscht,
Wie's von den dunklen Bergen rauscht,
Die ernst das grüne Thal umstehn,
Den Katafalk der Freiheitsleiche,
Mit Trauerflüstern, Händeringen,
Wie Leichengäste anzusehn.
Er lauscht, wie sich im Luftbereiche
Die Glockentöne sanft verschlingen
Vom alten Dom Maria Saal,
Dem Heerdenläuten aus dem Thal;
Es hallt so bang, als ob noch heute
Der Freiheit Todestag es läute.
Auf des Gestühles Quadernbau
Ergießt sich linder Abendthau;
Nein, Thränen sind's, die zu den Steinen
Die freien Wolken niederweinen.
Umsonst! weil Wolken, Wälder Glocken
Nicht kämpfen statt der Herzen, die stocken!

Jetzt ist es anders! Der Enkel Reue
Umgab mit Glanz den Stein aufs Neue;
Vier Bäumchen sprießen aus den Matten,
Liebreich das Mal zu überschatten;
Gefegt, besandet ward der Plan,
Mit ehernem Lanzengitter umfahn,
Drauf Goldschrift ruft dem Wandrer zu:
Vor „Kärnthens Herzogsstuhl" stehst du!
Das ist wohl schön, doch spät, zu spät!
Manch ein Jahrhundert hat's verweht.
O hätten sie damals gefegt, entrückt
Unkraut, das Gottessaat erdrückt!
O hätten sie damals treu gesä't
Zu kräftigem Wurzeln, mildem Blühn
Den echten Kern, der saatengrün
Und freiheitstolz im Herzen ersteht;
Damals gezogen um dieses Mal
Die Lanzenwand von bestem Stahl!
Ihr Männer selbst sollt sein die Lanzen,
Gereiht um diesen Stein der Ehren,
Dem Angriff und Verfall zu wehren!
Seid wandelnde Burgen, lebend'ge Schanzen,
Die kein Erstürmer beugen kann!
Was ist die Lanze ohne Mann?
Dahin! Wenn euch der Putz gefällt,
Mir ist's ein Schminken nur der Leiche;
Der Schmerz bleibt immer der tiefe, gleiche!
Ihr habt den Ekel ihm gesellt.
Lebendig durch die Völker schreite
Der Ruhm und sein geweiht Geleite;
Doch starb er, mahnt uns an sein Sterben
Nicht stündlich mit euren ehernen Scherben!
Soll Steinschrift eurem Hirn ersparen,
Die Last des fremden Ruhms zu wahren?

Schlecht tilgen Bilder, marmorn, erzen,
Die Schuld der dankvergess'nen Herzen.
Dahin, dahin! Nur einen Frei'n
Seh' ich vor mir: ein Vögelein!
Das nimmt vom Herzogsstuhl Besitz,
Als sei's der Aar des Zeus mit dem Blitz!
Jetzt schwingt es singend sich feldein
Gen Karnburgs Höhn zum zweiten Stein,
Ein andres heiliges Mal dem Land,
Das sie den „Fürstenstein“ genannt.
Da sitzt es und blickt es stolz einher,
Als ob's der Herzog, nein, noch mehr!
Als ob's ein Bauer Kärnthens wär',
Wohl Edling selbst, der einst hier saß
Und festen Blicks Herrn Otto maß.

Dem Vöglein gleich fliegt weit, gar weit
Mein Herz zurück in ferne Zeit.

Der Edling sitzt auf dem Fürstenstein
Aufrecht und fest und späht thalein;
Sein Haupt beschirmt ein grauer Hut,
Den eine rothe Schnur umfließt,
Sein Fuß im groben Bundschuh ruht,
Den eine rothe Schleife schließt;
Ein rother Gurt den Leib umwallt,
Der knapp im grauen Wammse steckt,
Vom grauen Mantel überdeckt.
Den Feldsack hat er umgeschnallt
Mit Käs' und Brod, der Gottesgabe,
Sein Arm stützt sich am Hirtenstabe.
Wie um den Fels das laute Meer
Braust Stimmengewoge ringsumher,
Hier wendischer Laut, dort deutsche Klänge;

So fern im Thal liegt keine Tenne,
So steil am Joch ragt keine Senne,
Die Boten nicht gesandt zur Menge;
So tief im Erzberg liegt kein Schacht,
Der nicht entsandt die Knappenwacht.
Der Edlen Zug theilt das Gedränge;
Doch ob sich's hinter ihm auch schließt,
Ihr seht an seiner Farbenhelle,
Wie er durchs dunkle Volksmeer fließt,
Als ob den grünen Inn ihr säh't
Inmitten fahler Donauwelle,
Wie er allein, getrennt noch geht;
Und müssen vor des Weltends Tagen
Doch Beid' in Eins zusammenschlagen!
Der Herold wallt dem Zug voran,
In Landesfarben angethan,
Auf seiner Brust das Wappenbild:
Drei schwarze Leuen im goldnen Schild
Und Oestreichs rothes Feld dabei,
Vom weißen Gurt getheilt in zwei.
Kreuzträgern nach Prälaten schritten,
Laurenz, der Bischof Gurk's, inmitten,
Dann wallt der Landesedeln Kern,
Der Graf von Görz, Pfalzgraf des Lands,
Graf Pfannberg, Kärnthens heller Stern,
Herr Lichtenstein, ein Name wie Glanz,
Mit ihm der gewaltige Auffenstein,
Freiherr Sonneck aus felsigem Krain;
Die Fähnlein rühren die Flügel im Winde,
Von Golde klirrt das Hofgesinde.
Der Herzog Otto tritt zum Stein,
Am Haupt den schweren Herzogshut,
Um seine Schultern wallt die Fluth
Von Purpursammt und Hermelein;

Ihn engt das lang entwohnte Kleid
In solcher schönen Sommerszeit.
Er denkt: nicht so viel Sammt verschneidet
Der Herr, wenn er die Lilien kleidet.

Da rief der Edling: „Sagt, wer naht
Im Prunk hoffärtigen Gewandes?"

Der Herold sprach: „Der Fürst des Landes,
Auf deinen Sitz führt ihn sein Pfad!"

Der Edling drauf: „Ich will nur weichen,
Wenn er geworden Meinesgleichen!"

Herr Otto geht, doch kehrt er bald
Der Prunklast bar, schlicht an Gestalt;
Sein Haupt beschirmt ein grauer Hut,
Den eine rothe Schnur umfließt,
Sein Fuß im groben Bundschuh ruht,
Den eine rothe Schleife schließt;
Ein rother Gurt den Leib umwallt,
Der knapp im grauen Wammse steckt,
Vom grauen Mantel überdeckt;
Den Feldsack hat er umgeschnallt
Mit Käs' und Brod, der Gottesgabe,
Sein Arm stützt sich am Hirtenstabe.
Ein Page rechts führt an der Leine
Ein abgemagert schwarzes Rind;
Ein Page links lenkt durch die Steine
Sorgsam ein Pflugroß lahm und blind.

Der Edling fragt': „Nun sagt mir an:
Wer ist der stolze Bauersmann,

Vor dem die Banner niederschwenken,
Ihr Haupt die Landesedeln senken?"

Der Herold sprach: „Der Fürst, der neue!
Er kommt, daß ihr ihm schwöret Treue."

Der Bauer drauf: „Wird er dem Lande
Wohl ein gerechter Richter sein,
Ein Schirmer freiem Bauernstande
Und unsrem Recht ein goldner Schrein,
Ein Landesvater uns, ein wahrer?
Wird er ein Hort sein Wittwen, Waisen,
Die Nackten kleiden, die Armen speisen?
Ist unsres Pfennigs er ein Sparer,
Einfacher Sitten ein Bewahrer,
Dem Christenglauben ein Verbreiter,
Den Landesehren ein fester Streiter?
Lenkt er das Schwert, nicht ihn das Schwert?
Ist ihm Gerechtigkeit so werth
Und seiner Kinder Wohl und Recht,
Daß arm er blieb' um ihretwillen
In diesem Kleid gering und schlecht
Und hätte nur zum Ackergesind
Solch lahmen Gaul, solch dürres Rind,
Quellwasser nur, den Durst zu stillen?"

Herold und Volk rief im Verein:
„So ist's, so soll's, so wird es sein!"

Der Bauer bleibt am Stuhle fest
Und weiter sich vernehmen läßt:
„Des Landes Kern ist dieser Stein,
Und ich sein Herr und Fürst allein!

Ist Jener so, wie sie ihn loben,
Mag seine Weisheit er mir proben,
Wie er's nach altem Recht beginne,
Daß er von mir den Sitz gewinne?"

Der Pfalzgraf sprach: „Durch rechten Kauf!
Sein Kleid und Hut und Schuh sei dein,
Sein Stier und Hengst noch obendrein
Und sechszig Silberpfennig drauf;
Dein Haus und Feld soll zinsfrei sein!"
Das Hofgesind will schier verzagen:
„Das Bäuerlein hat viel zu fragen!"

Der Edling ruft: „So soll es sein!
Doch sagt, ist solch ein Tausch nicht fein?
Für dieses Gottesland — ein Rind,
Das lahm, und einen Gaul, der blind!
Für Tonnen Golds, die wir ihm messen,
Sei nicht sein Pfennigmaß vergessen!
Ihr Andern merkt's! Nun kennt ihr auch,
Was Fürstenrecht und Fürstenbrauch!"

Der Herold sprach: „So merkt nun auch
Der Landesedlen alten Brauch!
Herr Gradeneck wetzt schon die Schneide,
Das Gras zu mähn auf fremder Weide;
Herr Portendorf hält angebrannt
Den Span, durchs Land zu ziehn als Brenner,
Herr Ranber zäumt und schirrt den Renner
Zum Raubzug, löst euch nicht ein Pfand
Das Recht herrnloser Zeiten, sieh,
Die stärkere Faust nur bändigt die."

Der Bauer rasch vom Steine schreitet,
Zu dem er jetzt Herrn Otto leitet:

„Nimm, Fürst des Lands, ihn in Besitz
Als Richterstuhl, als Fürstensitz,
Empfängt den Landesherrn er nur;
Drum merke, daß er früher mein!
Ein harter Sitz! fest wird er sein,
Wenn fest wie dieser ist dein Schwur,
Denn fest, wie er, ist unsre Treue!
Laß Prunk und Waffen ohne Reue;
An diesem Stein probt sich, was echt,
Nur Gotteswaffen gelten recht,
Das Herz im Leib, das Haupt, die Hand!
Sieh unter dir des Volkes Wogen,
Spür' Aller Kraft in dich gezogen,
Sei Aller Haupt und Herz und Hand!
Mundschenk, kredenze den Willkomm
Zum Ehrentrunk dem Fürsten werth,
Marschalk, sink' in die Kniee fromm
Und halt' ihm vor das Landesschwert,
Daß er drauf schwöre vor allem Volke!
Und schreib' es nieder, du in der Wolke!"

Der Mundschenk schöpft die frische Fluth
Des Quells in spitzem Bauernhut.
Herr Otto spricht: „Wie ich nun fasse
Den schlichtesten Kelch mit schlichtestem Nasse
Und trink' auf mein und euer Heil
Und dann zum Grund der Erd' ihn gieße,
Daß froher davon manch Blümlein sprieße;
So auch zu meinem, eurem Heil,
In Lebenswahrheit wie im Bilde,
Gelob' ich Mäßigkeit und Milde.
Und wie ich nun des Schwertes Klinge
Nach aller Himmelsgegend schwinge
Und zieh' im Geist den weiten Bogen

Um dieses Landes fernste Zonen;
So bleib' es Allen, die drin wohnen,
In Schutz und Schirm und Recht gezogen.
Und wie ich auf das Kreuz am Degen
Die Finger lege schwurbereit,
Deucht mir's, beschwörend heiligen Eid,
In Christi Wunden sie zu legen,
Ich schwöre — —"

                        Indessen will ich lauschen
Waldwipfeln, die ewige Jugend schwören
Und bald verdorrt zu Grabe rauschen;
Das Friedenslied soll mich bethören
Des Quells, der durch die Wiesen schleicht;
Ein wilder Strom ist's morgen vielleicht!
Ich siedle mich in den Wolken ein,
Die fest wie goldne Burgen ragen,
Doch bald zergehn und verwehn, — doch nein,
Die wohl die rächenden Blitze tragen!

Ein Wiener war im Herzogstroß,
Dem scherzend er vertrieb die Zeit,
Indeß des Eides Strömung breit
Noch von den Herzogslippen floß!
Witzworte sind wie Rankenschwingen,
Die keck den Baum der That umschlingen,
Den kranken werden sie erdrücken,
Doch den gesunden, verschönernd, schmücken.
Der Wiener sprach zum Edling lose:
„Der Kärnthnerherzog, die Alpenrose,
Was haben die für Aehnlichkeit?"

Vom Festschwur wendet sich mit Leid
Der Bauer: „Gebt nur selbst Bescheid,

Daß eine Thorheit nur statt zwei'n!"
Der Wiener sprach: „Bei meinem Eide,
Die Aehnlichkeit ist, daß allbeide
Nur wachsen aus dem harten Stein!
Doch da ihr gram den Aehnlichkeiten,
So löst nun die Verschiedenheiten!
Welch Unterschied trennt hier zu Land
Hoftapezier= und Steinmetzstand?"
Der Bauer murrt: „Ich kenne keinen."
Der Wiener lacht: „Das kann uns einen!
Denn, traun, ich selber weiß nicht Einen."

Nach neuem Witzgewild läßt steigen
Er seine Augen, fröhliche Geier;
Sieh, da bezwingt ihn selbst der Feier
Gewalt'ger Ernst, erhab'nes Schweigen.
Es ruhn wie todt die Waldesgipfel,
Die Saaten stehn wie starres Gold,
Kein Wölkchen durch den Aether rollt,
Kein Lüftchen regt die ehernen Wipfel;
Und nicht zu athmen wagt die Menge,
Daß ungehemmt die Fürstenstimme
Allein und frei in den Himmel klimme,
Dem Gotteshauch sich zitternd menge.
Denn zwiefach groß ist solch ein Schwur
Vor allem Volk und aller Natur;
Der Meineid zittre nicht allein
Vor des gekränkten Volkes Rache,
Er muß sich schämen vor dem Stein,
Dem Halm im Gras, dem Vogel am Dache!
Rings lauschen freie Alpensöhne
In Manneskraft, in Leibesschöne,
Mit stolzer Brust, aufrechtem Haupt
Dem Schwure, dem das Herz noch glaubt;

Wie sie in Alpenhochluft auch
Die Sehnen und die Herzen stählen,
So schlürfen gierig ihre Seelen
Herzstärkend jetzt der Freiheit Hauch.

Da wird nachdenklich auch der Wiener,
Denn tiefern Ernst birgt er im Herzen,
Gediegen Gold bei leichteren Erzen;
Sich selber fragt der Fürstendiener:
„Ist's nur die Luft in Gottessälen,
Die aufrecht Nacken hält und Seelen?“

Wigand.

Die Hertzogin zum Pfarrherr rheit
Wol zu dem Pfarrherr sie da sprach
Herr Pfarrherr seit vnns Gott willkumm
Da sahe er vmb die achssel vmb
Gott danck euch thet der Pfarrherr jehen
Gnad fraw ich hab euch vberschen
Die fraw die sprach vnd lacht jn an
Jhr seid ein seltzamer Hofman.

Die Geschichte des Pfarrherrs vom Kalenberg.
Frankfurt 1550.

Heimkehr und Einzug.

Donaufahrt.

Donau, des Ostens schöne Braut,
Nimm an der Pforte deutscher Lande
Noch Gruß und Heil in heimischem Laut
Auf deinen Weg zum fremden Strande!
Wie wallt dein Busen hochbewegt,
Wie sich dein Leib hochzeitlich trägt!
In goldnem Harnisch wartet dein
Der Fürst aus Morgenland, dein Freier;
Drum weht um deine Schläfen rein
Der Nebelduft, ein wallender Schleier,
Bräutlich und myrthenhaft umrauscht
Die Stirne dir ein Kranz der Weide,
Um deinen Leib fließt blanke Seide,
In schillernde Spiegel aufgebauscht.
Du ziehst seitab jungfräulich strenge
Der Stadt des Taumels und der Lüste,
Nur im Vorüberwallen grüßte
Dein Arm das mächtige Steingedränge.

Ein Leuchten um dein Antlitz geht
Wie deiner Sendung lichtes Ahnen,
Unnahbar wallt einsame Bahnen
Der Jungfrau stille Majestät;
Selbst Gottesboten, Dichter, warfen
Gerührt hinweg ohnmächtige Harfen;
So ziehst du hin, noch unbesungen,
Vom eignen Wohlklang nur umklungen.

Denkst du in deiner Fürstlichkeit
Der Heimat noch und Jugendzeit,
Als dein Gespiel am Hügelrain,
Das wilde Nachbarkind der Rhein,
Den Arm um deinen Nacken schlang
Und dir die Alpenlieder sang?
Denkst du's, treuherzige Schwabenmaid,
Wie er dann in die Fremde lief,
Der Schweizerknab' im grünen Kleid,
Und sein Lebwohl ins Haus dir rief?
Wie springt er hinab den Klippenhang
Mit Jauchzen, daß der Felsen klang!
Erhitzt, ermüdet dann vom Lauf
Steigt er zu baden in den See,
Sieht nochmals zu den Alpen auf,
Sein Herz beschleicht ein wonnig Weh,
In seiner Seele Tiefen sinken
Die grünen Wände mit Silberzinken.
Frisch stürmt er fort, gestärkt vom Bad.
Zum Schlund, vor dem sich Klippen bäumen,
Kopfüber schlägt er ein keckes Rad,
Daß ihn die Sterne tanzend umschäumen.
Doch um den Hals wohl dießmal ging's!
Ein Weilchen drum bedächtlich wallt er,

Nur unterwegs dem Nachbar links
Sein Fäustlein in der Tasche ballt er.
Juchhei, dort blüht der Gau, wo Reben
Ein kaiserlicher Winzer band!
Da lockt manch Weinlaubkranz zum Strand,
Und Land und Volk gefällt ihm eben,
Und ihm auch sind sie Alle gut,
Dem frischen, freien Schweizerblut.
Da prüft er jede Bechersorte,
Er kann nicht fort vom Zauberporte;
Schenk' ein, trink' aus! O süße Gluth
Bei Ringeltanz und Klang der Zither!
Er jauchzt und wirft im Uebermuth
Sein Römerglas am Fels in Splitter.
Dann taumelt er durch Klippengänge,
Ellbogen brauchend im Gedränge,
Weinselig fort, — der Lorelei
Entfährt ein schriller Schmerzensschrei.
Erst spät ermannt, ernüchtert, fand
Er traurig Flachland nur und Sand
Und uferlose Niederungen;
Der Rebenhag, der Becherschaum
Zerronnen wie ein wirrer Traum!
In Unmuth drauf hat er verdungen
Holländern sich als Lastenträger;
Hinsiecht der grüne Schweizerjäger,
Von tiefem Heimatweh bezwungen,
Und ach, in seinen Tiefen blinken
Die Heimatberge mit Silberzinken,
Vom Alpenreigen süß umklungen.
So denkt ein Schwärmer wohl und Lärmer
Einst nach verpraßter Lust in späten
Hilflosen Tagen, freudenärmer,
Der Jugendliebe, der verschmähten.

Mir aber rauscht im grünen Rheine
Die Strömung der Vergangenheit,
Auf spiegelhellem Widerscheine
Schwankt die versunkne, alte Zeit,
Und von des Ritterthumes Hallen
Und von des Glaubens Domen fallen
Die Trümmer, Stein um Stein, zur Welle;
Vom Fels stürzt sich in Stromesschnelle
Hinab die Sage, todtgeweiht,
Der Spiegel brach im Wirbelrunde,
Nachzittert auf dem Wellengrunde
Die Poesie der alten Zeit.

Auch dich ergriff der Drang zur Reise,
Der Zug in weite Welt hinaus,
Da schlichst du aus dem Vaterhaus
Still auf den Zehen, schluchzend leise,
Daß dein Lebwohl kein Herz erschrecke,
Dein Scheiden keinen Träumer wecke;
Goldähren aber nickten dir
Den Abschiedsgruß zu gutem Wege,
Das Wandersträußlein schickten dir
Die Blüthenbäume der Gehege,
Die Feldmark deines Dorfs entlang
Vorbei am einsam glühenden Meiler,
Durch Gartenland und stille Weiler
Fortschlendert träumerisch dein Gang.
Fein mädchenhaft und züchtiglich
Vorbei dem Lärm der Städte eilst du,
Nur vor den schönen Münstern weilst du,
Still murmelnd ein Gebet vor dich.
Dann pflügst du, wandelnd goldne Bahnen,
Den Mohn und Windling dir im Korne,
Befragst in leisem Liebesahnen

Sternblumenrath am Wiesenborne;
Doch liebst du, Träumerin, vor allen
Durch Waldeseinsamkeit zu wallen,
Durch wilde, dunkle Tannenzacken,
Durch lichte, weiche Buchenwand;
Da trinkt das Reh aus deiner Hand,
Der Reiher kost um deinen Nacken,
Da neigen horchend sich die Gipfel,
Das Lied vom Mund dir abzulauschen,
Wie Wellenschlag durchwallt die Wipfel
Alsbald dein eignes Lispeln und Rauschen.
Nun Muth durchs starre Felsenthor!
Da sprießt kein Zweig, sich dran zu klammern,
Da prallt am tauben Klippenohr
Ohnmächtig ab das Hilfejammern.
Wie sich die schwarzen Wände recken!
O Todesöde! Drüber kreist
Einsam der Aar, ein Felsengeist.
Doch singend wallst du durch die Schrecken.
Auf dich herein urplötzlich bricht
Ein Strom von Glanz, ein Orkan von Licht,
Dein Haupt ein Glorienschein umspannt,
Und vor dir liegt's geöffnet weit,
Wie Pracht, vermählt mit Lieblichkeit,
Der Ostmark reiches, sonniges Land,
Ein Uebergang in süßem Beben,
Als ob dein Herz rasch überschäume
Vom Dämmer mädchenhafter Träume
Ins volle sonnige Liebesleben!
Hier warben um dich die Abgesandten
Des mächtigen Ost's, des liebentbrannten,
Die Südenlüfte, die Sonnenstrahle,
Und boten dir in goldener Schale
Korn, Wein und Rosen als Brautgeschenke,

Daß sich dein Pfad in Sehnsucht lenke
Zum Lande, wo so reich gedeiht
Fruchtfüll' und Lebensfreudigkeit.

Mir aber rauscht in deinen Wellen
Das Brausen einer neuen Zeit,
Als Strom der Zukunft, voll und breit,
Beschreitest du des Fremdlands Schwellen.
Da liegt als Mitgift unermessen
Vor dir der jungfräuliche Boden,
Noch kam kein Spaten, ihn zu roden,
Der rüstige Pflug hat sein vergessen;
Die Hügel, karg verhüllt vom Dorne,
Sie möchten sich in Reben kleiden,
Die saatenlosen Felder neiden
Den goldnen Wellenschlag dem Korne;
Die Oedniß grabesstummer Haiden,
Ihr Schweigen ließe gern sie stören
Von Werkfleiß und von Glockenchören;
Urwälder sehnen nachtbeklommen
Sich nach dem Beil und seinem Schlag,
Wie Greise, deren Zeit gekommen,
Sich sehnen nach dem Sterbetag.
Auf deinem Spiegel dämmernd schreiten
Wie auf dem magischen Kristalle
Gestalten aus der Todtenhalle,
Geister noch ungeborner Zeiten,
Und übergoldet wallt dein Bronnen
Vom Glanz der hellsten Zukunftsonnen.
Einst schiffte mit bekreuztem Trosse
Den Strom hinab der Barbarosse;
Stromketten, die ein Zöllner zog,
Durchhieb sein Schwert, daß Feuer flog!
Dann steuert er zum fernen Sunde

Unaufgehalten seine Bahnen,
Auf allen Schiffen Kreuzesfahnen,
Des Glaubens Lied auf jedem Munde.
Einst wird mit frischen Wanderschaaren
Den Strom hinab unaufgehalten
Ein neuer Barbarossa fahren,
Ein neuer Held im Kettenspalten;
Der jungen Freiheit Banner schweben
Von allen Schiffen dann in Lüften,
Er steuert nicht zu heiligen Grüften,
Nein, frisch ins volle, heilige Leben!
Da zittert ihm die große Stunde
Durchs Herz in aller Herrlichkeit,
Als Lied erwacht auf seinem Munde
Die Poesie der neuen Zeit.

Wohin riß mich, o Strom, dein Wogen,
Der ich an dein Gestad' gezogen,
Den Herzog Otto zu erwarten!
Elisabeth das Fürstenkind
Hat er im Baierland erminnt,
Nun kehrt er heim von bräutlichen Fahrten.
Da liegt auch harrend Pfaff Wigand
Im Kahn, befestigt an den Strand,
Und läßt sich lind vom Strome schaukeln,
Von Wolkenbildern übergaukeln;
Die Wellen nur schöpft er bisweilen
Und läßt aus hohler Hand sie laufen,
Als üb' er amtgewohntes Taufen
Und wolle voraus neun Monden eilen.

Dort schwimmt herab im Wellenblau
Der Fürstenbarke mächtiger Bau
Mit krausen Schnörkeln, blanken Spangen;
Auf braunem Eichengrunde prangen
Des Bildners goldne Schildereien,
Da tanzt vom Steuer hin zum Schnabel
Die ganze alte Meeresfabel,
Neptuns und Amphitritens Reihen,
Die Nereiden und Tritonen
Und Delphinreiter, Muschelbläser,
Bewohner dunkler Meeresgräser
Und Herrscher auf Korallenthronen;
Uns aber blühn am Tageslichte
Der Liebe lieblichste Gedichte.
Ein Lüftchen frisch am Borde schwellt
Des Baldachins damast'nes Zelt;
Von außen goldener Fransen Knistern,
Von innen süßgeheimes Flüstern.
Dort ruht das liebumschlungne Paar,
Blickt sich allein ins Antlitz klar,
Und zwiefach schön blüht Flur und Hain
Aus zweier Augen Widerschein.
O Auge, winzigster der Sterne,
Der Welten größte! Nähe, Ferne,
Erdfluren, Meer und Himmelshalle,
Umfassend im kristallnen Balle,
Und mehr als Erd' und Himmel zeigen:
Aus eignen Tiefen dir entsteigen
Die Lust, das Wehe, Geister, Träume,
Bevölkernd erst die todten Räume! —
Auf blumenbuntem Teppichgrund
Dem Paar zu Füßen Nithardt sitzt,
Die Harf' im Arm des Sängers blitzt,
Doch stumm, es schweigt sein Liedermund;

Es wirbt umsonst die Liederkunst
Bei Glück und Vollgenuß um Gunst,
Viel lieber horcht das Leid in Thränen
Dem Lied von unerfülltem Sehnen.
Spielleute schlendern ins Land hinaus
Bräutliche Reigen wie klingende Myrthen,
Zurückwirft die Schalmei des Hirten
Den tönenden Feldblumenstrauß.
Das Schiff geleitend läuft zur Wette
Entlang die Ufer Glockenklingen,
Die Wellen springen aus dem Bette,
Am Bord zerschellend mit süßem Singen,
Als ob das Schiff auf Tönen gleite,
Daß Wohlklang nur durch Wohlklang schreite:
Die süßeste Musik der Stunde
Tönt unbelauscht von Liebesmunde.
Die Wappenfahnen flattern, ringen
Im Aether hin, dem liebewarmen,
Ein Wölkchen flüchtig zu umschlingen,
Ein Lüftchen haschend zu umarmen;
Und zu den losen Wellen strecken,
Mit leisem Kosen sie zu grüßen,
Vom Bord sich schwere Purpurdecken;
Dem Liebespaar zu Haupt, zu Füßen,
Rings ein Umarmen, Kosen, Küssen,
Als ob hier Eins das Andre lehre,
Und Eins des Andern Schüler wäre!
Zwölf Ruderer rechts in Seide weich
In Blau und Weiß vom Baierland,
Zwölf Ruderer links in Sammtgewand
In Weiß und Roth von Oesterreich,
Die All' im Takt das Ruder fassen,
Ausholend jetzt zu kräftigem Streich,
Bordüber dann es ruhen lassen,

Daß Tropfen es gleich Funken träuft,
Und weit im Schwung die Barke läuft.
Schwimmt hier der seligen Inseln eine
Mit immergrünem Myrthenhaine?
Die Myrthe flocht ins Lockenhaar
Nicht sich allein das junge Paar,
Reich überschattet ihr Geflechte
Des Sängers Haupt, der Fiedlerschaar,
Des Steuermanns, der Ruderknechte.
Zu ebnen Weltunebenheiten
Wird Haß und Neid vergeblich streiten;
O laßt's, es schneller zu vollenden,
Der Freud' und Liebe weichern Händen!
Wo um die Schläfen Kränze wallen,
Muß Hut und Helm und Krone fallen.
Im Zelte flüstert süßer Laut:
„Führ' ich bei Tag, bei Sternenflimmer
Ans Ufer dich? Sieh, hold ist's immer,
Wie eine liebe, holde Braut:
Bei Tage klar im Schönheitschimmer,
Bei Nacht im Anmutreize traut."
„Ei, wer zu wählen da vermag!
Des Liebsten Ruf tönt überall:
Bei Tag wie hoher Lerchenschlag,
Bei Nacht wie Ruf der Nachtigall."
Duftschleier flattern um die Wiese,
Das Abendroth erlosch in Fernen,
Der Strom voll lichter Sterne stand;
Als wallten sie zum Paradiese,
So glitten sie nun über Sternen
An Oesterreichs geliebten Strand.

Die Fürstenburg.

„Laß, Pfaffe, sehn, wie du gebaut,
Mit Kunst vollführt, was dir vertraut,
Neu ausgeschmückt Gemach und Hallen,
Fürstlichem Sinne zu gefallen!"
Herr Otto an Frau Elsbeths Seite
Schritt durch des Fürstenschlosses Thor,
Die neubehauenen Stufen empor;
Wigand, der Pfaff, gab das Geleite.
Schön hat ein Meister aus Byzanz
Den Bau geführt; es wohnt sich traut,
Wo Ostens Kunst das Haus gebaut;
Der Südensonne tiefern Glanz,
Den Würzhauch fast, den Dämmerschein
Weiß sie zu gießen in den Stein;
Bis in die Quader tief im Grunde
Haucht sie die heitre Lebenskunde
Und rankt sie auf durch Wand und Dach.
Durch Haine luftiger Arkaden
Hinschritten sie zum Frauengaden.
Ein ganzer Thurm ward zum Gemach,
Da schimmert kostbar Frauengeräth,
Venedigerspiegel, bunte Schreine,
Spinnräder auch vom Elfenbeine,
Sammtstühle, kunstreich ausgenäht.
Der Fuß zagt auf dem Teppich bunt,
Der Estrich ward zum Blumengrund.
Im Eck die goldne Harfe steht,
Die Vöglein schlummern noch in den Saiten,

Die einst um jene Blumen gleiten.
Ob auch kein Schmuck, kein Prunkstück fehle,
Ein Frauengemach empfängt doch nur
Die Schönheit von der Frauenseele,
Liebreiz durch ihres Wirkens Spur.

Drei Fenster gießen in den Saal
Den Morgen-, Mittag-, Abendstrahl.
Zum ersten führt die Herzogin
Der Pfaff Wigand: „Spinnt euer Sinn
Der Liebe selige Phantasie,
O holde Frau, dann sitzet hie,
Den Blick aufs Gärtlein euch zu Füßen,
Es wird das Träumen euch versüßen.
Prachtblumen sprühn in Farbenwogen,
Von Südlands heißer Sonn' erzogen;
Ein Wandrer, der zu Ostens Pfaden
Das Kreuz einst trug nach Pilgerbrauch,
Hat süße Rückfracht dort geladen
Von Jericho den Rosenstrauch.
Springbrunnen steigen, Blüthen schauern,
Sangvögel schlagen in goldnen Bauern;
Aus Einsamkeit der Schatten quillt
Entgegen euch ein geliebtes Bild.
Ein Märchen selbst! Ihr wißt es kaum,
Träumt ihr das Leben, lebt ihr den Traum?“
Zum zweiten Fenster führt er sie:
„Will mahnend euch zu Herzen beben
Ernst und Beruf von Fürstenleben,
Frau Herzogin, dann sitzet hie,
Die Aussicht auf dieß schöne Land,
Von duftigen Bergen blau umspannt,
Vom mächtigen Silberstrom verschönt,

Von Städten und Burgen blank bekrönt.
Befragt das Land, das feiernd schweigt:
„Brauchst du zur Fürsprach meinen Mund?"
Befragt den Rauch, der einsam steigt:
„Wohnt dort vielleicht ein Herz, das wund?"
Zum dritten Fenster führt er sie:
„Wenn euch des Lebens Leid und Gram,
Trostloser Schmerz euch überkam,
Christliche Fürstin, sitzet hie."
Vor ihrem Blick das Münster steht
Und weist, ein schweigender Prophet
Mit straff empor gereckter Hand,
Hinauf ins dunkle Sternenland.

Ein deutscher Meister war's vom Rhein,
Der christlichen Sinn hier formt in Stein.
In Tempelhallen fühlst du beben
Der Völker tiefstes Seelenleben.
In stolzen Säulen rafft empor
Vom Erdengrund sich der Hellene,
Doch ob er bald zurück sich sehne,
Ans Ziel den Glauben bald verlor,
Rasch brach er ab, zog zwischen sich
Und jene Höhen einen Strich,
Sein Quergebälk, um sich hienieden
Ganz abzuschließen in heitrem Frieden,
Umsäumend mit engem Säulenraum
Den vollsten, reichsten Göttertraum.
Der Römer wirft den runden Bogen
Empor in anmutvollem Schwung,
Doch mählich scheint's zur Niederung
Hat irdische Wucht ihn rückgezogen;
Hier stieg er, daß auf jener Seite

Er dann in Anmut niedergleite.
Den Himmel stürmt in tapfrer Hast
Der deutsche Christ, der beide Theile
Des spitzen Bogens zusammenfaßt
Und aufwärts schießt gleich einem Pfeile.
Das Münster mit dem steilen Dach,
Dringt in den Himmel allgemach
Gleich eingetriebnem mächtigen Keile;
Und wie er auch den Ernst des Ganzen
Mit Ast= und Blumenschmuck umrändert,
Die Giebel sind erhobne Lanzen,
Wenn auch bekränzt und reich bebändert.
Doch deutsche Kunst ist's, die's vollbringt,
Daß Anmut der Gewalt nicht fehle;
Der Thurm von Stein scheint eine Seele,
Die christlich fromm nach aufwärts ringt.
Mühvoll aus rauhen Erdenmassen
Hebt sich die gottgeweihte Quader;
Jetzt strömt ihr Leben in die Ader,
Beginnt in Formen sich zu fassen.
In rohen Stämmen klimmt's zum Licht,
In Stufen nur mit steiler Wendung,
Bis zwischendurch ein Strahl jetzt bricht,
Das Leuchten künftiger Vollendung;
Und freier, kühner wird das Klettern
Und schießt in Zweigen, quillt in Blättern
Durchbrochnes Laub mit zarten Rippen
Will Morgenthau im Aether nippen,
In Fluthen strömt der Tag darein,
Verklärt, vergeistigt wird der Stein
Und treibt so luftig leichte Ranken,
Dir bangt, daß sie im Winde schwanken.
Jetzt faßt zusammen sich's zum Kerne,
Zur Rose wird der Giebelstein

Und mündet all sein irdisch Sein
Verduftend in die ewigen Sterne.

Kannst du den Blick vom Ganzen lenken
Und in die Einzeltheile senken,
Hart an der Seele Himmelspfaden
Läßt sich der Künstlerschalk belauschen;
Du siehst empor am Baum der Gnaden
Manch irdisch Ungeziefer rauschen,
In Steingezweigen versteinte Schlangen,
Eidechsen gar und Kröten hangen,
Als mahn' es, wie noch Irdisches klebe
An Allem, was da aufwärts strebe.
Da scheint in Stämmen und in Mauern
Unthier und Mißgestalt zu lauern,
Am Säulenschaft sich Drachen ringeln,
Ums Kapitäl Basilisken züngeln.
Dort liest ein Affe im Breviere,
Hier trägt ein Wehrwolf Bischofszeichen,
In Nonnenschleiern Kätzlein schleichen,
Mit Kron' und Zepter reißende Thiere;
Satan als Wirth die Kannen füllend,
Ein lüstern Meerweib reizenthüllend.
So klimmen zwischen Himmelsranken
Gar weltlich sündige Gedanken,
Die Künstlerlaune in Stein geschmiegt
Und scharfgemeißelt, festgemauert
Steinmetzenwitz, der Centner wiegt
Und das Jahrtausend überdauert.
Willst du ums Beiwerk naschend schwirren,
Wirst dich im Labyrinth verirren;
Doch kann dein Blick das Ganze fassen,
Dann stört dich selbst das Zerrbild nie,
Denn, schmelzend, in die Harmonie

Verschwindet's der granitnen Massen,
Und unabwendbar mußt du lauschen
Des Gottesbaumes seligem Rauschen.

———————

Den Herzog führt des Pfaffen Hand
Zum Fürstensaale hoch und klar,
Umfahn von schlanker Säulenschaar,
Von leichter Wölbung überspannt.
Der Boden gleißt wie Spiegel rein,
Die Scheiben sprühn in buntem Schein,
Standbilder stehn in schmucken Nischen,
Sinnreich vom Meißel ausgeprägt,
Indeß die glatte Wand dazwischen
Manch farbenreich Gemälde trägt.
Des Fürsten Auge drüber gleitet:
„Laß sehn, Herr Pfaff, wie du geleitet
Die Künstlerhand in Farb' und Stein!
Hier stärkt mich wohl in farbigen Schildern
Fürstlicher Tugend Widerschein,
Hier grüßen mich in Marmorbildern
Rudolf und Habsburgs Ahnenreihn?"
Wigand der Pfaffe lächelnd spricht:
„Rudolf, der werthe Mann, ist's nicht,
Doch manch ein Andrer mag euch mahnen
An Kampf und Zeiten jener Ahnen.
Hier die Gestalt im mönchischen Rock,
Ein tüchtig Stück vom Marmorblock,
Ist Berchthold, Abbas von Sankt Gallen,
Der älteste Habsburgsfeind von Allen.
Ein Andrer winkt euch nebenan,
Mit Stab und Inful angethan,
Der Bischof Basels, noch den Spott,

Durch Rudolfs Kaiserwahl entpreßt,
Auf seinem Mund: „Nun, Herre Gott,
Nimm dich zusamm' und sitze fest!"
Dort ragt, vom Königsmantel umwallt,
Mit Kron' und Schwert die Heldengestalt
Des großen Ottokar. Nicht immer
Ist, wer erlag, der kleinere Held;
Die Art wird darum größer nimmer
Als jener Baum, weil sie ihn fällt.
Adolf von Nassau, seht, ist dieß;
Wohl doppelt zierlich, doppelt reich
Schnitt diese Krone der Meißelstreich,
Die einen Habsburg nicht schlafen ließ!
Unsern drei Bauern mit Schweizermützen,
Sich mit der Linken fest umschlingend,
Die Rechte hoch zum Eidschwur ringend,
Ein Alpenberg mit dreien Spitzen,
Der Schweizerfelsen im Gewitter,
Dran Habsburgs Schwert sich stieß in Splitter!
Dort droht im Stein die Seelenherbe
Johanns, des finsteren Nepoten;
Der Meuchler fordert vom Despoten
Noch hier sein vorenthalt'nes Erbe,
Und durch die lichten Freudenhallen
Fühlt ihr des dunklen Schattens Wallen.
Ein sanftres Bild: den Arm euch streckt
Ludwig der Baier jetzt entgegen,
Der erst das Schlachtschwert eingesteckt,
Ergreifend einen bessern Degen,
Die Freundeshand, die ihn bewehre
Zu Schutz und Trutz, zu Sieg und Ehre!'

Zu Wigand spricht der Fürst verdrossen:
„Was ludest du, mein Aug' zu quälen,

Nur Habsburgs Feinde meinen Sälen
Und gabst mir Haß zum Hausgenossen?"

Nicht bleibt Wigand zur Antwort träge:
"O geh dem Haß nicht aus dem Wege!
Er müht sich sorglicher um dich,
Mit schärferm Auge selbst, als Liebe;
Was ewig unbemerkt ihr bliebe,
Er bringt's zu Tage sicherlich.
Er duldet an dir keine Makel,
Horch auf sein Wort; vom Feindesmund
Erlausche dir des Hasses Grund!
So leuchte dir die grelle Fackel,
Auf daß Erkenntniß deiner Fehle
Dich zur Vollendung männlich stähle;
Denn Haß ist wie der Zahn der Feile,
Die von dir streift die rauhen Theile,
Wie Demantstaub, durch dessen Schärfe
Der Demant helleres Feuer werfe.
Ehrst du den Feind, der ehrenwerth,
Du lähmst in seiner Hand das Schwert;
Am großen Feind dein Auge weide,
Dein Maß sollst du an seines rücken:
Er wird sich dir zu Lieb' nicht bücken,
Du mußt dich strecken ihm zu Leide!
Ich lud euch Feinde in die Hallen,
Auf daß ihr doppelt glücklich seid,
So ihr in ruhiger Freudigkeit
Vermögt durch ihre Reih'n zu wallen."

Verlassend jetzt die Marmorbilder
Erklärt Wigand die farbigen Schilder:
"Hier hebt der Tugendspiegel an,

Fürstlichen Ehren aufgethan!
Das erste Bild: im Hintergrund
Ein Bettlein weiß wie Flaum der Taube;
Wohl als vergeß'ne Schlummerhaube
Liegt auf dem Kissen ein Krönlein rund.
Im Vordergrund ein Römerweib
Lukrezia, den Dolch im Leib;
Der Gatte weint, der Vater flucht, —
Benennt's: Fürstliche Ehrenzucht.
Im zweiten Bild ein fröhlich Leben
Zu Weingelag und Würfelspielen,
Das trunkne Haupt bekränzt mit Reben,
Buhldirnen, Gauklervolk beisammen,
Umlagernd einer Bühne Dielen.
Nero schlägt seine Laute munter,
Rückwärts brennt Rom in rothen Flammen;
Fürstlicher Minnesang steht drunter.
Hier sitzt beim Lampenlicht ein Weiser,
Von mächtigen Büchern rings umreiht,
Es baut Justinian, der Kaiser,
Des Rechts Grundfesten aller Zeit;
Doch steht als Themis mit der Binde
Daneben Belisar der Blinde;
Die Inschrift heißt: Gerechtigkeit.
Nun kommt ein Doppelbild: das eine
Zeigt Jagdgebraus durch Waldesreiser,
Zur Wette läuft Basil der Kaiser,
So scheint's, mit einem wilden Schweine;
Ein Mann springt rettend zwischen sie,
Den Keuler spießt sein Schwert am Knie.
Im zweiten hält Gericht Basil;
Desselben Mannes Haupt verfiel
Dem Beil des Henkers, der es mäht,
Weil Jener vor der Majestät

Damals entblößt die Waffe blank;
Die Inschrift lautet: Fürstendank.
Im nächsten Bild vor euch nur steht
Ein Ochse, der durchs Feuer geht,
Ein ehern Kunstwerk, das man nennt
Nach Phalaris von Agrigent;
Thier ist's zugleich, Wohnhaus für Fremde,
Auch fester Käfig, warmes Hemde
Und musikalisch Instrument.
Doch könnt das Vöglein ihr im Bauer
Nicht sehn, Perillus den Erbauer,
Drum scheint das Bild fast mangelhaft;
Darunter steht: Kunstgönnerschaft.
Dieß Bild" — doch Wigand plötzlich schweigt;
Vor Otto's Aug' ein Schlachtbild steigt:
Siegreich die Lenen Böhmens wallen,
In wilder Flucht die Feinde rennen,
Ihr Führer weitvoraus vor Allen!
Die eigne Flucht muß er erkennen,
Das eigene Bild aus früherer Zeit, —
Darunter liest er: Tapferkeit.

Da zürnt der Fürst: „Statt daß mich stähle
Der Anblick heitrer Tugendbilder,
Durchs Aug' mir schneiden in die Seele
Nur fremde Sünden, eigne Fehle!"

Der Pfaffe drauf erwidert milder:
„Wer sich umbaut mit Tugend ganz,
Ist wohl zumeist von Tugend ferne,
Vom Strahl geblendet hält er gerne
Das fremde Licht für eignen Glanz.
Es ist ein weichlich feig Gebaren,
Nur stille Frommheit um sich schaaren;

Sieh tapfer in des Lasters Auge,
Daß Muth dein Herz zum Kampfe sauge!
Im Frau'ngemach stehn Spiegel zart,
Daß Schönheit drin ihr Abbild habe
Und sich am eignen Zauber labe;
Auch Spiegel, doch verkehrter Art,
Sind hier die Bilder, seltsam, eigen,
Die Mannesschönheit scharf zu zeigen;
Blickst du hinein, dann soll dich's laben,
Wenn sie dir nicht dein Abbild gaben.
Das Sündendunkel wird nur heben,
Verklären schön'ren Daseins Kern;
Du pflanze mit dem eignen Leben
Ins Nachtgewölk den hellen Stern!"

Kirchweihe.

Der Meister hat den Bau vollbracht,
Die Kirche ragt, wie er's erdacht,
Er hat getüncht die glatte Wand,
Gewölb' und Kuppel schön gespannt,
Die Pfeiler schlank emporgestreckt,
Das Dach mit Ziegeln bunt gedeckt;
Vollendet ist's nach seinem Sinn, —
Doch ist der Gott noch nicht darin!
Der Bildner hat den Bau geschmückt,
Mit farbigen Scheiben ihn erhellt,
Das Bild auf den Altar gestellt,
Standsäulen an den Ort gerückt,
Schön ausgeprägt im Christusbilde
Das Menschenleid, die Gottesmilde,
Am Tabernakel Schnitzwerk zart
Und Uebergoldung nicht gespart;

Vollendet ist's nach seinem Sinn, —
Doch ist der Gott noch nicht darin!
Der Priester hat den Bau geweiht,
Hat betend dreimal ihn umschritten,
Entflammt die ewige Lamp' inmitten,
Auf daß sie leuchte aller Zeit;
Hat Wasser, Asche, Salz und Wein
Gesegnet, hat gesalbt den Stein,
Die heiligen Leiber eingesenkt,
Meßkleider, Glocken, Opferschrein
Mit Weihbronn segnend übersprengt;
Vollendet ist's nach seinem Sinn, —
Doch wohnt der Gott noch nicht darin!
Jetzt öffnen sich die Pforten weit,
Es strömt herein des Volks Gedränge,
Da flüstern Lippen, rauschen Gesänge,
Da kommt die Andacht, kommt das Leid,
Der laute Jubel, das stille Bangen,
Der Fluch, der Dank, das Allverlangen,
Der rasche Zorn, das raschere Zagen,
Der rauhe Spott, das weiche Klagen,
Der Ketzertrotz, der Duldersinn, —
Der Gott ist da, sein Geist weht drin!

Zum Prior sprach in Neuburgs Zelle
Pfaff Wigand: „Euer Abt singt morgen
Die erste Mess' in der Kapelle,
Die wir gebaut. Nun bannt die Sorgen,
Den Ordenszwang einmal im Jahr!
Uebt heit'ren Brauch der Provenzalen
Und der Burgunder Conventualen,

Die jährlich um des Herrn Altar
Die Kränze lustiger Thorheit schlingen;
Herrn Otto soll es Freude bringen,
Den Ernst verwirren eures Alten
Und glätten seine Abbasfalten.
Wer allzuweis' begann, verfährt
Sich oft zum Schluß in Narrengleise;
Laßt uns beginnen umgekehrt,
Zu schließen einst erträglich weise.
Seht, Klosterweisheit gleicht dem Bronnen
Der Reben in verschloss'nen Tonnen;
Ihr dürft sie nicht zu fest verkeilen,
Müßt lüpfen klug den Spund bisweilen;
So wird der Most zur Ruhe kehren
Und sich zu goldner Reinheit klären.
Versäumt es ja nicht, daß die Enge
Des Reifs der wilde Geist nicht sprenge!"
Da wird dem Prior ernstlich bange,
Er spürt verschloss'ne Weisheit gähren,
Er fühlt das Lüpfen schon, das Klären
Und nickt mit sanft entflammter Wange.

Ein Priestergreis im Silberhaar,
Der Abt Rudwin, steht am Altar.
Er hebt den Kelch von Golde klar;
Die Schale zieren bis zur Mündung
Viel Schilderei'n, der Klostergründung
In Gold gegossene Berichte.
Der Holderstrauch in Waldesdichte,
Der Schleier dran, der windentführte,
Die Rüdenschaar, die ihn erspürte;
Das Stifterpaar von frommem Sinn,
Der Markgraf und die Markgräfin,
Auf hohem Roß zum Funde jagend,

Auf ihren Händen Kirchlein tragend;
Das Alles hat mit Musengunst
Reich ausgeprägt die Goldschmiedkunst.
Nicht glückt's der holden Aventüre,
Daß sie des Priesters Sinn entführe
Vom Opfer, dem er zugewandt.
Sein Mund berührt des Kelches Rand,
Sein Geist versenkt sich festgebannt
Ins heiligste Mysterium.
So hängt in klarer Mittagsstunde
Ein Falter fest am Blumenmunde,
Versunken ganz ins Heiligthum
Des Kelches, still, bewegungslos;
Es haucht kein Lüftchen; alle Dinge
Ruhn, glänzen, schweigen regungslos,
Nur leise zittert seine Schwinge.

Als nun aufs Knie der Priester fällt
Und hinter ihm der Frater schellt,
Das klingt so hohl, so blechern grelle
Wie von der Trift der Leitkuh Schelle.
Herr Nithart schlägt die Orgel heut;
Vom heiligen Chor doch brausen nieder
Nur seine Buhl- und Schelmenlieder,
Der Sänger ist wohl arg zerstreut.
Vom Rauchfaß, das ein Bruder schwingt,
Ein schnöder Stank den Raum durchdringt,
Als glömmen auf den rothen Kohlen
Anstatt des Weihrauchs alte Sohlen.
Der Abt erhebt sich zum Gebet,
Da liegt das Meßbuch ganz verdreht,
Die Ministranten mit Behagen
An Wurst und feistem Braten nagen
Und füllen auf dem Altartisch

Mit Wein die mächtigen Humpen frisch.
Zum Himmel will's den Blick ihm reißen,
Doch sieht er, was sein Aug' nicht glaubt:
Dort nickt bedeckt mit einer weißen
Schlafmütze selbst Gottvaters Haupt!
Ein Narrenfest umtost, umrankt
Rings um und um die heilige Handlung,
Nur Abt Rudwin nicht zuckt, nicht schwankt
Und lauscht allein der Gotteswandlung;
Um seinen Mund kein Lächeln spielt,
Aus seinem Aug' kein Zornblick' zielt.
So ragt aufrecht der Priestergreis,
Wie über nebelwirrem Thale,
Das Haupt getaucht in Gottesstrahle,
Des Alpen=Mönchs erhabnes Eis.

Und als er nun, zum Volk sich wendend,
Das Dominus vobiscum spricht,
Da steht vor ihm, das Auge blendend,
Die närrische Gemeine dicht,
Die Heiligensäulen an den Gängen
Das Haupt bedeckt mit Schellenhüten,
Der Fastnachtskränze grelle Blüthen,
Die an den Kirchenfahnen hängen;
Lai'nbrüder, die in Stolabändern
Und umgekehrten Meßgewändern,
Geschminkt die Wangen bunt und Stirnen,
Im Chorgestühl mit leichten Dirnen
Ein Würfelspiel, ein Kartenschlagen,
Wer weiß um welche Preise, wagen;
Ein Frater auf die Kanzel steigt,
Verbeugt sich, räuspert sich und — schweigt
Und äfft Geberden, zieht Grimassen,
Sein Volk scheint's trefflich aufzufassen.

Dem Prior leuchten froh die Züge,
Denn seiner Ehrsucht ward Genüge,
Da er gewählt zum Bischof hier,
Ob Bischof auch der Narr'n und Gecken,
Ob auch die Inful nur Papier,
Sein Hirtenstab ein Haselstecken!
Nur frater Büchermaler senkt
Sein traurig Haupt in stillen Qualen,
Weil er an Heimgelaſſ'nes denkt,
Aus Bibelbuch, das er soll malen,
Zumeist an jenen Initialen,
Drin Eva's Bildniß vor dem Falle,
Umrahmt von dunkler Laubenhalle;
Er sieht allorts das süße Weib,
Die runden Brüstlein, den weißen Leib!
Hier blinzt aus zarter Nonnentracht
Manch altes, rothes Mönchsgesicht;
Dazwischen weiblich zart und licht
Ein jung Novizenantlitz lacht,
Das Haupt verhüllt im Schleiertuch;
Er liest als Festbrevier das Buch
Des losen Troubadours Vidal;
Da flammt manch süßer Gnadenstrahl,
In jeder Stroph' als Canon klingt's,
Respons und Antiphone singt's:
„Es lebt in Elend qualenvoll,
Wer, was er liebt, nicht sehen soll!"
Der Abt in feierlicher Strenge
Ragt segensprechend aus der Menge,
Aufrecht das Haupt, die Stirne rein,
Die Arme breitend ohne Wanken,
Wie aus dem Taumel wilder Ranken
Ein leuchtend Kreuz von blankem Stein.

So ragt auch durch die Zeit, die schwanke,
Aufrecht ein ewiger Gedanke;
Ob ihr ihn Freiheit, Liebe heißt,
Ob Ehre, Recht, ob Glauben, Geist,
Kein Zerrbild taumelnder Gesellen
Wird sein ureigen Licht entstellen.
Die Brust, die durch die Welt ihn trägt,
Geht, unverwundbar blödem Spotte,
In stolzem Schweigen durch die Rotte,
Bewußt des Gottes, den sie hegt.
Vorahnend stellte dieß zur Schau
Der Meister in des Münsters Bau,
Als er in den Granit gegossen
Den ragendsten all' seiner Gedanken
Und doch ihn willig ließ umranken
Von Witz und Scherz in steinernen Possen;
Nur wer das Ganze kann erfassen,
Dem tönt die Harmonie der Massen,
Und unabwendbar muß er lauschen
Des Menschengeistes seligem Rauschen.

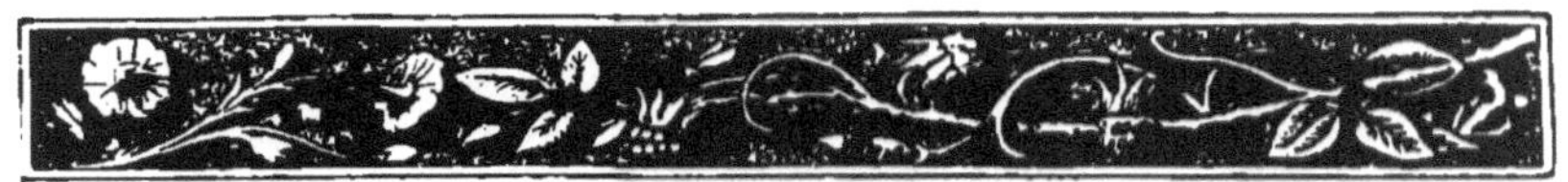

Im Pfarrhause.

Nachtgedanken.

Die Nacht ist hell; im stillen Raume
Ist nur der Sterne Flimmern rege,
Als ob am schattigen Himmelsbaume
Das goldne Laub sich leis bewege.
Am Fenster noch Pfaff Wigand wacht
Und blickt hinaus zur Sternennacht
Und auf sein Kirchlein, hart am Wege,
In Schweigen ruhn die Weg' und Stege,
Nur hörbar ist der Donau Gleiten,
Zu rauschen scheint der Strom der Zeiten.

Schwarz zeichnen sich im Lichtgefild
Der Kirche dunkle, harte Massen,
Draus nur der karge Strahl des blassen,
Einsamen Lämpchens spärlich quillt.
„Erlisch, o Lampe, da dein Funkeln
Doch nicht erhellt die ewige Nacht,
Dein peinlich Kämpfen mit dem Dunkeln
Nur mehrt des Dunkels Uebermacht!
Schließt euch, ihr Pforten, daß verfallen

Ich fürder nicht dem finstern Bann,
Zu lehren in den Gotteshallen,
Was selber ich nicht glauben kann.
Je mehr ich mich in Gott versenke,
So wilder schwingt des Zweifels Welle,
Mein Senkblei, das ins Meer ich lenke,
Erreicht nicht seine tiefste Stelle.
Doch muß ich stolzen Trost's mir künden:
Ein beßrer Faden wird's ergründen!
Wo wohnst du, Herr? Die Priester sagen:
Im Wonnehain Unendlichkeit!
Und dehn' ich auch die Räume weit
Zu endlos ungemeß'nen Hagen,
Doch find' ich Ort noch für die Planke;
Und wieder rück' ich keine Schranke
So fern hinaus, die der Gedanke
In keckem Schwung nicht überspringe!
Ein Ring ohn' End' und Anbeginn
In sich begrenzt endlose Schlinge!
Doch selbst im Ring ist Doppelsinn:
Ist er der goldne Reif dem Finger,
Ein himmlisches Verlöbniß reifend,
Der eh'rne Ring der Kette, schleifend?
In Knechtschaft allzudreiste Ringer?
Bist du der Schmerz, bist du die Nacht?
Bist du die Freude, bist du das Tagen?
Verschwendest du die Weltenpracht
Zum Selbstertödten und Entsagen?
Bist du der Arzt, der alle Wunden
Am glüh'nden Eisen meint gesunden?
Heilt Schmerz den Schmerz und Tod den Tod?
Schämst du des Tages dich, der loht?
Und ist der Tod die Schlummernacht,
Die zwischen zweien Tagen liegt,

Vom Abendrothe eingewiegt,
Vom Morgenroth zu Häuptern bewacht?
Gehört sie einem nur, nicht Beiden?
Dem frühern, daß sie seine Leiden
Verhüll' in liebliches Vergessen?
Dem künft'gen, daß für sein Beginnen
Die Schläfer frische Kraft gewinnen?
Doch ist, wie wir's gelehrt vermessen,
Nur Tod das Tagen, Nacht das Leben,
Laß süßen Traum die Nacht umschweben!
Wie soll zu künftigen Tageswerken
Schlaflose Kummernacht mich stärken?
Und um der Kirche Qualgebote,
Verneint vom Leben, frag' ich Todte;
Die Blumenwacht am Grab doch ruft:
Ergründ' erst mich und meinen Duft!
Ins tiefste Dunkel dieser Nacht
Will meine Seele fragend dringen
Und taucht und ringt empor mit Macht,
Ein Wandervogel auf Sehnsuchtschwingen;
Doch ist sein Flug zur düstern Ferne
Umstellt vom Strahlennetz der Sterne!
Drin hat das Vöglein sich verfangen
Und sitzt auf goldnen Kerkerstangen,
Die rings die Welt umgittern dicht,
Und singt: „Im Anfang war das Licht!"

Pfaff Wigand spricht's im Sternenschein,
Mit sich und seiner Seel' allein.
Vor ihm auf lichtem Sterngefild
Stehn schwarz der Kirche dunkle Massen,
Draus nur der karge Strahl des blassen,
Einsamen Lämpchens spärlich quillt.
Da sieht er aus dem Kirchlein wallen

Verspätet fromm ein Mütterlein;
Ihr hat das blasse Lämpchen allein
Mit Glanz erfüllt die düstern Hallen,
Daß selbst das helle Sterngefunkel
Vor seinem milden Leuchten schwand
Und vor den Bogenfenstern stand
Als undurchdringlich schwarzes Dunkel.
Und mildern Sinnes denkt Wigand:
„Ich will doch nicht die Pforten schließen,
Ich will doch Oel ins Lämpchen gießen."

Die neue Fahne.

„O haltet das Symbol mir werth,
So ihr das Wesen selber ehrt!
Drum läßt die Braut im Ehrenkranz
Nur auserles'ne Blüthen prangen,
Weil er der Wonnen Widerglanz,
Die sie will geben und empfangen.
Drum wallt das Reichspanier zum Streit
Im reichsten Schmuck des Fahnenbandes,
Weil in ihm rauscht gesammten Landes
Gewalt und Ruhm und Herrlichkeit.
So flatt're über euren Bahnen
Der Flügelschlag der Kirchenfahnen,
Als rühre Schwingen euer Glaube,
Des Paradieses lichte Taube.
O denkt daran und laßt euch mahnen,
Daß euer Täublein flügellos;
Der Fahnenschaft ist kahl und bloß,
O kauft der Kirche neue Fahnen!"
Pfaff Wigand predigt's der Gemeine,
Doch spricht er nur ans Ohr des Winds;

Der Richter denkt beim Abendweine:
„Wie Gold, geschmolzen, funkelnd rinnt's,
Die schönsten Fahnenbräme sind's!"
Im Tanz der Bursch die Dirne wiegt,
Die Bänder flattern, die Schürze fliegt:
„Heisa, wie lustig rauschen und wallen
Die Fahnen, die mir die liebsten von allen!"
Zinsmeister meint: „Wenn Pfaff Wigand,
Der Blumenfreund, der Sohn des Lichts,
Zum Schaft ein Blüthensträußlein band
Und dann es segnet mit frommer Hand,
Läßt's auch ganz schön und kostet nichts!"
So kam's, daß in den Kirchenmauern
Noch fahnenlos die Schäfte trauern.

Auch Wigand trauert grambefallen,
Selbst durch sein Träumen geht bei Nacht
Ein unstät Flattern, Wehn und Wallen,
Das ihn wie Zugwind kalt umfacht;
Wie fahnenlose Lanzenstangen
Durchbohrt sein Herz ein stechend Bangen,
Bis er am Morgenstrahl erwacht.
Ha, noch am Tag Dämonenhaftes!
Das erste Kleidstück, das er suche,
Dort hängt's am Kreuz des Ständerschaftes,
Ein Fahngespenst von schwarzem Tuche!
Nach Bannerart zweispaltig geschnitten,
Ragt's dunkel in des Fensters Mitten,
Will's wallend, flatternd sich entrollen,
Vom Glorienschein des Tags umquollen.
Die derbe Wahrheit gibt's zu lesen:
Der Pfaff ist ein zweibeinig Wesen.

's ist Osterzeit; Lenzlüfte locken
Die Kirche selbst zu grünen Bahnen,

Sie flieht die düst'ren Hallen erschrocken,
Es faßt sie ihres Dunkels ein Ahnen.
In langem Festzug trägt sie Fahnen,
Monstranzen, Priesterkleider, Glocken
Und Kreuze selbst hinaus ins Freie,
Daß Lenz ihr die Kleinode weihe;
Singt, ihm zu huldigen, Bundespsalme
Und trägt als Schmuck sein Zeichen, die Palme,
Wann der Verjüngung Hauch berührt
Die Blüthenseele, das Lerchenherz,
Das Knospenaug', — die Kirche spürt
Mitflingen auch ihr heilig Erz.
Sie möchte wie die Blumen sein,
Drum streut sie lieblich in die Luft
Des Weihrauchharzes milden Duft,
Den Balsamhauch der Spezerei'n
Und öffnet freudig Kelch und Schalen;
Sie möchte sein dem Lichtstrahl gleich,
Drum läßt in allen Händen reich
Sie Fackeln flammen, Kerzen strahlen;
Sie möchte wie der Vogel sein,
Drum stimmt sie mit Gesängen ein,
Mit Orgelschall und Glockenklingen
Und rührt der Fahnen bunte Schwingen!

In Wigands Kirche sammelt sich,
Dem Zug sich ordnend, die Gemeine;
Spielleute stimmen mit scharfem Strich
Die Fiedeln erst zum Klangvereine,
Chorknaben schwingen keck im Kreise
Rauchbecken loh zum Funkentanze,
Der Pfarrer faßt in Linnen leise
Und prüft die Schwere der Monstranze,
Fahnträger fügt zum heißen Gange

Ins Tragband fest die Fahnenstange;
Ein neues Banner hängt am Schaft,
Doch dunkel schwankt es, schattenhaft
Im Düster noch der Kirchenhallen.
Ein Fragen und Sagen beginnt zu wallen:
„Ist's über Nacht vom Himmel gefallen
Nach der Prophetenmäntel Art?"
„Wer ist der Geber fromm und zart?"
„Wohl Wigand selbst! Sein eignes Sparen
Will uns vor Schmach der Kargheit wahren."
Der Tadel auch sich leise regt:
„Zu dunkelfarb scheint der Damast,
Auch fehlt von Gold noch Saum und Quast."
Jetzt tönt Gesang. Der Zug bewegt
Ins Freie sich, paarweis ergossen,
Der Mann, der hoch das Banner trägt,
Zieht durch die Pforten, weit erschlossen,
Durch die von außen Tageslicht
In Strömen hellsten Glanzes bricht.
Da schwebt am Schaft im Lichtportale,
Erkennbar jedem Augenstrahle,
Das Ungethüm paniergestaltig,
Aus schwarzem Tuche, doppelspaltig
Und läßt die derbe Wahrheit lesen:
Der Pfaff ist ein zweibeinig Wesen!
Ein Grollen braust durchs Volk gewaltig:
„Seht, Meister, euren Kranz von Rosen!
O seht des Pfarrers schwarze — —" „Stille!"
Gebot des Richters strenger Wille,
Beschwichtigend das Zornestosen.
„Doch ihr, Herr Pfaff, gedenkt ihr wohl
Noch eurer Predigt vom Symbol,
Von Taube, Kranz und Landesfahnen?
Soll uns daran auch dieses mahnen?"

Doch Wigand lacht: „Schwebt dort am Stabe
Kein Täubchen, nun, so ist's ein Rabe;
Und ist's kein Kranz in lichter Zier,
So ist's ein dunkler Trauerschleier;
Ist's nicht das helle Reichspanier,
So ist's sein schwarzer Wappengeier!
Wie euer Glaube karg und hohl,
So wählt' ich ihm auch das Symbol;
Zieht hin und laßt es besser werden.
Das merkt: die leergewordne Stelle,
Wo einst das Heilige wohnt' auf Erden,
Besetze Heiliges, Edles schnelle,
Daß nie das Gemeine, Niederträcht'ge
Verlaß'nen Heiligthums sich bemächt'ge."
Zinsmeister drauf begann die Fehde
Mit rauhem Ton und scharfer Rede:
„Ei, Freund der Blumen und des Lichts,
In diesem Schmuck des Fahnenschaftes,
Wie sehr ich suche, find' ich nichts
Lichtfreundliches und Blumenhaftes!"
Doch ernst sprach Wigand: „Wenn ihr kränkt
Traumhafte, weiche Seelen, denkt:
Solch eine Seele gleicht dem Schwerte,
Das Edens Pförtner einst bewehrte.
Lichtgeister haben statt aus Stahle
Die leichte, körperlose Klinge
Geschmiedet blank aus luftigem Strahle,
Den schmucken Griff, der leicht sie schwinge,
Kunstreich aus Sternengold getrieben;
Und Bienenschwärme, Vöglein stieben
Gefahrlos durch die luftige Schneide,
Sie mäht kein Blümlein auf der Haide
Und mit ihr, unbeschadet, spielen
Die muntern Himmelskinder frei;

Doch wenn des Schwertes Hiebe fielen
Auf ird'schen Leib, gab's ird'sche Schwielen."

Begütigend doch fügt er bei:
„Will euch die Fahne nicht behagen,
Kann ich getrost sie selber tragen."

Hoher Besuch.

Ans Pfarrhaus kam ein Bote trabend,
Besuch der jungen Herzogin
Zu melden für den nächsten Abend;
Herrn Wigand gibt's nicht freudigen Sinn.
Zum Kellerraum stürzt er in Hast,
Springt mit dem Heber von Faß zu Faß;
Doch keines beut so edles Naß,
Daß er's kredenze solchem Gast;
Zum Garten dann in emsiger Flucht
Und schüttelt rings von Baum zu Baume;
So tadellos scheint keine Frucht,
Daß er sie biete solchem Gaume.
Er späht in Hühnerschlag und Koben,
Ob sich kein Bratenstück dort mäste;
So rund und feist ist keins zu loben,
Das prunken könnt' an solchem Feste.
Er wühlt im Schacht des Linnenschreines,
Ob eins zur Tafelhülle tauge;
So fein und blendend dünkt ihm keines,
Daß sich's entrolle vor solchem Auge.
So blieb das Tischlein ungedeckt,
Der Spieß am Heerde unbesteckt.
Man dächte schier all' irdische Speise
Verpönt in dieses Pfarrhofs Kreise;

Doch beſſ're Zeiten läßt errathen
Im Haus die Refectorienluft:
Mysterienhaft gemengter Duft
Von Weihrauch und von Ferkelbraten.

Pfaff Wigand ſeufzt beklommen faſt:
„Wenn fürſtlicher Beſuch im Hauſe
Der Armut Einkehr hält als Gaſt,
Wenn Hoheit huldvoll ſich zur Raſt
Herabläßt zu des Niedern Klauſe,
Mich mahnt's, wie wenn die prächtigen Schloſſen
Zu ſchlichtem Korn herab ſich laſſen;
Wie wenn Blitzſtrahle, glanzumfloſſen,
Den Sitz auf niedrem Strohdach faſſen;
Wie wenn ſich zu den Blüthenbäumen
Schneewolken neigen zum Beſuch,
Es ſinkt auf warmes Erdenträumen
Der Höh'n erkaltend Leichentuch.“

Doch lieblich wie ein Maienſtrahl
Eintrat des Herzogs jung Gemahl,
Das Grüßen ihres Mundes klang
Wie aus den Höh'n der Lerche Sang,
Das Neigen ihres Hauptes war,
Als neige ſich im Frühlingshauch
Ein blüthenlichter Roſenſtrauch
Zu ſchlichter Haideblumenſchaar.
Es folgen, wie den Maientagen
Sommer und Herbſt mit reichen Gaben,
Der hohen Frau zwei Edelknaben,
Die Körbe, ſchwer von Früchten, tragen.
Da iſt die blaue, runde Pflaume,
Die Sinnbildfrucht der nordiſchen Nacht,
Die hier in Form auf einem Baume

Ihr dunkelblaues Rund gebracht.
Dort der Orange dunkles Gold,
Der Feenball der Südensonnen,
Die ihren Strahl zu Fäden gesponnen
Und schön zu goldnem Knäul gerollt.
Der Pfirsich hier, wie Kinderwangen
Mit frischer Röthe, sammt'nem Flaum,
Gemahnt wie nach dem Kindheittraum
Ein schönverkörpert Rückverlangen.
Dort ist ein Krug mit dunklem Wein,
Man sollt' ihn kaum so lieblich wähnen,
Sein Name mahnt an blutige Thränen,
Lacrymä Christi, blutiger Schein!
Doch Zechern soll er Mahnung sein,
Daß unsres Lebens vollste Welle
Oft nur aus fremden Thränen quelle.
Den Krug entsiegelt Wigand zart:
„Grab' aus vesuvischer Asche, grabe,
O welscher Winzer, uns zur Labe
Manch Thränenfläschchen solcher Art!"

Die Fraue sprach: „Nun aber lodre
Hell im Kamin der Flammenschein,
Daß Speis' und Trank erst recht gedeih'n,
Daß nicht im Mund das Wort vermodre!
Gesellig ist des Feuers Geist;
Stockt eure Rede, spricht statt euer
Mit Flüstern, Knistern gern das Feuer,
Wißt ihr kein Lied, für euch singt's dreist;
Es weiß zu jauchzen, weiß zu stöhnen,
Jed' Fühlen liegt in seinen Tönen;
Verarmt ihr an Gedanken gleich,
Das Feuer hilft gedankenreich;
Ließt ihr zu Grab Erinn'rung gehn,

Das Feuer läßt sie auferstehn.
O starr' ins Flammenspiel hinein,
Du find'st darin dein All und Sein!
Liebst du des Waldes schöne Hallen,
Horch auf, du hörst darin ihr Säuseln,
Siehst Flammen auch wie Laub sich kräuseln
Und flockige Wipfel wanken und wallen;
Wohl gar ein Vöglein findet sich auch,
Das zwitschernd flattert im Flammenstrauch.
Fuhrst du zu Meer, sieh, feurige Wellen
Drin zischen und branden, ebben und schwellen;
Die Windsbraut hörst du ächzend klagen,
Siehst, wie ein Wrack, am Riff zerschlagen,
Aus Feuerfluth die Scheiter ragen.
Freut, Landmann, dich's, im Korn zu gehen,
Du siehst drin goldne Garben wehen
Mit blauen Flämmchen, rothen Funken,
Wie mit Kornblum' und Feldmohn prunken;
Du hörst's darin, willst du nur lauschen,
Genau wie Sommerregen rauschen.
Hat eine Mutter ihr Kind verloren,
In Flammen wird ihr's neu geboren;
Das schaukelt lind wie eine Wiege,
Als ob darin ihr Kindlein liege,
Das athmet wie sein Schlummerhauch,
Glüht rosig wie sein Wänglein auch,
Das wallt so golden wie seine Locken,
Flammt wie sein Aug' in blauem Schein;
Sie horcht bewegt, — sogar das Schrei'n
Des Kindes hört sie süß erschrocken! —
O laßt aufs Knie die Heiden fallen,
Sie sah'n den Gott im Feuer wallen
Und Gaben ausstreun Allen, Allen,
Der Ehrsucht selbst den Purpurschimmer,

Der Habsucht den metallnen Flimmer.
Das Feu'r ist Leben! Ewig Gähren
Und Ringen, Fluthen, Sichselbstverzehren!
Ein ewig Hungern, ewig Naschen,
Ein stät Entflattern und sich Haschen!
Und all' des Glühns und Glänzens Ende?
Ach, eine Handvoll weißer Aschen,
Das Sterbehemd der Lebensbrände.
Drum, Wigand, laßt erglimmen den Span,
Und facht die hellen Flammen an!"

Sprach Wigand drauf: „O Armut bitter!
Auf meinem Holzhof ist kein Splitter!
Traun, daß die Flamme würdig euer,
Trüg' ich Gewürz und Zimmt zusammen,
Wie für des Sonnenvogels Flammen,
Und stieg' als Phönix selbst ins Feuer.
Nicht also! Beßres fällt mir ein,
Viel edler soll die Flamme sein!"

Er läuft zur Kirch' und bringt alsbald
Von dort vier Männer ungestalt,
Ein Arm zu lang, ein Rumpf zu zart,
Zu kurz ein Bein, zu breit ein Kopf;
Er führt sie nicht mit feinster Art,
Den einen hält er rechts am Bart,
Den Andern trägt er links am Schopf,
Zwei Andre unter den Armen stolz;
Die Männer sind allsammt von Holz.
Nochmals hinab zur Kirche springt er,
Und andre vier Gestalten bringt er,
Enteilt aufs Neu in hastigem Lauf
Und trägt die letzten Vier herauf.
Den glimmen Span zu Flammen schwingt er,

Faßt dann ein Männlein nach dem andern
Und läßt sie all' in den Ofen wandern:
„Jakobchen, fein dich rück' und bücke,
Daß dir's nicht auf die Glatze drücke!
Gestrenger Paul, laß dich's nicht härmen,
Einmal ein Frauenherz zu wärmen!
Thoms, leg' die Hand zum Feuerschlunde,
Und prüf', ob's brennt, — wie jene Wunde!
Ach, um dein schön Alumnenkleid,
Sanfter Johannes, thut mir's leid!
Laß sehn doch, Peter, ob der Brand
Die Schlüssel schmilzt in deiner Hand?
Seht Felsen=Peters neu Mirakel:
Ein Felsen brennt wie eine Fackel!"
So trieb er's fort, bis die zwölf Boten
Hellauf in goldnen Flammen lohten.
Ihr heilig Haupt umleuchtet prächtig
Ein neuer wallender Glorienschein;
Ein andres Pfingsten scheint's zu sein,
Die Stirnen sprühn von Funken mächtig,
Ein tönend Brausen ist erklungen,
Als sprächen sie in allen Zungen.

Doch mild verweist die Herzogin:
„Das nenn' ich sündigen Beginn,
Das Gute schleudern in die Flamme,
Unwissend, wo das Beff're stamme;
Die alten Götter wild zerschlagen,
Bevor im Haus die neuen ragen.
Weh Jedem, unter dessen Dache
Kein liebes Heiligthum hält Wache!"

Drauf Wigand spricht: „Uebt milde Rache!
Mir kam ein Traum, und nicht vom Bösen,

Schon harre unter eurem Dache
Die heil'ge Mannschaft, abzulösen
Der alten Krüppelmänner Wache.
Der Traum ist leicht euch auszulegen:
Ihr werdet bald von Künstlerhänden
Uns neue zwölf Apostel senden;
Nur laßt nebstbei die heiligen Streiter
Auflesen unterwegs die Scheiter
Im Herzogswald, im Buchenhagen,
Und sie auf meinen Holzhof tragen."

Die holde Frau Gewährung lächelt.
Uns aber mahnt das Wort des Pfaffen
Der fernen Zeit, als laubumfächelt
Die Glaubensboten in Waldesgängen
Noch schritten, Reisig aufzuraffen;
Im Ohr blieb mancher von den Klängen,
Am Kleide manche Blüthe hängen,
Manch grünes Blatt an ihren Reisern.
So trugen sie zu dumpfen Häusern
Den frischen Hauch, den würzigen Duft,
Die sonnenwarme Lebensluft.

Ein Sterbender.

In dunkler Nacht ein Jäger bringt
Ins stille Pfarrhaus rasch die Kunde:
"Waldbruder mit dem Tode ringt,
Verlassen, tief im Tannengrunde."

Zwei Männer ziehn durch Nebelfeuchte,
Herr Wigand trägt den Leib des Herrn,

Der Meßner das Glöcklein und die Leuchte;
So schritten sie in Nacht; es deuchte
Von fern ein klingender, wandelnder Stern.
Schier zauberisch lenkt in Waldesschweigen
Dieß grelle Licht, dieß schrille Klingeln
Durch Büsche, die sich schlummernd neigen,
Auf Wurzeln, die sich träumerisch ringeln;
Da überkommt die Waldesbahnen
Ein rasches, kurzes Tagesahnen,
Der Baum, auf den das Streiflicht sprüht,
Will Ast und Wipfel freudig strecken,
Als hätt' ihn Frühroth angeglüht;
Waldvöglein, das die Klänge wecken,
Durchwühlt sein sträubend Flaumgefieder
Und sinnt auf frische Morgenlieder,
Ihm ward, als klänge Tagesläuten;
Waldblumen öffnen den Pokal,
Zu goldnem Frühtrank zu erbeuten
Den Thau, kredenzt vom Morgenstrahl.
Am schwanken Licht, am flüchtigen Klang
Erwachte Keimen, Blühn, Gesang;
Doch Licht und Klang schwand in den Zweigen,
Und Alles kehrt in Nacht und Schweigen.

Herr Wigand eilt durchs Waldesthal:
„O käm' ich selbst wie solch ein Strahl
Zum Sterbenden, ihm noch zu zeigen
Im hellen Streiflicht all' sein Glück,
Sein irdisch Blühn, bevor ins Schweigen
Der ewigen Nacht er sinkt zurück!
Mein freudig Priesterherz nicht zage
Selbst an den Pforten der Ewigkeit
Zu mahnen an die goldnen Tage
Der flüchtigen Erdenseligkeit;

So wird voran der Seele wallen
Als Leuchte in die dunklen Hallen
Ihr eigner funkelnder Lebensstern.
Wo ein gesunder Lebenskern
In Freiheit sich entfalten konnte,
Dem lächeln selbst im Blätterfall
Die Blüthen schönern Daseins all',
In dessen Glanz er sich einst sonnte.
Drum sprich dem kranken Pflüger treu
Vom Gold der Aehren, die sich neigen,
Er schläft dann ein wie im duftigen Heu
Am Erntefest beim Schall der Geigen.
Dem Gaukler rede noch vor'm Grab
Vom Schwindelseil, vom Bühnengepränge,
Dann ist sein Tod, als trät' er ab
Im Beifallrauschen der klatschenden Menge.
Dem Schiffer sprich vom Ozeane,
Vom Wogenschlag, von Rudrersiegen;
Entschlummern wird er, wie im Kahne,
Den flüsternde Wellen ans Jenseits wiegen.
Dem Freier, der zum Sterben kam,
O red' ihm von Kuß und Ring und Locken;
Das löst sein Herz so wundersam,
Als ging's zum Dom bei Hochzeitglocken.
So soll der kranke Eremite
Der blühenden Einsamkeit noch lauschen;
Er wallt hinüber dann, als schritte
Er sinnend durch das Waldesrauschen."

Den Bildern, die er wecken will,
Wie zum Symbol pflückt Wigand still
Waldblumen, die im Dämmer schwanken,
Der Wildniß lieblichste Gedanken.

Wie eine Seele weltverdrossen,
In eigne Tiefen streng verschlossen,
Barg tief im Waldgrund sich die Zelle.
Die wilde Rebe klimmend umspannt
Das Fensterlein und dämpft die Helle,
Die fahl durch matte Scheiben bricht;
So legt auch Scham die bergende Hand
Vors Antlitz, das durchs Auge nicht
Das innere Fühlen sich offenbare.
Die Reue nur baut solche Verstecke,
Daß durch die undurchdrungne Hecke
Kein Lichtstrahl scharfer Mahnung fahre.

Sie treten ein. Kein Bibelspruch
Grüßt von der Wand; da liegt kein Buch,
Kein Rosenkranz, kein Weihbrunnbecken;
Das einzige Kreuzbild ist ein Schwert,
Um das trophäengleich sich strecken
Manch alte Waffen rostverzehrt,
Kampfschärpen dran, verblaßt, bestaubt,
Festkränze, fahl und halbentlaubt.
Vom Prunkgeräth der dunklen Wand
Bis an das Bett des Siedlers spannt
Die Spinne ihre feine Schlinge;
So spinnt wohl auch das Herz des Kranken
Nur leise Fäden der Gedanken
An jene welken, eitlen Dinge.

Pfaff Wigand senkt die Blicke nieder
Zum Sterbenden im Mönchsgewand,
— Dieß Antlitz dünkt ihm fast bekannt, —
Und dann auf seine Blumen wieder,
Als ob er in dem Straußgewinde
Den Spruchtext seiner Rede finde:

„O laß durch grüne Waldeshallen
Noch einmal deine Seele wallen,
Als schritt'st du hin im Morgenscheine,
Sein Gold umrief'le Laub und Schaft,
Der Eichbaum taufe priesterhaft
Mit Thau die Gräser und die Steine,
Des Waldes Tagwerk hold beginne
Mit Blühn und Rauschen, Sang und Minne
Der Finke Morgengrüße stammle.
Wie wird dein Herz so weich, so weit!
O schöner Gang! Noch einmal sammle
Die Blumen deiner Einsamkeit.
Da ist die tiefe Selbstbetrachtung,
Der Wildniß hold, wie Erdbeerblüthe,
Daß sie die eigne Frucht ihr hüte;
Da ist die strenge Weltverachtung,
Dem Geisblatt gleich, das Farbenpracht
Und Duft verbarg in Waldesnacht;
Da ist der beflügelte Gottgedanke,
Der wie die wilde Hopfenranke
Vom dunklen Grund durchs Wipfeldicht
Empor sich schwingt ins goldne Licht,
Zu Wolkenflug und Sonn' und Stern!
Wo ein gesunder Lebenskern
In Freiheit sich entfalten konnte,
Dem lächeln selbst im Blätterfall
Die Blüthen schönern Daseins all,
In dessen Glanz er sich einst sonnte."

Der Siedler drauf kopfschüttelnd spricht:
„Mein Leben war die Pflanze nicht,
Die freudigen Wuchses sprießt zum Licht;
Der Keim war welk, bevor entfaltet,
Das Dasein todt, bevor erkaltet.

Ich war, dieß Wort mag Alles sagen,
Ein Fürstendiener in frühern Tagen;
Ich war, wie jener Lanzenschaft,
Ein Werkzeug nur für fremde Kraft;
Sei auch die Hand stark und gerecht,
Die ihn geführt, doch muß er klagen:
Er könnte grün und ungeschwächt
Der schönste Baum des Waldes ragen!
Ich war der Seidenschärpe gleich,
Nur Hülle für ein fremdes Herz;
Sei dieses Herz auch mild und reich,
Doch rauscht durch sie ein tiefer Schmerz
Der Seelen all' der Schmetterlinge,
Die nicht entfaltet ihre Schwinge.
Der Dunstraum einer prunkenden Gruft
Dünkt' eine Zeit mir Lebensluft.
O Freiheit, als mir ward ein Zeichen,
Wie brach ich in mein Nichts zusammen,
Gleichwie geschminkte Königsleichen
Zerfallen an den Sonnenflammen!
Kein Teppich, drauf ich weichlich walle,
Ist mir die Einsamkeit, sie falle
Als dunkler Vorhang, wie um Särge,
Der mich der Welt, die Welt mir berge.
Sie war die düstre Kerkerhalle,
In die ich, strafend, selbst mich bannte,
Daß ich zu spät das Sein erkannte."

Von Wigands Mund ein Trostwort fließt:
„Nicht nur der Baum, der einzeln sprießt,
Mag sich nach freiem Drang entfalten;
Es keimt in gleich gesundem Walten
Die Ranke auch, die ihn umschließt."

Da seufzt der mönchgewordne Ritter,
Rafft sich empor und lächelt bitter:
„Ein Mann, ein Hund zusammen reisen,
Der Mann gradaus auf gebahntem Wege,
Der Hund seitum durch Feld und Stege,
Umzirkend ihn in hundert Kreisen.
Und zeichnest du im Sand die Bahnen,
Gradzeilig wird dich jene gemahnen
Wie Stab und Pfahl, doch diese schwanke
Wie die um ihn geschlungne Ranke;
Solch eine Ranke war mein Leben!
Kommt dann das Hündlein einst zu sterben,
Das weiche Fell, sein Herr wird's erben;
Ein tüchtig Handschuhpaar soll's geben.
Da scheint's, dem Handschuh selbst vermähle
Sich noch des treuen Thieres Seele;
Das ist ein lindes Schmeicheln, Schmiegen,
Ein treu Umzirken der Gelenke,
Daß man der Theile Winden und Biegen
Schier ein genähtes Wedeln denke;
Dem Wink der Herrenhand ergeben,
Gleich folgsam gilt es, ohne Zieren,
Schwert oder Festkranz apportiren.
Und solch ein Handschuh war mein Leben!
Ich schleudr' ihn, nun das Herz mir bricht,
Der feigen Welt ins Angesicht."

Da fiel zurück das Haupt des Kranken,
Aus Wigands Hand die Blumen sanken.

Der Mann, erkrankt am Weh der Zeit,
Geht sterben tief in Einsamkeit,
Ein wunder Hirsch, auf daß die Föhre
Der Wildniß nur sein Röcheln höre.

— ◦•• —

Ein Winzerfest.

Herbstgefühle.

O Herbst, in deinen lichteren Tagen,
In deinem sonnigen Behagen,
In deiner stillen, tiefen Klarheit,
Mir bist du Bild und Zeit der Wahrheit;
Zeigst scharf wie sie, bist mild und weich
Und doch erbarmungslos zugleich!
Daß seine Nacktheit sichtbar werde,
Entschleierst du den Leib der Erde,
Entreißest ihm den Kranz von Dolden,
Des Mummenprunks grünsammtne Fetzen,
Die Stickerei'n von Aehren golden,
Fast Wonnen wandelnd in Entsetzen.
Hinfällig deinem Hauch zerfallen
Das Laubgetändel, die Blüthenspiele,
Wie rauhe Wahrheit weist er Allen
Die nackten Stämme, dürren Stiele;
Und so verwehn in Herzen auch
Scheinfreuden an der Wahrheit Hauch.
Nach Süden Wandervögel streichen,
Die aus den Büschen du gestoben,
Wie liebe Täuschungen entweichen,

Wenn rauhere Zeit sie will erproben.
Durch allen Raum geht ängstlich Beben,
Ein Niederflattern und Entschweben;
Dahin ist all das Tongemenge,
Das Blüthengewirr, das Keimgedränge,
Denn bleiben darf nur Echtes, Wahres,
Die schwere Erntefrucht des Jahres,
Du speicherst sie in Tennenräumen;
So aus zerstob'nen Lebensträumen
Gewinnt das Herz einst eine Aehre,
Ein Körnlein Wahrheit, dran es zehre.“

Pfaff Wigand denkt's, im Gartenbette
Zur Rast gelehnt auf seinen Spaten,
Mit rüstigem Werk den künftigen Saaten
Bereitet er die linde Stätte.
Die Linnenärmel aufgeschürzt,
Hat er die Schollen umgestürzt,
Vorpflückend seines Taglohns Zoll
Füllt er den Korb mit Trauben voll;
Des schwarzen Priesterrocks Gewicht
Hängt er auf einen Baum, daß nicht
Welttreiben den Geweihten gräme,
Der Heilige irdischen Werkfleiß lähme.
Der Ast scheint nicht so fromm gesinnt,
Er schwankt, bemüht ihn abzuschütteln;
Nicht also gläubig denkt der Wind,
Der nicht ermüdet, ihn zu rütteln;
Die Sonne hat, nicht gleich verschämt,
Sein Schwarz mit rothem Gold verbrämt,
Als ob es die Natur empöre,
Daß ihren Glanz ein Dunkel störe.

Dem Spiel sieht Wigand zu und spricht:
„Ein Wettkampf will das All' ergreifen,

Unholdes von sich abzustreifen;
Natur ist Freude, Glanz und Licht!
Dem Tod tritt sie mit Blühn entgegen,
Der Trauer mit dreifachem Segen,
Mißtönen mit des Wohllauts Beben,
Dem Welken mit urewigem Leben;
Schönheit ist selber ihr Schmerzenskrampf,
Ein Lächeln selbst ihr Todeskampf.
Hier auf dem Plan in meinem Garten
Stirbt jede Blume cäsargleich,
In ihren Blüthenmantel weich
Sich hüllend, ruhig zu erwarten,
Bis ihr ins Herz die Todesklingen,
Der Sonne Strahlendolche, dringen.
Die Erde, wund vom Pflügererz,
Strömt aus den Wunden göttlichhelle
Ihr goldnes Blut, die Garbenwelle;
Und bohrst du tiefer in ihr Herz,
Dich überschüttet ihr sprudelnder Zorn
Ein klarer, frischer, lebendiger Born,
Als räche sie ein munterer Scherz.
Sangmeister ist dem Schwan der Tod,
Und allen Zauber, alle Flammen
Faßt in den Scheideblick zusammen
Die Sonne, in ihr Abendroth.
Getret'ne Blumen strömen ihr Weh
In Düften süßer aus als je;
Ein Schlag macht stummes Erz erklingen,
Wie um dafür den Dank zu singen;
Der mächtige Strom geht mit Gesang
Durch Klippen seinen Todesgang.
Wer wird so göttergleich bestattet
Wie fern im Wald die dürre Eiche?
Ein grüner Schrein umschließt die Leiche,

Der Epheukranz, der sie umschattet;
Den Tod verschließt Natur vollständig
In einem Sarge, der lebendig.
Kein Räthsel ist, das sie nicht lichte,
Kein Leid, dem sie nicht Balsam trage.
O suche nur, o Herz, und frage
Um ihre lieblichen Berichte!
Unscheinbar lag die Reb' am Hang,
Wie Knochen und Gebein von Todten,
Ein dürres Zweiggeripp voll Knoten;
Doch Vater Noah schlich so lang
Um sie, bis aus der scheinbar todten
Der Feuerborn des Lebens sprang!
Und hat das Glück, die schöne Spröde,
Dem Freier ihren Korb gesandt,
Die Welt ringsum ist keine Oede,
Mit Blumen füll' er ihn zum Rand!
Du unerforscht, unnennbar Wesen,
Deß Priester und deß Kind ich bin,
Preist dich kein Blühn, nur das Verwesen?
Soll ich von deinen Büchern lesen
Nur jenes mit dem dunklen Sinn,
Nur jenes voll der Schmerzenskunde,
Doch dieses mit den lichten Lettern,
Voll Freudenbotschaft auf den Blättern,
Versiegeln meinem Sehermunde?"

Er hüllt die Brust, die blüthenvolle,
Ins Priesterkleid, als ob er wolle,
Daß auf die dreisten Lustgedanken,
Auf des Gefühls zu üppige Ranken
Ein schwarzes Bahrtuch dämpfend rolle;
Doch Herzen, die da glauben, sehen
Die Eingesargten einst erstehen.

Weinlese.

Ein Knabe sitzt am Weg im Staube
Und läßt sich munden eine Traube.
Ein schlichtes Bild, und doch zugleich
Wie deutungsschwer und farbenreich!
Ums Knabenantlitz fließt ein Glanz,
So seelenfroh, daß der Genuß
In Andacht sich verklären muß.
Die Traube wird zum Rosenkranz,
Die Beeren dran zu rundgedrehten
Korallenreihn; er will ihn ganz
In frommer Gier zu Ende beten.
Das Träublein in des Knaben Hand
Hält eine reiche Welt umspannt;
Dem Auge, das die Freude weiht,
Sind all' die Beerlein saftighelle,
Freudvolle kleine Weltenbälle,
Vom Freudengeist in Eins gereiht.
Ein Seraph, der die Sonnen pflückt,
Ist seine Hand, auf sie gezückt;
Doch, hat er abgebeert die Stämme,
Lockt keiner mehr die Seraphlippe,
Dann wirft er weg die dürren Kämme,
Das freudenleere Weltgerippe.
Die Beeren, die in reinen Kreisen
Die grünen Kämme dicht umgeben,
Sie gleichen dem Tanz, den Elfenweisen,
Die Nachts den Zauberbaum umschweben;
Jed' einzler Kreis so regelrund,
Das Ganze ein wirrer Knäuelbund!
Den Menschengeist an eigne Bahnen
Vorbildlich will solch Träublein mahnen,
Indem es Beer' an Beere reiht

Zum Doppelbild der Begeisterung:
Im einzlen Rund der schöne Schwung,
Im wirren Ganzen die Trunkenheit!
Die Traube trägt im engen Schooß,
Im kleinen Maß ihr künftig Loos,
Denn jede Beere ist ein Faß,
Vollauf gefüllt mit goldnem Naß;
Die naschenden Insekten hängen
Am Rand, vom süßen Born zu nippen,
So werden einst die Zecherlippen
Sich um die vollen Tonnen drängen;
Die Traube wölbt sich rund zum Keller
Voll süßer Fäßlein Muskateller.
Wenn je dein Auge das große Faß
In Neuburgs Klosterkeller maß,
Ist Hebrons Segen dir kein Wahn,
Die Traube Kalebs dir kein Märlein,
Du sahst ja selber dort das Beerlein
Der heiligen Traube von Kanaan.
Mich aber rührt das schlichte Bild
Im Herzensgrund mit Zaubern mild,
Ein Ahnen weckt's, das ich nicht hehle:
Es liegt im Lebenskeim der Traube
Ein Lichtberuf, ein ewiger Glaube
Und eine priesterhafte Seele.
Unstörbar saugt die kleinste Beere
Bei Tag, bei Nacht, bei Thau, bei Frost,
Bei Sternenschein, bei Sonnenkläre
Des Lichtes fromme Himmelskost,
Läßt sich nicht irren durch Wind und Regen
Und Falterflug und Wespenheere,
Allimmer sammelnd Gottessegen,
Schöpft Perlenschaum aus jeder Quelle,
Trinkt Klarheit selbst aus trüber Luft,

Schlürft aus den Blumen den feinsten Duft
Und aus der Nacht die Vollmondhelle,
Senkt tief die Wurzeln in den Schacht
Um lautres Gold, vom Gnom bewacht,
Nimmt in sich auf den Sonnengeist,
Der hoch im Feuerballe kreist,
Bis sich zu süßem Born geklärt
Die Kraft, die ihr im Kelche gährt,
Auf daß die reinste Opfergabe
Die Lippen, die da dürsten, labe.
Im kleinen Kelch welch große Lehre!
O Herz, bist du nicht wie die Beere
Und saugst aus guten, schlimmen Tagen,
Aus That und Wort, in Leid und Wagen,
Das Gute nur, das Reine, Wahre,
Das Milde nur, das Schöne, Klare
Und klärst den stolzen Sonnengeist,
Der zündend durch die Welten kreist,
In dir zu laut'rem, mildem Wein?
O glaube nicht der Kelch zu sein,
Aus dem die Zeit Genesung trinke,
Der Welt, wonach sie lechzet, blinke!
Wann alle Seelen voll der Strahle,
Dann ist gefüllt des Heiltranks Schale.
In Herzen keimen tief und still
Und lang und still in Geistern reifen
Muß Alles, was die Welt ergreifen,
Die Menschheit tief erquicken will.

Drum feiert wohl ein tiefres Ahnen
Im Herbst, wann ihr die Trauben preßt,
In Freudigkeit ein rauschend Fest; —
Der eignen Weihen euch zu mahnen,
Im Priesterkelch ihr Gluthborn kreist!

Des Gottesherzens Blut ist Geist!
Wo ein Beginnen soll gedeihn,
Als Zeuge steh' ein Becher Wein;
Am Fürstentag, beim Völkerbund,
Am Wiegenfest, beim Erntetanz,
Geträufelt tief zum Stein im Grund,
Geschwungen hoch vom Giebelkranz!
Es schmelzen erst an seinen Flammen
Die Freundesherzen recht zusammen;
Er darf der Lieben Grab besprengen
Und sich mit unsern Thränen mengen.

Du Knabe dort mit deiner Traube,
Wohin entführst du die Gedanken,
Daß sie, wie Reben, aus dem Staube
Bis in den Himmel gaukelnd ranken!

Viel goldne Rebengelände breiten
Den weiten Kranz ums Donaubette,
Als ob hier Fluß- und Weingott streiten,
Sich überbietend in die Wette.
Die Weinfluth scheint zu überschwellen
Im Katarakt von Hügelwellen,
Auf denen Winzerhäuser ragen,
Wie Kähne, von den Wogen getragen,
Und eins vor Allen hoch einher,
Als ob's die stolze Arche wär';
Das ist des Fürsten Winzerhaus,
Fast eine Kaiserpfalz ward draus.
Bänder und Fähnlein vom Giebel wallen,
Guirlanden aus allen Fenstern fallen,
Und muntre Dirnen schäkernd klauben
Im Rebengarten die reifen Trauben.

Die Kelter stöhnt, die Winzer schütten
In Kufen die Fülle ihrer Bütten;
Doch scheint's, der Herzog spart mit Leuten,
Den Traubensegen auszubeuten.

Von Neuburg hat die Klosterherrn
Der Fürst zum Lesefest geladen,
Sie folgen gern dem heitern Stern,
Doch ziehn sie auf verschiednen Pfaden.
Der Abt kam mit erwählten Schaaren
Den Strom herab zu Schiff gefahren;
Wigand empfängt sie an dem Strand,
Führt sie zur Höh' ins Kelterhaus,
Nimmt dort die Hüt' aus ihrer Hand,
Zieht ihnen sanft die Mäntel aus,
Bückt sich herab zu ihren Knieen,
Die Schuhe von den Füßen zu ziehen:
„Ein alter Brauch ist's, mild zu baden
Des Gastes Fuß, den wir geladen;"
Hebt Mann für Mann empor die Stufen
Und läßt sie gleiten in die Kufen,
Wo halbzerquetscht die Traubenlasten
In ihrem süßen Blute rasten:
„Ihr Winzerleut' im Weinberg des Herrn,
Nun winzert einmal auf unsrem Stern!
Sonst schließt der Tanz des Festes Ende,
Doch wir beginnen mit dem Reigen."
Da klatscht er lustig in die Hände,
Und Flöten tönen, Horn und Geigen!
Das fährt den Mönchen in die Zehen,
Bis sie im Takt erst leise gehen,
Dann, fester tretend, sanft sich drehen.
Der Abbas läßt's gewähren eben,
Die Herzogin steht lächelnd daneben.

Kam auf dem Fluß der Abt geschwommen,
Zu Lande wird der Prior kommen.
Der Abbas ist die Lenkerhand,
Der Prior ist der Widerstand,
Er ist des Klostervolks Tribun,
Der Wächter, wenn die Andern ruhn,
Daß an sein freies Recht nicht tasten
Herrschgierig pröbstliche Dynasten.
Der Abt ist der Giebel, der Prior die Klammer,
Der Abt ist die Glocke, der Prior der Hammer;
So klingt wie Glockenmelodie
Die klösterliche Harmonie.
Nie lacht Rudwins, des Abtes, Mund
Aus strengen Zügen, marmorharten;
Des Priors Antlitz, leuchtend rund,
Scheint ein geschmorter Rosengarten;
Trefflich gedeiht ihm Widerstand,
Zu eng wird jährlich sein Gewand,
Verdaulicher ist's jedem Magen
Herzleid bereiten, als ertragen.
Hartwig, der Prior, kam geritten
Des Wegs in seiner Treuen Mitten;
Er nahm ein frommes Thier zum Reiten.
Forttrippelte in kurzem Paß der Rappe
Fast klösterlichen Gangs, als klappe
Die Kutt' an seine Bein' im Schreiten.
Das schwarze Fell ist blank gestriegelt,
Der Schweif in Rollen aufgeschniegelt,
Die Croupe voll, wie Polster breit,
Der Leib so rund; auch ihm gedeiht
Der Klosterzehend und daneben
Ein innerlich, beschaulich Leben.
Etwas verspätet hat das Messer
Den Cölibat ihm aufgezwungen,

Drum ist sein Hals so feist gedrungen,
Wohl ziemt' er einem Streithengst besser.
Nur Angewöhnung scheint's von früher,
Doch wurmt's den Reiter in der Kutte,
Wenn sie begegnen einer Stute,
Solch laut unklösterlich Gewieher!
So fromm und sanft das Rößlein scheint,
Mitunter hat's Lai'nbrüdertücke,
Es schnappt nach euch, bevor ihr's meint,
Und schlägt, wie tändelnd, hinterrücke.
Dem Rößlein ward, wie dem Novizen,
Des Nackens Lockenpracht verschnitten,
Ein steifer Kamm nur blieb inmitten
Haarsträubend statt der Mähne sitzen.
Das Schöpflein zwischen beiden Ohren
Ist glatt und reinlich abgeschoren;
Ihr sucht beinah nach der Tonsur.
Manierlich schreitet auf der Flur
Sein Huf mit weißen Fesselflocken,
Es mahnt wie Schuhe mit blanken Socken;
Grast auf der Trift der Klosterrappe,
Ziehn schon die Bauern fern die Kappe.
Heut sind die Fliegen unerträglich,
Doch aufgebunden ist sein Wedel,
Er wehrt sie mit dem Ohr beweglich
Und stampft und schüttelt Leib und Schädel.
Der Prior hat bei dem Gefecht
Die Bügel dreimal schon verloren,
Drum blickt er jetzt ganz schulgerecht
Nur starr dem Gaule durch die Ohren. —
Sie sind am Ziel, nun stieg er ab,
Wigand die Hand ihm helfend gab,
Aufschnaubt der Rappe leicht und heiter,
Wie nach gesungnem Chor sein Reiter.

Wigand hat still belauscht einmal
Des Priors Auge beim Pokal;
Das schwamm in gar so seligem Schimmer,
In lüstern sinnlichem Behagen,
Ein Himmel schien darin zu tagen;
Des Blickes denkt Wigand noch immer.
Er nickt den Mönchen frohen Gruß
Und führt sie an des Weinbergs Fuß,
Da reicht er jedem freundlich dar
Ein Körblein und ein krummes Messer
Und reiht sie ein der Winzerschaar;
Den Prior doch bedenkt er besser.
Er nimmt ihm ab den Mönchstalar,
Reicht ihm den Stab, sich drauf zu bücken,
Legt ihm die Bütte auf den Rücken:
„Ihr tragt daheim die schwerste Bürde,
Euch ziemt der Winzer erste Würde.“
Der Prior wagt kein Widerstreben,
Der Herzog lächelnd steht daneben.

Am Fuß des Weinbergs steht verdutzt
Der Prior noch, sein Auge stutzt,
Er sieht so steil den Berg sich heben
Und nichts als Reben über Reben;
Er seufzt und blickt empor, empor,
Sein Geist im Schauen sich verlor:
„Welch thöricht und verkehrtes Wesen
Von unten nur nach aufwärts lesen!
Es ließe Bess'res sich ersinnen:
Wie wär's, von oben zu beginnen?“
Indeß er sinnt, fühlt er ein Drücken
Schwer, immer schwerer auf dem Rücken;
Die Bütte füllten ihm mit Trauben
Die Brüder und die Dirnen voll;

Es ist ein emsig, fröhlich Klauben,
Es ist ein reicher Rebenzoll!
Jetzt geht's zu Berg, daß er die Bütte
Im Kelterhaus zur Kufe schütte;
Durch Steingeröll' welch schlimme Bahn!
Das ist ein Klettern, Schnauben, Klimmen,
Im Schweiß des Angesichts ein Schwimmen
Den langen, steilen Berg hinan!
Jetzt ist er da, fast selber fallend
Mit seinen Trauben in die Kufen;
Doch hält er staunend auf den Stufen,
Und Freude glänzt, sein Haupt umwallend,
Er sieht dort seine Mitpropheten,
Im Bottich tanzend, Trauben treten.
Ein Pater schreitet fein bedächtlich,
Als ging's zur Hora mitternächtlich;
Der Frater Gärtner stampft, als trete
Er frische Schollen fest in Beete;
Der Pförtner langsam schleicht, als schelle
Ein Fremder harrend an der Schwelle;
Der Abbas dreht sich feierlich um,
Als spräch' er das Dominus vobiscum;
Zwei junge Kleriker sich schwenken
Geschmeidig wie im Steiertanz,
Ihr Aug' umquillt ein feuchter Glanz,
Sie mögen früh'rer Tage denken.
Nur Einer steht, das Haupt gesenkt,
Bewegungslos, in sich verloren,
Er hat nicht Augen, scheint's, nicht Ohren;
Der Büchermaler ist's; er denkt
Der Bibel, die er hat zu malen,
Und drin des ersten Initialen,
Der Eva stets, des süßen Weibes,
Der runden Brüstlein, des weißen Leibes;

Da klatscht Herr Wigand in die Hand,
Aufjauchzt es durch der Töne Leiter,
Der Frater hat sich jäh ermannt
Und tanzt mit seiner Eva weiter.

Belauschte Wigand noch einmal
Des Priors Auge beim Pokal,
Nicht fand er mehr aus frühern Tagen
Das lüstern sinnliche Behagen.
Will jetzt des Priors Blick sich senken
Zum Becherspiegel, muß er denken
Des Winzers auch in dürftiger Hütte,
Des steilen Bergs, der schweren Bütte.

Kelterspruch.

Sie sitzen noch im Frei'n und trinken.
Die Sonne will zur Neige sinken,
Das Weinlaub knistert welk zum Grunde,
Die Becher hallen in der Runde.
Nithart, der Sänger, hob den Pokal:
„Ich lieb' im Wein die tiefe Klarheit,
Die reine, doch verklärte Wahrheit!
Rings Erd' und Himmel, Höh'n und Thal,
Mein eigen Aug' und Angesicht
Zeigt mir sein Spiegel, treu und rein,
Nur in verklärtem, goldnem Licht!
Mein Lied soll gleich dem Becher sein.“

Rudwin, der Abt, das Kelchglas hebt:
„Ich lieb' im Wein das Körperlose,
Die unsichtbare, mystische Rose,
Den Geist, der über Fluthen schwebt,
Den Duft, der aus dem Borne strebt,

Ungreifbar und untrennbar auch,
Das Ewige im flücht'gen Hauch!
So wird der Freudenbecher wohl
Mir eines heil'gern Kelchs Symbol."

Fürst Otto hebt den Goldpokal:
„Ich lieb' im Wein die Freudengluth,
Ich lieb' im Kelch die treue Hut,
Das schöne Maß dem wilden Strahl;
Mir gilt nur Wein und Kelch beisammen,
Im goldnen Hort die goldnen Flammen!
Mich mahnt's an ein befriedet Land,
Von mildem Kronenreif umspannt."

Pfaff Wigand hebt das Glas mit Weine,
Leert's und zerschmettert's dann am Steine:
„Nicht ein Gefäß, so leicht in Scherben,
Mir gilt, was nimmer zu verderben!
Ich lieb' im Wein ein ganzes Leben,
Den jungen Most, die alten Reben;
Im klaren Born erkenn' ich drum
Der Menschheit heiligst Symbolum.
Aus jeder Ranke jener Stäbe
Spinnt sich ein leiser Feuerfaden,
Still keimend auf verborgnen Pfaden,
Zurück zu Noah's erster Rebe,
Und von dem Geist, den er getrunken,
Sprüht noch in unf'rem Kelch ein Funken.
Es geht ein tief geheimes Band
Vom grünen Schößling, der sich wiegt
Am Rebspalier der Kellerwand,
Hinab zum Goldborn, der gebannt
Tief in der dunklen Wölbung liegt;
Wenn Blüthendrang die Sprossen spüren,
Muß auch der alte Born sich rühren;

Ihr fühlt die Geisterboten fliegen
Aus Ahnengrüften zu Enkelwiegen.
Wir heimsen jetzt den jungen ein,
Doch mundet uns nur alter Wein!
Was ihr so hoch an diesem preist,
Die Kraft und Milde, Blut und Geist,
Das Alles trägt schon, euch zu Trost,
In sich der junge, trübe Most.
Das aber ist des Weines Art:
Wenn ihr ins Grab die Rebe scharrt,
Sie wird im Lenz doch auferstehn,
Mit frischem Aug' ins Licht zu späh'n;
Und ob ihr um den Fruchtbaum leise
Nach welscher Art empor sie windet,
Ob ihr sie fest nach deutscher Weise
An niedre, schnöde Stöcke bindet,
Doch nur nach eigenem Behagen
Wird sie die neuen Ranken schlagen.
Wenn ihr die Frucht habgierig brecht
Und ihr zu Leibe geht mit Messern,
Dabei euch in die Finger stecht,
Und euer Blut den Most will wässern;
Und wenn ihr dann den süßen Raub
Mit euren morschen Knütteln schlagt,
Mit Füßen tretet, Koth und Staub
Hinein von euren Pfaden tragt,
Ihn schändet's nicht! Ein feurig Gähren
Wird des Unreinen ihn erwehren;
Hat er's im Herbst nicht ganz vollbracht,
Wird's neu vom Lenzstrahl angefacht!
Nicht ruht das edle Zorngewitter,
Bis er den Staub, das Blut, die Splitter,
Die Erdentheile von sich warf,
Und, was er sein soll, werden darf:

Klarheit und Milde, Geist und Licht,
Der Menschheit lauterstes Symbol!"
Die Gäste lauschen dem Bericht
Und fragen sich: „Was meint er wohl?" —

Zu Thal steigt Wigand, bis er schwand
Im Dörflein an der Kirchhofwand,
Klimmt wieder zu den Gästen frisch,
Schwer den Talar von reichem Zoll,
Und schüttet vor sie auf den Tisch
Den Schurz, von Todtenschädeln voll.
„Was schreckt ihr vor so schlichten Wesen?
Es sind ja nur die leeren Trestern
Von einem größern, reichern Lesen;
Zermalmte Beeren, drin noch gestern
Dieselbe Flamme sich geklärt,
Die in den goldnen Reben gährt!
O daß sie all' nach Rebenbrauch
Die Gluth zu Licht geläutert auch
Und jeden heiligen Sonnenfunken
Andächtig still in sich getrunken;
Ihr Born schon quölle hell und rein
Im Kelch, den jede Lippe koste!
Noch ward er nicht zu klarem Wein,
Noch ist's die Zeit der trüben Moste;
Noch kocht es, gährend auszuscheiden
Den Staub, das Blut, die Schmach, die Leiden!
Ihr aber sollt im ärmsten Leben
Bewahren treu die Art der Reben!
Doch was die Lebenden nicht wagen,
Das sollen euch die Todten sagen."
Er faßt und wirft den Berg hinunter
Die Schädel, einen nach dem andern;
Die Einen kollern im Sprunge munter,

Die Andern träge taumelnd wandern,
Und rollende Knochenbälle blinken
Hier, dort, zur Rechten und zur Linken.
So viel der Köpfe, so viel der Wege!
Und jeder tritt sich selbst die Stege,
Nach eigner Wahl, in freiem Flug!
Ein Schädel bleibt im Weinberg liegen;
Ihm dünkt' es einst wohl Zieles g'nug,
Genuß zu schlürfen in vollem Zug,
In Sinnenlust sich froh zu wiegen.
Ein Andrer fiel zu deinen Füßen,
O Fürst, der Staub den Staub zu küssen:
Ehrsucht und Knechtsinn im Vereine,
Staub fliegt ja höher als Quadersteine.
Ei, vor der schönen Winzerdirne
Neigt jener die galante Stirne!
So lieblich girrt die Liebestaube,
Daß Jeder gern am Ziel sich glaube.
Ein Schock von Schädeln rollt in Eile
Thalab dort in des Dörfleins Zeile;
Der Eine läuft zur Krämerlade:
Ihm pflastre Gold die Erdenpfade;
Ein Andrer hält am Kirchenchor,
Will nicht allein die Irrfahrt wagen,
Der Pfaff soll ihm die Leuchte tragen.
Hoho, dem Waffenschmied ins Thor
Springt jener ungestümen Pralles!
Ihm soll das Schwert erringen Alles.
Ein Schädel stürzt in Donauwellen;
Im Abgrund sang's wie frische Quellen,
Die Schwermut lauschte des Gesanges
Und taucht zur Fluth des Unterganges.
Ein Knochenhaupt blieb vor uns liegen
Im Gras, — so lag es einst auch gerne,

Läßt über sich die Wolken fliegen,
Läßt neben sich die Blumen wiegen
Und starrt hohläugig in die Sterne."

„Mich aber will es fast gemahnen,
Der Eine sei auf guten Bahnen,
Weil er sein Haupt aufs Ewige lenkt
Und nur mit Licht die Wimpern tränkt!
Das Graun der ewigen Nacht entriß
Dem Schöpfer selbst der Finsterniß
Den Angstschrei einst: Es werde Licht!
So rief, verfallen dem Gericht
In eigner Brust, vom Sündgeschlecht
Der erste Sünder: Es werde Recht!
Wie vom Beginn zum Weltenende
Der Himmel eins und ewig bleibt,
Ob auch die Zeit darüber treibt
Gewölk und Dünste, Nacht und Brände;
Wie eins und ewig bleibt die Erde,
Fest ruhend in granitner Veste,
Ob sie auch wechselt Frucht und Heerde,
Jahrszeiten und viel bunte Gäste;
Wie eins und ewig bleibt das Meer
Im wallenden Korallenbette,
In Ebb' und Springfluth, Sturm und Glätte,
Von Flotten oder Trümmern schwer.
So bleibt auch eins und ungeschwächt
Ein ewig Gutes, ewig Wahres,
Ein Heiliges, allen Seelen Klares,
Ein unzerstörbar ewig Recht,
Das keine Menschensatzung wende,
Vom Weltbeginn zum Weltenende!
An dem Unwandelbaren gleiten
Vorüber wechselnd Völker und Zeiten;

Doch aufrecht von Geschlecht zu Geschlecht,
In künft'gen, in vergang'nen Sonnen,
Ragt als ein heiliger Baum das Recht;
Aus seinem Marke springt ein Bronnen.
Was Priester lehrten, Seher sangen,
Die ehernen Tafeln der Gesetze
Sind nur Gefäße, aufzufangen
Den Schaum des Quells, der Durstige letze.
Die Schalen wechseln, doch die Quelle
Wird eine und dieselbe fließen,
Mag sie in hohle Hand die Welle,
In Urnen oder Kelche gießen.
Kämpft um Gefäße euer Zorn,
Verschüttet ihr gar leicht den Born!
Lebendig rauscht durch alle Tage
Die Deutung jener Orientsage:
Begraben ward in Felsengrund
Der erste Mensch, von Eden fern,
Verschlossen in des Todten Mund
Lag eines Fruchtbaums kleiner Kern;
Doch keimend wuchs er aus den Lippen,
Senkt in das Herz die Fasern tief,
Drang frisch zum Lichte, das ihn rief,
Sich klammernd in der Erde Rippen,
Rang in die Wolken auf und hält
Auf seinen Aesten empor die Welt;
Die Wurzeln ihm die Meere tränken,
Die Wipfel in die Sterne lenken,
Westhauch und Sturm im Laube ringen,
Da säuselt's wie Harfen, rasselt's wie Klingen,
Und wollt ihr lauschen treu und echt,
Hört ihr's wohl rauschen: „Es werde Recht!"

Inhalt.

Nibelungen im Frack.

Pfaff vom Kahlenberg.

www.ingramcontent.com/pod-product-compliance
Lightning Source LLC
Chambersburg PA
CBHW031035120726

47905CB00007B/2198